望門閨秀 1

風 文創 082

不游泳的小魚 著

目錄

序

說起四大名著，我最喜歡的還是《紅樓夢》，喜愛看那環髻高聳，裙裾飄飄，廣袖長衫的深宅女子，看柔弱纖細下的堅強勇敢，看她們在森嚴的封建禮教下奮力抗爭，努力使自己的生存空間更為廣闊和自由的勵志過程。

每每夜深人靜之時，躺在床上輾轉反側，思緒萬千。隨著胡亂紛飛的思緒，曾不止一次地設想過，如果我穿越到了那不知名的朝代，又是什麼樣的光景？

也許容顏嬌美、身姿婀娜卻明珠深埋，也許出身低下、不受重視卻不甘命運擺佈，也許被人輕忽，卻也能恃才脫穎而出，也許在無才便是德的時代，卻暗自擁有滿含智慧的狡黠靈魂。

誰說古代的女子沒有職場壓力，不用經歷爾虞我詐的職場爭戰？後院的爭鬥更是血雨腥風，辛曉琪有一首很著名的歌〈女人何苦為難女人〉，可在深宅後院裡，男人三妻四妾，好些個女人爭搶一個男人，為了得到更好的地位，得到更多的寵愛，哪怕爭得頭破血流，魚死網破也在所不惜。

她們本質不善良嗎？不單純嗎？不是，一切罪惡的根源來自禮教，是禮教把她們逼得心狠手辣，逼得失去了原本的真我。

我深深同情那些蕙質蘭心又纖弱秀美的女兒家們，常常想，如果我是其中一員，我又會如何？

所以，我寫完《名門庶女》後，就想著再寫一篇嫡女的故事。寫一個勇敢的、敢於對父母指婚說不的女子，為她配一個外表痞賴浪蕩，實際純情羞澀，單純而癡情的男主，雖然命運多舛，雖然鬥爭無限，但只要兩人真心相愛、相扶相攜，再大的風雨又如何？再艱辛再苦難又如何？

憑藉那份摯愛，憑藉現代女的智慧和勇敢，照樣在風起雲湧的後院中混得風生水起。於是，我下筆，寫下了我夢想中的故事，將我的愛我的恨我的情都用筆寫下來，讓自己的夢想在指間流淌，愛我所愛，恨我所恨，怨我所怨，喜我所喜，讓飛揚的心飛得更高，飛得暢快淋漓。

時光飛逝，文稿在夢想的催化下已經成篇累牘，所幸為許多讀者所喜，這讓時時深夜還在埋首寫文的我倍感欣慰。

真心想說聲謝謝，沒有讀者的支持，這百萬的文字很難飛出指尖，謝謝你們，我親愛的讀者。

第一章

藍素顏身穿一件單薄的素色對襟棉夾，雖說也是正宗宮紡緞面的，卻是洗得有些發白，如若細看，紅邊領口都有些毛邊。一條素色細花羅裙料子還算輕軟，卻是有些短了，裙邊蓋不住繡花鞋尖，這一身看著可真有些寒酸，但她此時沒心思顧及這些。

大夫人身懷六甲，卻被老太太禁足在梓園裡不許出門。素顏想想前世時，孕婦必須多運動，才會對生產有利，大夫人被禁足，連走動的地方也受了限制，又加之心事鬱結，怕是會影響胎兒發育。

時值金秋九月，金菊開遍了全府，滿目橙黃豔紫，陽光下絢爛奪目，但素顏卻無心欣賞。

她前世是個婦產科醫生，因車禍意外穿越到這個身體裡，家世身分在前世都不錯，卻沒料到，在這裡身為嫡女比個庶出還不如。

一大早，大夫人身邊的青凌來報信，說大夫人昨兒又沒吃什麼飯，她聽了心裡著急，忙往大夫人院裡趕去。穿過月洞門，前面便是大夫人的院子，素顏不由加快了腳步。

「大姊，怎麼，今兒又不去給老太太請安?」從西邊路上緩緩走來的是藍府二姑娘藍素情，大約十四、十五歲的年紀，比素顏只小了幾個月，是父親平妻二夫人王氏所生。

素顏無奈地頓了腳，轉回頭來，就見藍素情身披一件簇新湖綠色絲絨錦披，裡著淺綠色宮綢對襟繡金邊的掐腰長襖，下著一條百褶長襬羅裙，亭亭玉立，嫋娜而來。素情生得嬌豔美麗，因著身體較弱，通身流露出一股柔弱溫婉氣質，看著令人生憐，而那一身穿著更是比素顏要強了不止百倍，不知道的，還以為素顏是藍家的某個窮親戚。

「我先去看過母親後再去給老太太請安。」素顏不想在這個時候與素情生事，便耐著性子淡淡地說道。

素情半挑了眉，臉上陰陽怪氣的。「大姊真是孝順，對大娘可算是關懷得無微不至呢，不過，若是妹妹這樣，二娘可就要罵了，說妹妹長幼順序都分不清，不尊祖母，反倒先去看望自家母親，如此做派，若讓人知道，可是會丟藍家的臉面呢。」

素顏心中又急又惱，卻惦記著大夫人，低了頭，懶得理她，轉身繼續往前走。

「大姊果真無禮呢，眼裡還有人嗎？妹妹好生跟妳說話，妳甩袖子就走，莫非，大娘平素便是如此教妳對待妹妹們的嗎？」藍素情卻是不肯放過素顏，冷冷地在她身後說道。

這分明就是在故意找茬，一股怒意往素顏頭上直冒，自己母親是藍家嫡室正妻，乃是京城望門顧家之女，因著顧家老太爺顧太師在爭儲中遲遲不肯站隊，被正當權的大皇子打壓，尋了個小錯罷免了官職，百年望族一時岌岌可危；而嫁給藍大老爺的顧氏失去了娘家的依仗，便遭大老爺冷落，二夫人構陷，如今不但失了當家主母的地位，更是身懷六甲時都不得自由。

素顏神色端肅地看了眼素情，語氣也變得冰冷起來。說自己可以，辱及母親，那便是大大的不該了。「母親如何教導我，不由妳一個晚輩來置喙，妳只管做好自己本分就行了，我如何做，不用妳一個庶女來教。」

一旁的紫晴見了，便輕扯了扯素顏的袖子。大夫人在藍家早已失勢，二夫人掌著家裡的大權呢，大姑娘若在這時候與二姑娘起了爭執，倒楣的只會是大姑娘。

素顏就回頭看了紫晴一眼。紫晴微震，大姑娘的眼神並不怎麼凌厲，卻給人一股凜然不可侵犯的氣勢，扯著衣袖的手就鬆了。

「庶女？我母親也是平妻，憑什麼說我是庶女？我與妳一樣是藍家嫡女，況且，如今老太太和父親不過是看在大夫人肚子裡的孩子分上，才沒有休了她，如若再生個女兒出來，哼……」

素顏聽得心中一酸。素情的話並沒有錯，父親原就不太喜歡溫厚端莊的母親，嫌她太過無趣刻板，二夫人王氏也是出身名門，又是老太太的姪女，性情活潑開朗又心機深沈，慣會耍手段……如若母親生下嫡子還好，若又是女兒……

「母親一沒犯七出，二沒做任何不賢不孝之事，父親憑什麼要休了母親？」

「憑什麼？哈哈哈，大娘已經拖累了藍家，妳不知道嗎？如今顧家早已今非昔比，不但幫不了父親，更是因著姻親之故，差點將父親的五品之職都免了去，若非我表姊深受大皇子寵愛，在大皇子跟前說盡好話，如今怕是藍家已遭池魚之殃了。哼，就憑這一點還不夠嗎？」素情拿帕子掩嘴譏笑，那眼神就如看著一個白癡一般。

素顏正要再說什麼，眼尾就瞟見老太太屋裡的張嬤嬤正朝這邊走來，便道：「妳當祖母和父親都如妳一般齷齪無恥嗎？藍家怎麼說也是百年世族，詩禮傳家，如此捧高踩低的小人行徑，也只有妳才能想得到。」說著，轉身便走。

才走兩步，身後的衣服便被扯住。「妳——說誰齷齪無恥？妳給我說清楚。」素情到底是女孩子，哪裡聽人如此罵過她，心一急，便揪住了素顏的衣服，只聽唰啦一下，素顏身上的素色夾棉被撕開了一道口子。

素顏回過頭，眼神冰冷如霜直視著素情，素情也嚇到了，一時吶吶地站著。素顏的眼神讓她生出一絲畏懼之意來，她平日裡欺負大姊早是家常便飯，每天不找素顏一點茬便覺得渾身不自在，更在欺負素顏的過程中，找到了身為庶女的自信。

往日的素顏都是忍著，小心翼翼地讓著她，很少還口，可今兒她不但回罵了自己，那眼神還磣人得很，像是要用目光將自己戳穿了似的。

「妳可真是丟人，還嫡長女呢，竟然穿件如此破舊的衣服，不知道的還以為藍家養了個叫花子呢。」作威作福慣了，素情不想在素顏面前示弱，硬著頭皮罵道。

素顏仍只是冷冷地看著素情，眼看著張嬤嬤走近了，她眼睛一濕，兩行清淚無聲無息地就下來了，捧著破了的那塊衣襬，手輕顫著。

「二姑娘，中山侯夫人到了，老太太讓奴婢知會一聲，說是請二姑娘打扮齊整一些，換上莊重點的衣服去見客呢。」

素顏的眼淚來得太快，素情還沒弄清她怎麼一下子由隻小豹子突然便成了小綿羊，正不知道如何是好，張嬷嬷已然走了過來，微嘆息了一聲後，對素情說道。

素情一聽，如釋重負，對張嬷嬷點了點頭，提了裙逃也似地走了。

中山侯夫人？是要給素情議親了嗎？素顏淡淡地看著素情遠去的背影若有所思。作為長姊的自己，親事還沒著落，倒是老二素情就開始看人家了……不過也好，這種包辦的婚姻她也不想要。

張嬷嬷快速地在素顏身上掃了一眼。自二夫人掌了中饋，二姑娘在府裡便越發輕狂了。她對素顏福了一福。大姑娘穿得……可真比有些奴才還差呢。「奴婢那裡還有老太太平日裡賞的幾塊料子，也有玉環幾個給奴婢媳婦的舊衣裳，大姑娘若是不嫌棄，就都拿去吧。」

話聽著很客氣，卻含了絲憐憫。素顏心裡一陣苦笑。「怎麼能要嬷嬷的東西，多謝嬷嬷了。」她含淚給張嬷嬷還了一禮，轉身抬腳繼續往大夫人屋裡去。

「大姑娘……」大姑娘這個樣子去見大夫人，只怕又會惹了大夫人傷心。

素顏回頭，張嬷嬷緊追幾步走上前來。「還是跟奴婢去換件衣裳再去看大夫人吧。」說著，不由分說，拉了素顏的手就往老太太院裡走。

大姑娘就穿成這樣去給老太太看看也好，哪裡有正經的嫡女穿得比下人還破舊的？

紫晴一路走，一路腹誹著，為素顏打抱不平。府裡頭自二夫人當家主事之後，大姑娘的吃穿用度便一再被剋扣，不是不及時，便是將別的姑娘挑剩下的、最差的送給大姑娘，大姑娘原也沒這麼寒酸的，只因著她孝順，將自己的體己銀子都給大夫人買了補品不說，最近大夫人病了，她更是變賣了自己的首飾細軟，換了銀子給大夫人抓藥。

老太太因著大姑娘八字太硬，被說成剋父剋母的掃把星，一直不待見大姑娘，就算知道大姑娘被虐待著，也是睜隻眼閉隻眼的，沒當回事。如今，也只盼著大夫人的肚子能爭氣，給大老爺生個嫡子出來，大姑娘也能跟著沾點光了。

素顏被張嬤嬤一路拖著到了老太太院裡，老太太屋裡的玉環正好出來，看到素顏身上那塊露了絲棉的夾襖，不由怔住。張嬤嬤忙對她道：「快，給大姑娘換件體面些的衣服。」說著，眼睛往老太太屋裡瞟了瞟。

玉環立即會意，笑著上前來扶住素顏。「大姑娘這是摔著了嗎？來，奴婢那裡還有幾件看得過去的衣服，大姑娘您要是不嫌棄，就穿了去吧。」

素顏卻是不著痕跡地推開玉環的手，臉上帶著端莊的笑容，禮貌地對玉環道：「不麻煩了，既是到了老太太院子裡，自然得先給老太太請安的。」

說著，便抬腳往老太太屋裡走去。這可正合紫晴的心意，她緊走幾步，到了前面給素顏打了簾子，張嬤嬤和玉環想攔也攔不住了。

藍家老太太身材微胖，長得慈眉善目，神態寧靜中帶著淡淡的疏離，頭上戴著個鑲綠寶石抹額，乍眼看去很是和藹可親。此時，她正與一位衣著端莊體面，神態優雅的中年夫人說著話。

素顏走上前去，給老太太行了一禮。「孫女給老太太請安，老太太萬福。」

老太太微抬了眼，一看是素顏，臉色便有點發沈，揮了手道：「起來吧，今兒怎麼沒先去妳娘那裡？」

素顏依言站了起來。「回老太太的話，孫女聽張嬤嬤說您起了，便先過來給您請安。」言下之意，平素沒先來是怕老太太沒起，擾了老太太的休息，可不是自己不孝。

老太太微訝地睜大了眼睛看向素顏。平素這個大孫女可沒這麼會說話，今兒話裡還拐了點彎呢。一轉眸，瞧見了素顏穿了件破衣，心一沈，臉色立即黑了。

「妳母親沒教過妳出門要衣著整齊嗎？」當著中山侯夫人的面，竟然穿了件破衣服進來，是故意丟藍家臉面來的吧。

「回老太太的話，孫女出門時這一身還整齊得很，只是方才被人扯破了，原是想要回房換件再來的，不曾想張嬤嬤一片好意，非要拉了孫女來換衣服。孫女可是藍府的嫡長女，就算穿得再破，也絕沒有穿下人衣服的道理，沒得失了身分不說，還丟了藍家的臉面，便只好就著破衣來給老太太您請安行禮了，老太太您該不會因孫女兒穿著太寒酸，就覺得孫女兒的孝心也失了誠意吧？」

如若嫌棄，便是嫌貧愛富，而且話裡話外的意思也在告訴別人，她藍素顏，藍家嫡長女穿得比一個下人還差，衣服被人扯破了，還要下人支助。

老太太越聽臉越黑，一時也不知如何在中山侯夫人面前回還，尷尬地看了眼中山侯夫人。

中山侯夫人剛才覺得素顏穿著破衣服見客確實有些失禮，但這會子聽她說話，神情端肅從容，氣質優雅柔靜，眼神清明，看不出半點自卑自棄。一個嫡女被打壓至此，卻沒失了自己的身分和氣度，這讓中山侯夫人生出幾分感佩來。

早就聽說大夫人顧氏在藍家失寵，但她教導出來的女兒卻是出色得很，到底是百年望族之女，家教就是不一樣。

張嬤嬤是跟著素顏進屋的，這會子聽素顏點了自己的名，背後立即冷汗涔涔，小意地睃了老太太一眼。老太太正好拿眼戳她，她嚇得立即低下頭去。老太太見了便微嘆了口氣，對張嬤嬤道：「妳去庫房找幾塊好料子交給針線坊，讓她們儘快給大姑娘做幾身像樣點的衣服來。」卻是根本沒有問，究竟是誰扯破了素顏的衣服。

第二章

張嬤嬤聽了忙拿帕子擦了擦汗，應聲退了出去，素顏這才給中山侯夫人行了一禮，又靜立在一邊。

中山侯夫人笑著拉住她的手關切地道：「妳娘身上可好些了？懷了有八個月了吧，一日三餐用得如何？」

老太太聽了就有些著急，警告地看著素顏。素顏唇邊便帶了絲譏誚，眼睛卻濕了。「謝夫人關心，我娘身子還好，只是最近不太吃得下飯。」一副著急心憂的樣子。

中山侯夫人待又要問，老太太長嘆了口氣道：「她也是憂心娘家呢，顧家老太爺也太執著了些，為著子孫後代，一大家子好幾百口人的日子，也應該認清形勢才對，怎麼就……」

這是在為大夫人不吃飯的原因作解釋呢。素顏拿帕子拭著淚，也沒反駁。中山侯夫人便提出來要去見見顧氏，老太太聽了也不太好反對。她知道素顏方才的行為讓中山侯夫人起了疑，如若不肯，反而顯得心虛，只好吩咐玉環在前面帶路。

中山侯夫人正要起身，外面便傳來一陣爽朗的笑聲。「我來晚了，侯夫人可別見怪就好。」

說著，人隨音到，二夫人王氏身上一件灑地金的紫色印暗紋緊身長襖，梳著一個吊馬髮髻，額頭邊綴滿金鑲玉的亮片，整個人金光閃亮地進來了。

一進來，便先給老太太行了一禮，又恭敬地給侯夫人福了一福，然後親親熱熱地在老太太下首坐著。

抬眸看到素顏衣著不整地立在一旁，臉色微變，再看老太太眼裡有了責怪之意，心下更是著惱，但礙於侯夫人在場，發作不得，便不露聲色地裝作沒事人一樣，與侯夫人攀談了起來。

「世子也到了前院吧？聽說世子文韜武略、俊逸非凡，夫人可真是好福氣，有個這麼出色的兒子，羨煞旁人。」王氏快人快語，說話聲音爽利，笑容親切，侯夫人先是笑容有些疏離，但聽她誇讚自己的兒子，臉上還是露出幾分與有榮焉來。

老太太乘機便道：「到了議婚的年紀了吧？也不知誰家的千金會有這福分呢，夫人又是個最賢達開明的，能給夫人做兒媳，那也是三生修來的福分呢。」

侯夫人臉上的笑意更深了，沒有直接回答，卻是微揚了臉，看了眼立在一旁的素顏。二夫人一見之下，眼裡閃過一絲不豫，對素顏道：「大姑娘平日這個時辰不是該在大姊屋裡嗎？」

素顏聽得心中冷笑。是怕自己搶了她的乘龍快婿吧？殊不知，越是萬人誇讚的男人越是花心無用，自己才不想嫁進侯門大戶裡頭給人做小媳婦，為爭一個男人，與一群小妾窩裡鬥呢。

不過，今兒既是不顧了面子進了老太太屋裡，那就得將自己應有的福利都討了回去，正好趁著侯夫人在，某人要顧面子的時候開口，成功的機率才會大幾分。

於是裝作要告辭的模樣，卻是對老太太躬身一禮，小聲問道：「奶奶，孫女有一事不明，請奶奶訓導。」

老太太看了侯夫人一眼，心裡也有些擔憂，不知道素顏會問出什麼失禮的話來。「有何不明之事，且明日再問，今兒屋裡有客呢。」

就是屋裡有客才要問的，平日問了也沒用。素顏一副低眉順眼的樣子，腳卻寸步不移，一點也沒有告辭的意思。「對不起，孫兒不問不快，正好侯夫人也在，也請侯夫人教導教導素顏。」

侯夫人饒有興趣地看著素顏，看她一臉的古怪，眼裡卻是一派堅毅之色，隱隱猜出些什麼，她也很想聽藍家老太太要如何解釋。

「喔，是何事讓姪女如此鄭重，妳且說來聽聽。」

素顏聽了對侯夫人又行了一禮，心裡卻在笑這位侯夫人好生八卦，竟然對別人家裡的家事也感興趣呢。

「素顏過幾月便要及笄，又沒有學過中饋之事，便想要請教老太太幾件家常事務，不知素顏身為藍家嫡長女，每月可有月例，每年可有四季新衣，每餐花費定銀幾何？」

「大姑娘可真是越大越糊塗了，妳每月月例二十兩，四季衣服各兩套，每餐定例二兩，這是府裡的老規矩了，怎麼連這個也不懂？平素都是誰幫妳管著錢呢？如此不會理事，將來嫁了，如何能做當家主母啊。」二夫人王氏不等老太太出聲，便搶先回道。

其實，明眼人一聽便知素顏問那話的意思。她的嚼用不是沒給，就是被剋扣了，不然她也不會故意如此露拙，可二夫人果然厲害，一席話不但抹了自己刻薄嫡女之嫌，反倒將之責怪成嫡女太過糊塗愚笨，正好乘機在侯夫人面前打擊素顏，影響素顏在侯夫人心中的形象。

素顏聽得一臉驚詫，回過頭來就指著跟來的紫晴斥道：「二娘說的可是真的？我平素的銀子帳本都由妳管著，妳怎麼說我沒有月例，一年到頭也只做了一套春裝，每頓嚼用才五錢呢？是不是妳這丫頭貪墨了？」

紫晴自然知道素顏的意思，不過是要借她的嘴來證實二夫人醜陋行徑而已，她忙嚇得跪到了老太太面前，大呼「冤枉」，正要開口細說，二夫人卻是手一揮道：「來人啊，將這大膽貪墨主子月錢的奴婢拖出去打十板子！這還得了，仗著主子信任便為所欲為了。」

紫晴一聽，大喊冤枉，哭了起來，立即有兩個粗使婆子凶神惡煞地走了進來，就要拖了紫晴走。素顏上前一步攔住道：「二娘急什麼，紫晴好歹也是我的丫頭，就算要處置也得我說了算，我還沒問清楚呢，二娘如此心急，不會是紫晴要說的話讓二娘害怕吧？」

「素顏，當著客人的面，妳怎麼能用這種語氣對妳二娘說話？妳的一應用度，我會著人好生查問的，藍家還會少了自家嫡孫女的嚼用不成？好了，妳娘身子也不好，妳且換身衣服後，去看妳娘吧。」老太太看這事再鬧下去，真的會將藍家臉面丟盡，傳揚出去，藍家在京城名門望族裡頭，還真抬不起頭來，便想息事寧人。

既然老太太開了口，藍素顏相信二夫人應該不會再剋扣自己的銀錢了，心裡也著實惦記著大夫人，便行禮退了出來。

剛走到抱廈處，便看到藍素情果然又換了一套衣服，在貼身丫頭的陪伴下走了來，一看素顏仍穿著那件破衣服，還自老太太屋裡出來，眼裡便閃過一絲慌亂，輕咬了嘴唇，看著素顏目不斜視，當沒看到她一樣的自身邊走過。

素顏人還沒走出老太太的院子，便聽到老太太屋裡傳來一陣陣笑聲，其中，尤其以素情的笑聲最歡快，嬌聲細語，偶爾也傳出幾聲侯夫人的笑。她搖了搖頭，嘴角勾起一抹苦笑，帶著紫晴先回了自己院子，換了身衣服，再度起身去看大夫人。

帶著紫晴行至假山處，看到前面垂花門前，幾個小廝正簇擁著老太爺和一個長相俊美的華服少年往二門裡來，素顏忙將身子往假山後隱了隱。紫晴見了很不明白，大姑娘為何要躲老太爺？

看樣子，老太爺竟是要帶著那華服少年去老太太的院裡。等老太爺和那華服少年走遠了，素顏才又自假山後出來，紫晴便在一旁嘀咕。「大姑娘幹麼要躲著老太爺啊？老太太雖然對您……可是，老太爺還是很疼您的，您心裡有委屈，正好可以跟老太爺說說的。」

素顏低頭沈思著，沒有注意紫晴的話，紫晴卻是扭著頭，等那一群人拐了彎，進了月洞門，她才回過頭。「那個人就是中山侯世子嗎？確實長得英俊瀟灑呢，大姑娘方才應該去給老太爺行個禮的，您都要十五歲了，按說早該議親，中山侯可是公卿之家，世子又是那樣出色的一個人兒，若是能夠……」

「那我一會子去跟老太太說，把妳給二姑娘好了，讓她帶著妳陪嫁去。」再讓她說下去，素顏估計紫晴能設計一齣公子小姐花園裡偶遇相愛，然後結婚生子的愛情佳話。

紫晴立即被她弄了個大紅臉，嬌嗔地跺腳。「大姑娘，我要有那心思，就要天打雷劈，讓我……讓我……」

「走吧，一會兒妳去大夫人屋裡，幫我把燕窩給燉了，我要親眼看著她吃下去才能放心。」素顏一看紫晴急了，便笑著拍了拍她的肩膀道。

大夫人正仰靠在大迎枕上，一聽丫頭說素顏來，瘦削而蒼白的臉才露出一絲笑意。素顏進門後，先給大夫人行了一禮，然後急切地坐到大夫人床邊，拉住大夫人的手問道：「娘，您怎麼又不肯吃東西了？」

大夫人看了眼正進去給素顏沏茶的青凌一眼。「妳別聽她們瞎說，娘只是吃得稍少一點罷了。」

說著，就要坐起身來，素顏忙去扶她，手摸到大夫人的背脊，只覺好硌手，鼻子一酸，眼睛就濕了。「娘，外祖父家的事情您也別太放在心上了，您還是先顧著自個兒吧，就是……心裡再悲傷，也要想想肚子裡的弟弟呢，都八個多月了，您這不吃不喝的，弟弟將來怕是會落下胎病呢。」

大夫人聽著再也忍不住，眼淚噴湧而出。

素顏看著也心酸。當年，祖父外放西南多年，若不是外祖父在皇上面前力薦，哪裡能夠調回京城，如今還得了個學士的官位，如今一見外家失了勢，遭了難，祖父和父親不說幫襯，還生怕連累……娘親若非懷了這個孩子，怕是早被休棄了。祖父與父親這種過河拆橋、捧高踩低的行為著實令人生恨，但她一個閨閣女兒也沒辦法幫到母親什麼，祖父和父親因她的八字太硬的緣故，一直就不喜歡她這個嫡長女，如今大夫人再一失勢，更加不待見她了。

「娘，事情已經成這樣了，您也別太傷心，先將身子養好了，把弟弟安全順利地生下來。外祖父家也只是一時遭難，世事無常，風水輪流轉，指不定哪一天，外祖父一家又會再起來呢。」

女兒的安慰並沒有讓大夫人轉顏，她仍是嚶嚶哭泣著。青凌沏了茶出來，看見這情景便直嘆氣，素顏便吩咐紫晴拿了燕窩去燉。大夫人身體太弱，就是因為心情鬱結太過，又茶飯不思的緣故，若好生將養，也不至於懷著個肚子還經常不下床。

母女正相對落淚，外面便有小丫頭來報，說是中山侯夫人來了。

大夫人聽得一喜，眼睛都亮了起來，掙扎著就要起來，又吩咐青凌給她淨面。素顏拭乾了淚，忙起了身到外面去迎侯夫人。

侯夫人在玉環的帶領下，帶著自己的兩個丫鬟進來了。

素顏看得微怔，以為會是老太太或者二夫人陪著的，沒想到，二夫人竟是放心讓侯夫人單獨來見大夫人。

心中雖疑，臉上卻掛著禮貌的笑，將侯夫人引進內室。

大夫人也已經下了床，侯夫人一見大夫人那形容消瘦的模樣，眼圈就紅了。「淑貞妹妹，妳怎麼……怎麼成這個模樣了？」說著，緊走幾步便上前去握住了大夫人的手。

她不問還好，一問之下，大夫人好不容易止了的淚又流了出來。「秀蘭姊姊……」

素顏在一邊看著便覺得無奈，看青凌忙著沏茶，她便看了玉環一眼，生怕大夫人當著玉環的面對侯夫人說出什麼不好的話來，便去拉了玉環的手道：「先前在老太太屋裡忘記多謝姊姊了，姊姊沒有因我受罰吧？」

說著，臉上便露出一絲愧意來，身子卻是正好擋住了玉環的視線。

玉環在老太太跟前服侍多年，早養成了察言觀色的本事，自然看得出大姑娘的用意，便笑了笑道：「大姑娘言重了，您又不曾得了奴婢東西，自然無須道謝。侯夫人既然已經送到了，那奴婢便先回了，世子爺在老太太屋裡，奴婢還得吩咐人去備好點心呢。」說著，很有眼力地轉身出了門。

素顏很殷勤地送到了穿堂外。「姊姊好走，見了老太太自管說，大夫人在屋裡好生養著胎呢，唉，若是能給父親生下個兒子，那便是藍家的福氣喔。」

大姑娘是在暗示，若大夫人生下兒子，那母憑子貴，大夫人保不齊又起了勢，再度成為藍家當家主母呢。

玉環想了想，道：「這是自然。大姑娘放心，奴婢方才看大夫人氣色就很好，與侯夫人也相談甚歡。」

素顏見對方很知趣，便鬆了一口氣，目送著玉環走開。

第三章

回到屋裡，便聽大夫人驚訝地大聲說道：「妳是來給世子提親的？先前可是聽說，那世子最是玩世不恭，行為放蕩無忌，吃喝嫖賭、好色荒淫，老太太一定不會同意這門親事。」

侯夫人卻是笑了，拉著大夫人的手拍了拍道：「侯爺可是皇后親哥哥，他家世子再不濟，那皇親的身分在那兒，又是請了我來保媒，算是夠給藍家面子了，如今又是最敏感之時，藍老太太就是再怎麼不願意，也不敢推辭的。」

「那倒是，只是侯府向來與藍家並不親厚，怎麼會突然想到要向藍家提親？」大夫人眉間凝著一絲擔憂，不解地問道。

「這個就不太清楚了，聽坊間傳聞，說是世子在護國寺偶然遇到藍府二姑娘，回去後便鬧著寧伯侯要來提親了。」侯夫人不以為意地說道。

原來是給二姑娘和寧伯侯世子保媒來的，可為何要帶了自家兒子來藍府呢？素顏在一旁聽著很是不解。

侯夫人抬眸看了她一眼，對大夫人道：「妳我當年的約定仍是不變，我們侯爺也是守信之人，今兒我來，便是帶了兩份庚帖，一份是寧伯侯世子的，一份便是我兒明昊的。大姑娘幾年不見，出落得越發漂亮大方了，我看了很喜歡。」

大夫人聽得一陣狂喜，猛地握緊了侯夫人的手。「秀蘭，妳……」話未出口，聲音已經哽咽，侯夫人也拿另一隻手拍了拍她的手背道：「哭什麼，是喜事呢，我特地將庚帖送到妳手裡來，妳家大姑娘的庚帖呢？拿來，我一併帶回去。」

聽到這個時候，素顏若再不明白就是傻子了。她的耳根一陣發熱，臉上浮出兩朵紅雲，羞得眼睛都不敢朝侯夫人看，侯夫人看著她這樣子，越發喜歡了。

老太太屋裡，上官明昊臉上帶著溫潤優雅的笑容，身姿筆挺地端坐在椅子上，小丫頭端著沏好的茶，紅著臉放到他身邊的小几上，一雙俏目不時往他身上瞟，他不以為意，神態自然閒適，端起茶來喝了一口。

自他進來，藍素情便被老太太趕到碧紗櫥後面。隔著紗櫥，她一雙美目膩在上官明昊身上便錯不開眼，一顆芳心撲撲直跳。先前娘親說，中山侯夫人可是來提親的，而且老太太還特地讓自己去換了衣服來見侯夫人，那便是給自己……越想心中越甜蜜，沒想到，中山侯世子如此俊逸非凡，只是一眼便讓她芳心大動，如今再聽說他會是自己的未來夫婿，心情更是難以平復。

藍老太爺送了世子過來後，便有事走了，上官明昊坐老太太屋裡便有些不自在。他著實不明白，為何藍老太爺會親自帶了他來到內宅，如今被藍老太太和藍家二夫人盯著看，越發覺得於禮有虧，正要起身告辭，那邊小丫頭打了簾子，藍素顏送了侯夫人進來。

上官明昊一回頭便觸到一雙明澈而寧靜的眸子，但只是與他對視一眼，便將目光移了開去，眼底閃過一絲羞澀。他微微一怔，看清那眸子主人有張清麗絕俗的面容，高眺玲瓏的身段，秀雅端莊的氣質，一時目光被吸引住，定定看著那人，那雙眸子便又看了回來，只是眸中含了一絲惱意，他忙收斂心神，轉開眼去。

藍素顏被上官明昊看得好不自在，尤其又知道那人是自己的未婚夫，便更是羞澀不已。她儘管自己是從千百年後穿過來的，但被一個俊美無儔的男子盯著看，怎麼也會害羞的。她忙垂首斂目，靜靜地退出老太太屋裡。

在碧紗櫥後的藍素情看到這一幕，眼裡露出嫉恨之色，心中暗罵藍素顏不要臉，不顧男女大防，故意到世子面前來現眼，好勾引自己的心上人。不過，她自信得很，上官明昊只是沒有看到更美的，才會一時被藍素顏吸引了，一會子找個機會讓他見上一見，他必定會為自己而傾倒的。

侯夫人說明來意後，便將寧伯侯世子的庚帖拿出來，遞給老太太，又親自提出與藍家結為秦晉之好的意思。老太太也不知是沒聽清楚，還是不瞭解寧伯侯世子的為人，總之是二話沒說便將婚事應允了，並讓二夫人拿了藍素情的庚帖來交給侯夫人。

侯夫人見事情辦完，便又閒話了幾句就起身告辭，倒是讓如坐針氈的上官明昊鬆了一口氣，起了身給老太太和二夫人行了禮後，便扶著侯夫人一起告辭出來。

二夫人殷勤地送出了門，親親熱熱地拉著侯夫人的手。「承蒙夫人看得起藍家姑娘，這親事議定之後，咱們兩家便是親家，以後可得常來常往才是。」

她這一握侯夫人的手，上官明昊反倒不好意思再扶著侯夫人了，只好放慢了腳步，禮貌地在後面跟著。

「那是，我與大夫人原是世交，以後結了親後，二夫人可以和大夫人常來侯爺府走動走動。」侯夫人淡笑著回道。

藍素情一見上官明昊走了，便立即從碧紗櫥中出來，自偏門出了屋，見二夫人正待送侯夫人，心中一喜，便裝作偶遇的樣子，在後面嬌呼了一聲。「娘親……」

二夫人回頭，一看自己家女兒的神色便知她的意思，她也著實很中意上官明昊，便很配合地說道：「素情，侯夫人要走了，妳來陪娘送送夫人。」

侯夫人早就見過藍素情。在老太太屋裡時，藍家的二姑娘很乖巧地在自己跟前獻殷勤，這會子出現的原因，她不用猜也明白，不由看了兒子一眼。

上官明昊也回了頭，對面走來的女子讓他眼前一亮，同樣天姿國色，只是與方才那位女子氣質不同而已，先前那一位從容大氣、端莊優雅，最是難忘那雙明淨純澈的眼睛，就那樣淡淡地看過來，像是能看穿人的心靈一般。而這位姑娘，柔弱嬌俏，通體自有一股風流之美，雙眼似嗔還喜，美眸含情，他不由心中一震，忙移開了目光。

「娘親怎麼不留了夫人用過飯了再走？也好讓素情學習夫人的當家理事之道啊。」素情嬌嗔地依在二夫人身邊，眨巴著美麗的大眼笑道。

「娘可是一百個想留了夫人在家裡用飯呢，只是夫人可是公卿之家，家裡人事繁多，怕耽擱了夫人家裡之事。」二夫人笑得爽朗，兩眼也不時往上官明昊身上睃，看上官明昊果然在女兒一出現時便露驚豔的神色，心中更是得意，越發確定了與中山侯家聯姻的決心。

侯夫人禮貌地對二夫人道：「二夫人不必客氣，以後孩子們若是好了，來往的日子就多了。」

素顏回到自己屋裡，奶娘陳氏正拿著素顏換下的那件破衣縫補著，一抬頭，看素顏進來了，忙起了身。「大夫人可好些了，燕窩都喝了嗎？」

紫晴不等素顏回答便道：「大夫人今兒心情可好了，不只是喝了燕窩，還用了幾個瘦肉餃子呢。」

陳嬤嬤唸了聲阿彌陀佛，高興地說道：「這就好，只要肯吃東西，那孩子就能保得住，老天保佑大夫人生下大少爺，藍家有後，大夫人也可以脫困了。」

素顏看著陳嬤嬤手裡的那件破衣，心中一酸，說道：「不用補了，奶媽，明兒起，若我屋裡的用度銀子沒撥下來，就直接去老太太屋裡討就是，她可是當著中山侯夫人應了我的。」

陳嬤嬤聽得微怔，看向紫晴，紫晴眉眼裡都是喜色，邊幫素顏脫著外袍邊道：「是呢，著實是老太太親口應下的，不過，還有件更大的喜事嬤嬤不知道喔。」

陳嬤嬤聽得一喜，放下手中的衣服問道：「莫非老爺解了大夫人的禁，大夫人又掌了家了？」

紫晴聽得一撇嘴，搖了搖頭，隨即又笑咪咪地說道：「老爺如今正寵著三姨娘，哪有工夫管大夫人？再說了，大夫人就算被解了禁，大著個肚子也管不了家的。嬤嬤再猜，猜三次，三次不準嬤嬤就要請我吃榮仁堂的栗米糕。」

陳嬤嬤聽著就急，拿著手裡的針線繃子作勢要打紫晴，紫晴見了忙躲到素顏身後。「唉呀，嬤嬤猜不到就打人，太霸道了。」

「就打死妳這促狹鬼，快說。」陳嬤嬤打不著人，乾瞪著眼罵道。

素顏見了也是笑，只是笑容裡隱著一絲憂鬱，陳嬤嬤就越發擔心起來，問素顏。「莫非……是大姑娘的親事有著落了？」

素顏臉一紅，羞澀的將目光看向別處，臉上並無不豫。紫晴聽了便大聲笑道：「啊，嬤嬤明明就能猜中嘛，正是這事呢，中山侯夫人親口跟大夫人提的親，還換了庚帖呢！」

陳嬤嬤聽得一喜，拉住素顏的手，激動得眼淚都快要掉下來了。「大姑娘……太好了、太好了，真是否極泰來啊，大夫人也能放點心，心事也能鬆活些……但怎麼是把庚帖交到大夫人手裡，而不是老太太那兒？」陳嬤嬤突然覺得不對。「這可不合禮數，畢竟老太太才是府裡最尊貴的夫人呢，中山侯夫人也是公侯大家裡的主母，怎麼如此行事呢？」

素顏也覺得奇怪得很。難道侯夫人是怕老太太不同意，會從中作梗，所以越過老太太直接跟大夫人提親？

忙了一上午，素顏肚子也餓了，這時，素顏的另一個丫頭紫綢打了簾子進來，手裡正好提著食盒。

紫晴拿了帕子給素顏淨面淨手，陳嬤嬤便幫著擺飯，素顏抬眼朝那小几上的飯菜瞧去，兩葷兩素一湯，葷是一碟小炒乾魚，一碟瘦肉炒筍尖；兩素是一盤油煎豆腐，一盤青菜；湯是肚條燉香菇，比起平素來要好得太多，只是這些菜怕不夠五錢銀子吧。

素顏聽了不動聲色地喝完手裡的那碗湯，放下碗，紫晴正要給她送上飯，她卻將筷子放下了。「紫晴，妳去二姑娘屋裡走一趟，就說她上回畫的繡花樣子我很喜歡，讓她借給我做樣子。」

大姑娘什麼時候跟二姑娘親近起來了，還要借二姑娘的東西？二姑娘肯不肯還是兩說，這個時候去，二姑娘正在用飯吧……

紫晴猶豫地看了陳嬤嬤一眼，沒有動，素顏便抬了眼冷冷地看著她，紫晴感到一股涼意自後頸升起，脖子一縮，點頭應是，抬腳就走了。

素顏便靜靜看著桌上的飯菜，不吃也不動，端坐如山。陳嬤嬤和紫綢兩個面面相覷，陳嬤嬤幾次開口想問，但看見素顏冷肅的神情便忍住了，沒敢問出來。

一時，屋裡的空氣有些壓抑，素顏坐了一會子也感覺出來了，便對紫綢道：「我的衣裳也沒幾件能穿得出去的，今兒還被二姑娘扯破了一件，一會子紫晴回來，妳便到針線坊去，把我今年的秋衣領兩套回來。」

紫綢聽得怔住。領兩套秋衣？大姑娘今兒是怎麼了？她不是早就知道針線坊沒給她做秋衣嗎？怎麼這會子要自己去領？去了領不回來不說，又會遭人白眼，那些人保不齊又要給大姑娘沒臉的。只是大姑娘的語氣很堅定，一副不容置喙的樣子，她也只好應了。

沒多久，紫晴兩手空空地回來，一臉沮喪的樣子，一看便知道在二姑娘屋裡遭人奚落受氣了。

「奴婢沒用，東西沒借回來。」紫晴垂頭喪氣地說道。

「二姑娘是不是正在用飯？」素顏卻不以為意，一副早就知道是這結果的樣子。

「是呢，二姑娘正在正屋裡用飯，紅秀姊姊先前還擋著門不讓我進，是二姑娘親自叫了我進去問話的。二姑娘好像心情很好，奴婢看她喝了一碗蔘雞湯，又吃了幾個紅燒獅子頭，還用了一些石斑魚呢，屋裡的人都喜氣洋洋的。」

素顏聽了便冷笑一聲，慢慢地自椅子上站了起來。「妳可看清了，二姑娘桌上有幾樣菜？都是什麼菜？」

紫晴錯愕地看著素顏，隨即便有點明白大姑娘的意思了。「六菜一湯，四葷兩素，葷的全是上好的材料做的，奴婢只看著都流口水呢。」

「那好，把桌上的菜給我放回食盒，湯留著，跟我來。」素顏淡淡地說道，抬了腳便往外走。

陳嬤嬤一下急了眼，忙過來扯住她勸道：「好姑娘，不能去啊，二夫人苛刻，奶媽知道您心裡苦，可如今不是跟她爭的時候啊！大夫人被禁了足，老太太又只幫著二夫人說話，而老爺更是不待見姑娘，就是老太爺……雖然會憐惜您一些，但老太爺是不管內院裡的事的，您去了也只會得罪人，只會挨罵。都忍了這麼久了，再忍忍吧，等大夫人生了就好了。」

「若大夫人再生個女兒呢？是不是我們母女幾個就要被藍家趕出去，或者不給半點顏面地苟活著？奶媽，正是因為大夫人要生了，我才要去爭一爭，再不爭，等生了就沒機會了。」素顏語氣仍是淡淡的，眼裡卻是一派堅毅之色。

陳嬤嬤聽得愣然。她從來都沒想過大夫人會再生個女兒，一直以來，心裡便盼著大夫人能生兒子，只要有了嫡子，大夫人在藍家的地位才能回升，二夫人再怎麼受老太太的寵，再怎麼長袖善舞，沒生兒子就無法在藍府站住腳，又是個側室，名分上原就比不得大夫人，大夫人一定會翻身的……可是，這一切全都建立在大夫人能生出兒子的基礎上，是啊，生的不是兒子怎麼辦？

「奶媽陪您去。」陳嬤嬤心中一陣發酸，扶住素顏的手臂道。

「奴婢也去針線坊了。」紫綢收拾了食盒，將之交到紫晴手裡，身板站得筆直，眼睛直視著素顏。

素顏在紫綢的眼裡看到了支持和信任，她微點了頭，帶著紫晴向老太太院裡走去。

第四章

老太太屋裡，老太爺正面色嚴峻地坐在屋裡喝著茶，剛用過飯，老太太便支開了身邊的人，將中山侯夫人送來的庚帖遞給老太爺看。

「寧伯侯世子怎麼會突然看上咱們家二丫頭？還請了中山侯夫人來保媒，妾身原想著等您來了再作決定的，可如今朝局正亂，這兩家都不是咱們藍家能得罪得起的，所以當時便接過庚帖，將親事給訂下來了。」老太太斟酌著，小意地看著老太爺的臉色。

老太爺惱怒地看了眼自己的老妻，在心裡嘆了口氣。活一輩子了，還是這樣喜歡擅弄權謀，目光又淺，事情都做下了，連個回還的餘地都沒有，現在才來告訴自己，不過是走過場罷了。

不過，他也知道老妻也並沒做錯，就算當時自己在，也會收下庚帖，訂下這門親事的。就如老太太說的，那兩家都是藍家得罪不起的人家，只是她怎麼也得先問過自己一聲才合情理吧？

「這事定了就定了吧，雖說世子名聲不太好，但到底是皇親，寧伯侯在朝中又位高權重，如今大皇子和二皇子都不敢輕易得罪他，何況是我們藍家。指不定，結了這門親後，還可以讓侯爺在大皇子面前說些好話，幫一幫顧家。唉，當年，若不是顧老爺，老夫恐怕還困在那窮山溝裡，永遠都沒出頭之日呢。」

老太太聽了鬆了一口氣，但嘴角卻露出一絲不屑。老太爺總念著顧家當年的好，這些年，藍家也沒少幫襯顧家，誰讓那顧老爺子冥頑不靈，非要與大皇子作對，還差點連累了藍家。只是老太爺如今是學士，要顧著在清流裡的名聲，藍家也不能對顧家太過落井下石，能幫一點就幫一點吧，不能幫，做個樣子給別人看也行。官場這點子事，老太太在官夫人中間混了幾十年，自然也是明白的。

「老太爺您說得是，妾身也希望親家能早些脫了困境呢。」老太太皮笑肉不笑地說道。

「只是，二丫頭怕是不太願意，您要不要再打聽一下，若寧伯侯家只是想與藍家結親，那嫁哪一個過去也是一樣的，若是……認定了二丫頭，我們也沒話可說，只能押著二丫頭認命就是了。」老太太試探著對老太爺說道。

「是認定二丫頭了，這事妳別再往歪裡扯，寧伯侯可不比別家，那出爾反爾的事可不能對他們家做。我可警告妳，妳對顧氏做的那些我睜隻眼閉隻眼就算了，畢竟顧家如今正處在刀尖上，這樣做反而間接保護了她，但大丫頭那裡，妳不能再讓她的婚事受委屈了，不然鬧出去，我真沒臉見故人。」老太爺冷冷地對老太太說道，素日溫和的眼神也變得凌厲了起來。

老太太聽得心一噤，垂首應是，說話間，就聽金釧在外面大聲地說道：「大姑娘，您不能進去，老太爺和老太太正在議事呢！」

「金釧姊姊，請進去稟報老太爺和老太太，就說我有事求老太爺。」素顏的話說得雖然客氣，語氣卻很冰冷。金釧原想著老太太既然將人全都轟了出來，定然是不方便別人聽的事，這會子進去回事，老太太定然會不高興，可是……看大姑娘這架勢，似乎不進去就會硬闖，要是鬧將起來也是自己做下人的吃苦，如此一想，她只好說道：「那大姑娘您先等等，奴婢進去稟報了。」

她話音未落，裡面便傳來老太爺的話。「請大姑娘進來。」

素顏便帶著陳嬤嬤和紫晴魚貫而入。素顏有些日子沒見到老太爺了，見他鬢間添了幾絲白髮，眉間蘊著一絲憂色，忙上前恭謹地行了一禮。「孫女給老太爺和老太太請安。」

以往都是叫爺爺的，這會子卻是改了口叫老太爺，分明就是生分了，是因為她娘親的緣故吧。老太爺聽了心中微酸，柔聲說道：「起來吧，妳急著找我有什麼事？」

素顏聽了，便親手自紫晴手裡拿過食盒，又在老太爺面前跪了下來。「孫女不孝，打擾老太爺和老太太了，只是，這件事情有關藍家的體面，孫女不得不說。」

老太爺的眼睛便落在素顏手中的食盒上。「妳可曾用過飯了？」

「用了一碗肚條湯。餘下的，都提來了。」素顏老實地答道。

一聽肚條湯，老太爺的臉便有些發沈，轉過頭看老太太一眼，老太太臉上也顯出尷尬之色，忙掩飾著轉了話題，關切地對素顏道：「只喝點湯怎麼行，妳這孩子，越發瘦了，就是平素吃得太少的緣故。」

素顏便將食盒打開，將食盒裡的菜一樣一樣地擺在了桌上，老太爺一看，臉色更黑。「怎麼就這幾樣菜色？」轉過頭，怒視著老太太。

老太太臉一白，心中暗罵二夫人王氏，明明先前自己當著中山侯夫人許過諾，不許再剋扣大姑娘的嚼用的，她怎麼還是這樣？也怪不得大姑娘如此氣勢洶洶了。

「許是廚房裡發錯了，素顏啊，妳且先回去，奶奶這就著人將廚房管事的人罵一頓。妳可是藍家大姑娘，怎麼能這樣待妳呢。」老太太語氣很和藹，笑容也很和煦，只是目光很冷。

「廚房的人說了，今兒是給孫女改善了的，平素孫女用的還沒這個好呢。」素顏很無辜委屈地看著老太爺。「孫女也沒別的意思，只是早上來時，孫女穿著一件破衣來見老太太，正好撞見了中山侯夫人，在侯夫人面前失了體面。侯夫人說，作為嫡長女，每月的月例都有定數，吃食也是有規制的，藍家百年望族，書香門第，連這點子規矩都亂了，要是傳揚出去，真會對藍家聲譽有損。」

「糊塗！這都是些什麼事?!」老太爺的聲音都有些發抖了，指著老太太就喝道。「把王氏叫來！」

金釧被老太爺那聲喝斥嚇得一震，忙提了裙就往外走，親自去請小王氏了。

老太爺便讓素顏起來。「別跪著了，一會兒讓廚房再給妳做幾樣菜，先吃了飯再說吧。」

老太爺便問起大夫人的一些事來。「……妳有了閒就多去陪陪妳娘，讓她放寬心，好生養著胎就是。」

素顏聽了眼圈兒就紅了，水霧般的大眼亮晶晶地看著老太爺，眼底露出孺慕之色。老太爺看著心中生暖，指了一旁的杌子讓她坐，素顏哪裡敢坐，一會兒王氏來了她又要起來，不如就站著好了。老太爺見了便暗暗點頭，是個識大體的。

王氏很快便來了，臉上帶笑，進門便利索地給老太爺行了一禮，低眉順眼地低著頭，一副聽訓的樣子。

老太爺便看了眼老太太。畢竟是內院的事情，他作為公公也不好直接過問媳婦的事。老太太心裡早就有氣，又是當著老太爺的面，也想做給老太爺看，聲音便故意撥高了幾分。「說說，為何給大姑娘只備這幾樣菜？一大早不是跟妳說過，不可剋扣大姑娘的分例嗎？」

王氏進門便看到桌上的幾樣菜，再看老太爺的臉色和立在一旁的素顏，便明白了，心下便有絲慌張了起來，臉上的笑容卻仍是不減。

「回老太太的話，兒媳這也是遵從老太爺的教導，以勤儉持家，不能太過奢華，所以每個姑娘的用度便清減了一些，三姑娘、四姑娘屋裡也都是這個用度，兒媳並沒有偏心虧待任何一個姑娘，老太太若不信，可以使了人去查問。」

只說三姑娘和四姑娘，卻不說二姑娘，王氏好生狡猾，可是三姑娘和四姑娘都是庶出，庶女原就比嫡出的用度分例要低一些，怎麼能夠相提並論？大夫人的嫡妻之位並沒有休棄，她憑什麼就將自己貶得和庶出之女一樣？

老太太聽了，臉色卻是放鬆了一些，柔聲對素顏道：「妳二娘說得也沒錯，勤儉持家可是美德，她並非故意薄待於妳，妳年紀小，做事會衝動也是有的，這一次就算了，以後可要三思而後行。」言下之意，素顏在家長面前言長輩過失、行告狀之事仍是犯錯，不過念在她年輕便不責罰，下不為例。

這話讓素顏聽得心火直冒，攏在袖中的手便緊緊握成了拳頭。當著老太爺的面老太太也敢粉飾太平，真當自己是傻子呢。

她沈默著，卻是抬了頭，靜靜地看著老太爺，等老太爺的反應。果然老太爺橫了老太太一眼，老太太立即又改了口氣。「不過蘭珍妳也是的，就是要節省，也該讓大姑娘和其他幾個姑娘分出區別來，嫡庶之間怎麼著也要有差別的，以後注意些，在這基礎上給大姑娘再加個葷菜。」

王氏聽了忙小聲認錯，低頭應了，老太太便想要打發素顏回去。「還沒用飯吧，妳先回去，一會子祖母讓人將飯菜送到妳屋裡。」聲音親切和暖，一副殷殷關切的樣子。

素顏聽了眼裡便帶了絲譏笑，她又恭敬地福了一禮，卻沒有退下的意思。「老太太，是孫女無狀了，謝老太太寬容。想來，二娘對孫女應該還是仁厚的，可能是下面的人看孫女的娘親如今落了勢，便捧高踩低，不把孫女看在眼裡也是有的。孫女最近在府裡也沒少受委屈，就是一個粗使的婆子也敢擺臉子給孫女兒瞧，趁著老太爺也在，孫女想立個威、出口氣，求老太爺和老太太恩准。」

老太太和王氏聽得臉色都變了一變。說是下面的人苛刻了她，言下之意還不是在指責老太太和當家主事的王氏？下面的人哪一個不是看主子的臉色行事，又有誰真敢逆了當家主子的意，給正經的大姑娘臉子瞧？可素顏的話說得漂亮，明說了王氏是仁厚的，若再阻止她出氣，不是欲蓋彌彰了嗎？

老太太的臉黑沈了下來，但老太爺正端肅地坐在屋裡，她就是再惱火，也不能當著老太爺的面斥責素顏，只好大聲說道：「是哪些個沒長眼的奴才，竟然敢對大姑娘無禮，妳說出來，奶奶替妳作主，打那奴才幾十板子去。」

「謝老太太，這首先欺負孫女兒的自然是廚房裡的管事，請老太太將她叫了來，孫女兒要與她當面對質，問她為何眼裡就沒孫女這個主子。」素顏又是曲膝一禮，眼睛直視著老太太說道。

老太太便看了王氏一眼，意思是事情是她鬧出來的，自己看著辦吧，有本事做刻薄事，就要有本事將事情包瞞緊了，如果連這點子馭下的本事也沒有，也別再當家理事了。

王氏心領神會。她確實有幾分把握讓那幾個廚房裡的管事將責任全都擔了起來，便含了笑，自信地對自己身邊的丫頭秋玉說道：「妳且去將那幾個沒眼力的婆子叫了來，她們竟敢背著我對大姑娘無禮，真是反了天了。」

沒多久，兩個廚房裡的管事婆子被叫來，一進門便跪下了，一副視死如歸的樣子，看來是被秋玉提前打了招呼，有了心理準備了。

王氏剛要開口，素顏卻是走到了屋中間，和顏悅色地對那兩個婆子道：「是王嬤嬤和趙嬤嬤吧？妳們可是有身分的管事嬤嬤，怎麼一進門就跪了呢，快快請起。」

兩個婆子被素顏的態度弄得迷糊了。秋玉方才明明說大姑娘要尋了她們兩個的錯，要懲治她們兩個，怎麼又……

「起來吧，我不過想問妳們一些事情而已，妳們也知道，我是再過幾個月便要及笄了，中饋之事半點也不懂，正想請幾位精明能幹的管事嬤嬤提點一二呢。」素顏笑如春風，親手扶了兩個婆子起來。

兩個婆子面面相覷，心中雖仍是忐忑，但不用挨打了，自然大鬆了一口氣。王嬤嬤便低了頭，恭順說道：「大姑娘折煞奴婢幾個了，有什麼吩咐，大姑娘儘管開口就是，快別說提點之類的話來。」

「請問嬤嬤，您管著的可是府裡的大廚房，專職府裡幾個主子的吃食，對吧？」

那王嬤嬤聽了點了點頭，藍府下人吃用是另設了廚房，她們幾個體面一些，便管著主子用的廚房。

「那嬤嬤可知今日一天，您所管著的廚房裡進了多少隻雞、多少隻鴨、幾板豬肉、多少條魚，用了多少油鹽醬醋、多少香蔥蒜料、多少斤乾貨？」素顏淡笑著問道。

問起她手頭上最熟悉的事物，王嬤嬤自然沒了戒心，她可是廚房的管事，若連這個都答不出來，那可就丟了王氏的臉了，一張口，便毫無顧忌地說道：「今兒倒是沒買幾隻鴨，雞卻是買了四十隻回來，三板豬肉、三十斤鮮魚，干貝、靈芝、香菇之類的乾貨十斤、香蔥一斤、蒜二斤，還有各種調料共二兩。」

「喔，那中午是正餐，這些食材應該耗不少了吧？」素顏一副受教的樣子，很好奇地接著問。

王氏在一旁已經感覺到了不對勁，當著老太爺的面，又不好說什麼，只好乾咳了一聲。

王嬤嬤聽了便看了王氏一眼，一時猶豫了起來，素顏便笑道：「這麼多的食材，按方才二娘說的，我們幾個姑娘可是一隻雞都沒吃到，就算二娘和幾位姨娘一人用了兩隻雞，加上老太太和老太爺屋裡燉湯又去了幾隻，廚房裡應該至少還剩了二十五隻，一會子我跟嬤嬤去瞧瞧，看看燉一碗雞湯得用多少隻雞去。」

「沒有，廚房裡只剩十五隻雞了。」王嬤嬤的汗都出來了，垂了頭，不敢看素顏。

「咦，怎麼可能？除了幾個姑娘，滿打滿算府裡也只剩幾個主子的，用不了那麼多啊，除非，妳們貪墨了食材——」素顏笑著圍著王嬤嬤打了個轉，聲音越發冷冽了起來。

「哪裡啊，二姑娘一人就用了四隻雞，她今兒吃的茄子可是用雞煨湯勾出來的，還有那紅燒獅子頭，也是用了一隻雞熬高湯做汁的，再剩兩隻燉了人蔘雞湯。」雖說二姑娘一人也吃不了那許多，但做這幾道菜，確實要耗這些食材的。

「咦，不是說每位姑娘吃食都是一樣的嗎？二娘方才還說要勤儉持家，怎麼二妹妹吃頓飯要用這麼多雞啊，怕是比老太太的花費還大些呢。」素顏一臉驚訝地說著，人卻是退回了一旁。話說到了這個分上，老太爺也應該明瞭個中實情了，王氏是長輩，她的錯處由不得自己來置喙，她只需點明即可。

老太太這時臉上一陣紅一陣白，眼神像刀子一樣向王氏剜去，王氏更是氣得差點咬碎一口銀牙，腦子裡飛快轉著，想著要怎麼在老太爺面前來回還。

老太爺卻是一掌拍在了八仙桌上，將屋裡的人震得一驚，一時間，整個屋裡靜得連一根針落地都能聽得見。

「這就是妳所說的持家有道的兒媳？這就是她所說的勤儉寬仁？連對一個嫡女都如此刻薄，府裡其他的庶女們還不知道會被她折磨成什麼樣，對自己親生卻放縱奢靡！如此刻薄寡恩、嫡庶不分，還兼之狡詐虛偽，我藍家自來家規嚴謹、家風正派，怎麼能容如此惡婦掌家？妳給我聽好了，妳親自主持中饋，三日之內整肅家風，若讓我再聽到什麼風言，可別怪我不顧幾十年的夫妻情面！」

老太爺說罷，便怒氣沖沖地拂袖而去。

該有的效果達到了，素顏恭謹地對老太太行了一禮，昂首挺胸，優雅地退出了老太太的屋裡，臨出門時，眼角餘光瞄到二娘王氏頹然地頓坐在地上。

陳嬤嬤和紫晴也跟著素顏出來了，一出門，陳嬤嬤便掏出帕子擦汗，追著素顏的步子勸道：「大姑娘，您今兒可是連著老太太一起得罪死了啊！唉，著實也是出了一口惡氣，可是，如今大夫人手上無權，您的嫁妝可還捏在老太太手裡呢，您應該再忍一忍的。要知道，女兒家嫁出去後，手裡的那點子活錢可全靠嫁妝裡的收成啊。」

素顏聽了心有所感，她腦子裡仍有這個身體以前的一些記憶，也明白這個社會裡女子嫁娶的風俗，若老太太不肯給自己嫁妝或者剋扣嫁妝，她也是沒法子的，總不能硬討吧？算了，老太爺最是愛面子，自己若是嫁到中山侯府去，藍家再怎麼著也不能做得太寒酸了，最起碼的嫁妝還是要給自己備齊的，不然，丟的也是藍家的臉面。

如此一想，她心裡便鬆活了許多，想著方才二夫人王氏那一臉灰敗的樣子，心裡便覺得快活。來了這麼久，一直就被她打壓著，心裡別提多憋屈了，總算是贏了一回。哼，以前是不太懂這裡的遊戲規則，所以才老實地任她欺負著，如今她也摸清了很多規矩，只要是照著遊戲規則來，不給把柄讓人家拿住，那她就不怕會被二夫人和老太太怎麼樣。

心情一好，腳步都輕快了一些，但剛出老太太的院子，快到月洞門時，卻看到老太爺正背著手站在不遠處，像是專門在等她。

第五章

素顏忙收了臉上得意的笑，小意地上前給老太爺行禮。

老太爺眼中含笑，伸了手摸了摸她的頭，聲音有些感慨。「不知不覺中，幾個孫女都長大成人了。」

素顏一時有些不適應老太爺的親近，臉上露出一絲赧色，低了頭恭謹地站著，小意地問道：「老太爺是在等孫女嗎？」

「嗯，是在等妳。以前爺爺忽視了妳，今兒才發現，我家素顏聰慧過人，對付妳二娘時，可是連兵法都用上了，哈哈哈，知道用彼之矛攻彼之盾，使對方的謊言不攻自破，妳做得好。」老太爺笑得老懷快慰，一副很欣賞的樣子，看素顏的眼裡也露出滿滿的親切來。

素顏臉更紅了，頭快垂到胸前去了。知道自家老太爺是個精明睿智的人，果然自己的那點伎倆早就被他看穿，只是，她的目的只是初步實現，深宅大院裡就有如前世的職場，想要過得更好，就必須手上有權，她想要在自己出嫁之前，給大夫人創造一個好一點的生活環境，至少，得幫她將府裡的掌家權給奪回來。

「只是，還要懂得內斂一些，有時候鋒芒太露可是會吃虧的。」老太爺笑容不滅，抬了腳往前走著，一副要邊走邊聊的樣子，素顏忙跟了上去，邊應道：「是，孫女知道了，謝爺爺教誨。」

「放心吧，妳的嫁妝爺爺不會少了妳的，怎麼說也是藍家的嫡長女，怎麼能夠太寒酸呢？」老太爺歪了頭看著素顏，見她又窘又羞，笑意便更深了，挑了眉，難得像個老頑童一樣小聲附在她耳邊問道：「今兒爺爺可是特地將人帶進內院來了，妳可看到了？還滿意吧？」

素顏聽得一陣錯愕。原來，老太爺是知道自己與中山侯府訂親之事的，怪不得會帶了上官明昊到內院來，原來是給自己看的嗎？一陣暖意襲向胸膛，素顏第一次在府裡感受到了除大夫人以外的親情，臉上忍不住掛上甜甜的笑意。

只是老太爺的話她怎麼回啊？羞死人了。

老太爺看著孫女那張亦喜亦嗔的臉，不由又笑了幾聲，那邊，府裡的管家急急地走來，像是找老太爺有事，素顏便曲膝行禮告退了。

老太太屋裡，王氏正委屈地抽泣著。老太太惱怒地瞪著她罵道：「枉妳自詡精明，早上就提醒過妳，叫妳不要再對那幾個孩子刻薄了，妳不聽，看吧，如今是吃了啞巴虧吧。妳以庶女身分進了藍家，能得個側室之位早就該安心了，有我在，怎麼著也會讓妳有個安樂日子過的，可妳呢，一心只想往上爬，想做到正室位置上去，如今好不容易有了機會，顧氏娘家出了事，我也幫妳得了掌家之權，妳就是裝也要裝出幾分賢良淑德出來吧，卻一再打壓幾個嫡庶女，與幾個妾室爭風吃醋，目光短淺……妳可真是讓我失望透頂了！」

王氏聽得羞愧難當，眼淚汪汪地跪爬到老太太腳邊，悲悲切切地喚道：「姑姑，蘭珍知錯了，蘭珍知道姑姑是最疼蘭珍的，求姑姑幫我……」

老太太看王氏那個傷心的樣子，又氣又憐，王氏是她娘家兄長的庶女，她的娘親原是老太太身邊的大丫頭，被兄長看上後就收了房，但生了王氏沒多久就死了，王氏在娘家也是受盡了冷待的，好在老太太還算心疼這個姪女，又念在王氏的娘曾經服侍過她一場，便作主讓她嫁給了自己的大兒子做側室。

「莫要再哭了，看看這個吧，看完了，再想法子怎麼讓二丫頭認命。」老太太讓一旁的玉環扶了王氏起來。王氏只是暫時失去了掌家之權，這沒什麼，只要自己在藍府一日，王氏就還有翻身的機會，她如今更擔心的是手裡的這份庚帖。

寧伯侯世子在京城可算得上是臭名遠揚，許多顯達人家都不願意將女兒嫁與寧伯侯府，有那貪圖富貴、想利用女兒攀高枝的，寧伯侯府又瞧不上，那世子雖然浪蕩無形，眼界卻是高得很，一般的閨秀他還看不上，誰知他怎麼會看上了二丫頭，竟然還請動了中山侯夫人來保媒。如今庚帖都換了，若是二丫頭不肯，要鬧出什麼么蛾子來，那整個藍家都會遭殃。

王氏仍在哭哭啼啼的，見老太太遞了大紅的灑金庚帖過來，不由愣住。「您不是應了中山侯家的世子嗎？這庚帖是世子的？」

邊問邊打開，一看人名，立即傻了眼。怎麼會是寧伯侯世子葉成紹？

「姑姑，怎麼會是……會是寧伯侯世子？」王氏一臉驚詫，雙手攥著那庚帖，強忍住內心的震驚才沒將之撕碎。「怎麼不是中山侯世子？姑姑，是不是弄錯了，我明明聽中山侯夫人說，我們兩家要結為秦晉之好的啊！」

老太太的眸光凝了凝，沒有說話。中山侯夫人上午確實說了一句，上官家與藍家會結為秦晉之好的話，卻沒有留下上官明昊的庚帖，這讓老太太也很奇怪。

王氏萬般不情願，不甘地又問老太太。「中山侯夫人若不想與藍家聯姻又何必帶了世子到藍家來，還讓世子進了內院，分明就是看中了我家二姑娘，怎麼一下子又變了卦呢？」

老太太臉上露出疲憊之色，揮了揮手道：「不管她說過什麼，又做了什麼，如今的事實是二姑娘已經許給了寧伯侯世子，這是不容置疑和更改的，妳還是快點早些回去給二姑娘備嫁妝才是正經。」

王氏還待再說，老太太已經起了身，在玉環和金釧攙扶下進了內室，王氏無奈地拿著庚帖退出了老太太的屋裡。

京城最大的一家吟鳳閣酒樓裡，三樓的雅間內，幾名身著華服的世家公子正在一起飲酒鬥詩。

其中坐於首座的公子，大約十七、八歲的樣子，頭戴紫金髮冠，身著一件煙青色宮錦長袍，長眉入鬢、目若燦星，俊臉如雕刻斧削一般，五官分明，薄唇微微翹起，帶著一絲玩世不恭的淺笑。此時他正慵懶地歪靠在黃梨木椅上，右手端杯，左手勾著一名絕色佳人的腰肢，將那杯中酒往美人檀口中送去。

「世子爺，奴家再不能喝了，您饒了奴家吧……」女子渾身嬌柔無力地坐在公子身上，媚眼如絲，聲音如灌了蜜一般甜得膩人，她一手纏著公子的頸脖，另一隻手卻是素指纖纖地輕撫公子的下巴，喝了杯中酒，卻是口含美酒，嘟嘴向公子唇邊送去，而男子卻是將頭一偏，讓了開去。

在座其他幾位華服公子各人身邊都有一位美人相伴，看到這一幕，都放聲調笑了起來。

「成紹兄，最難消受美人恩啊，你快快接了啊！」

那公子唇邊笑意更深，淡淡地看向那美人，一雙燦若星辰的桃花眼裡卻射出冰冷寒光，美人渾身一抖，口中的酒不小心便吞入自己喉中，頓時嗆住，一時嬌咳連連，那樣子我見猶憐，更添了幾分嫵媚風情。男子很溫柔地挾了一筷子的菜送入那美人口中。「好凌霜，吃了這筷子菜妳會好過一些。怎麼這麼不小心呢？」

好一個溫柔多情的風流公子模樣，似乎剛才那冰寒凍骨的眼光是別人發出來的一般。女子不敢怠慢，張開粉唇，忍住喉間的辛辣，乖乖地將菜吃了。

席間的公子們發出一陣哄笑聲，其中一名著藏青色華服的公子斜睨著葉成紹道：「成紹兄，你可真是豔福不淺啊，誰不知道凌霜是百花樓的花魁，向來潔身自好，賣藝不賣身，為了你，竟然肯出樓相陪，這滿京城也就你葉公子面子最大，真真羨煞我等啊！」

那名為凌霜的女子聽了，嬌羞地垂頭，一雙翦水雙瞳卻是偷偷往葉成紹身上瞟，含情脈脈、目露深情。葉成紹淡然一笑，卻是不露痕跡地推開凌霜纏在脖子上的皓白玉臂，逕自再倒了杯酒，對那青衣公子道：「錢兄，你若喜歡，我便將她買了送你如何？」

凌霜一聽，嫵媚的笑容便僵在了臉上，俏目浮上盈盈淚滴，一副傷心欲絕、楚楚可憐的樣子。那錢姓公子見了忙起身，連連拱手作揖，陪罪道：「不敢、不敢，在下哪敢奪成紹兄所好，再說了，凌霜妹妹一顆芳心可全繫在成紹兄身上，兄弟這點子自知之明還是有的。」

其他公子看了笑聲更大，指著葉成紹。「你看你，都把凌霜美人弄哭了，快哄哄她吧，不然下次可就請不動她了。」

葉成紹卻是收了笑，正要說什麼，雅間門忽地打開了，一名長隨模樣的少年走近葉成紹，在他耳邊說了幾句什麼，葉成紹的唇邊那抹玩世不恭的笑容又浮現出來，卻是將杯中之酒一飲而盡，對方才發話的錢姓公子一伸手道：「一萬兩銀子，拿來。」

錢姓公子聽得一震，莫名其妙地看著他。「什麼一萬兩？」

葉成紹聽了眼中笑意立斂，手中杯子毫無預警地向那錢姓公子擲去，那錢公子嚇得一跳，忙抱頭蹲身，那杯子擊中他的手臂，他立即「唉喲」一聲，哇哇大叫起來。「成紹兄，我的世子爺，你要銀子，也得跟在下說清名目啊，在下真不知道是打的哪一樁賭約啊！」

「你不是說，誰娶到了那位藍家二姑娘就賭五千兩銀子嗎？還說若成紹兄能成功，銀子便翻倍。錢兄，這話可是當著大夥兒說的喔，成紹兄找你要的，怕就是這一筆吧。」一旁邊一位年紀稍長、容長臉的白衣公子笑著說道。

錢公子立即露出一臉苦笑，不可置信地看著葉成紹道：「不會吧？成紹兄，你不是說她是隻母孔雀嗎？怎麼會真的提了親，你……不會是開玩笑的吧？」

葉成紹懶懶地站起身來，手中摺扇點向身後的小廝。「墨書，收帳。」說著，也不管旁人怎麼看他，自己抬腳就往外走。

那錢公子忙道：「急什麼，兄弟既是賭了，願賭服輸，一定不會賴了成紹兄的賭帳，只是成紹兄你確定要娶那隻藍孔雀？不會後悔？」

葉成紹緩緩回過頭來，臉上那抹玩世不恭卻不見了，迷人的桃花眼一片清明，眼底露出一絲罕見的溫柔，正當所有人以為他對藍家二小姐動了真情時，他卻緩緩地說道：「為何後悔？最多娶了她再休就是了，總之你的一萬兩銀票快些付清才是正經。」

說著，再不回頭，懶懶地向雅間外走去，留下一屋子的俊男美女面面相覷。

這個葉成紹，連娶親都是如此兒戲。屋裡又有人嘲笑起錢公子來。「錢兄可是看清楚了，以後可再也別胡亂跟成紹那廝打賭了，那小子，你們誰也摸不清他究竟在想什麼，可不是一般正常人。」

他的話立即便有人附和，但錢公子卻是心有餘悸，不敢接他們的話，捂著剛被酒杯打得紅腫的手，苦著臉說道：「你們坐，小弟我回家找老頭子哭銀子去。」

素顏回到屋裡，紫綢還沒有回來，陳嬤嬤很是不安，紫晴卻是大感快慰，大大的杏眼裡透著興奮，看素顏的眼睛閃閃發亮。「大姑娘，您今兒好厲害喔，二夫人這會子怕是肝都氣痛了。」

素顏聽了臉色微沈。紫晴這丫頭人不錯，就是沒心沒肺，說話也沒個顧忌，這樣的話放在心裡頭就好，這院子雖說是素顏的，但難保有那捧高踩低、討好賣乖的人會將話傳了出去，到時候又是是非。

陳嬤嬤見了便剜了紫晴一眼，紫晴的笑臉立即垮了，歪了頭睃了素顏一眼。「奴婢去燒水了。」說著，一溜煙地跑了。

第六章

陳嬤嬤說道：「奴婢再仔細教教她，心性是不壞的，也忠心，只是嘴不緊，再調教個兩年，應該是把好手，只是姑娘怕是跨過年就得嫁了，到時候看情形，好就跟著一起過去，不好的話，姑娘再想法子給她尋條出路得了。」

素顏聽了點了點頭，也只能這麼著了。一會子，紫綢拿了個小包袱進來，臉上帶著絲怒意。素顏瞟了她手裡的包袱一眼，還好，至少沒有空手回，已經是最大的收穫了。

果然紫綢打開包袱，拿出裡面的衣服抖開來，是一件青花藍的杭綢長襖，看厚度該是鋪的絲絨，領口胸襟紅口都繡了縴絲金線花邊，面料和樣式都不錯，做工也精細，應該是意外的收穫了，紫綢怎麼還不滿意呢？

「奴婢去跟針線坊的管事嬤嬤一說，那嬤嬤當時就沒給好臉子瞧，只說大姑娘說晚了，今年春、秋兩季的衣服都做完了，如今在做的是老太太和二姑娘幾個的冬衣，沒閒暇再做過季的衣服。奴婢當時就惱了，便和她爭辯了幾句，她著了惱就把奴婢往外轟，奴婢也不是怕事的，正要與她理論，老太太屋裡的玉環姊姊來了。

「看見奴婢在，問清情況後當時就把那管事婆子罵了一頓，說讓她把府裡頭其他的衣服便擱下，先幫大姑娘將春、秋兩季的衣服做好，不然就要罰那管事婆子云云。奴婢覺得詫異，既然老太太屋裡的人發了話，那便不怕針線坊的人再打推辭，便要離開，誰知那管事婆子竟給奴婢陪了罪，還拿了這件衣服來，說原是給二姑娘做的，但二姑娘不喜緙絲，所以就放在針線坊了，若是大姑娘不嫌棄，就先穿著，剩下的她們會趕工做。」

紫綢的嗓音軟軟的，語速也不疾不徐，口齒清晰有條理，聽著很舒服。陳嬤嬤和素顏知道原委便相視一笑，知道這一次老太太再不會慢待自己了，心下也覺得爽快，拿了那絲襖在身上比了比，她的身材比素情略高一些，這衣服既是按素情的樣子做，只怕短了。

「衣服要上身試了才知道，不如奴婢幫姑娘換上去看看。」紫綢見自己說了一大通，素顏和陳嬤嬤只是笑，心裡隱隱也猜著了一些，便也不再細問，熱情幫素顏更衣。

哪知穿上身後，衣服果然合身，素顏皮膚細膩如瓷又白中透紅，青瓷藍的衣服更是襯得她芙蓉粉面、豔麗嬌俏，加上她通身有種淡定從容的氣質，一件看似普通的絲襖穿在她身上便如站立雲端的仙子。

紫綢看得兩眼發亮，陳嬤嬤更是笑得眼都瞇了。「咱們大姑娘就是長得美，穿什麼都好看，就像仙女一樣。」

「可不，先前奴婢也看三姑娘有過一件這個色了，穿著就沒我們大姑娘好看。」紫晴端了茶從後面進來，看著素顏就錯不開眼，說話又沒個輕重了起來。

陳嬤嬤一聽便拿帕子甩她。「妳不說話沒人當妳啞巴。三姑娘身子弱，穿衣服和大姑娘那是不同的味道，小蹄子，以後少說話、多做事，不然，把妳隨便配個小廝去。」

紫晴被罵得眼圈都紅了，低了頭，老實把茶呈給素顏。素顏沒接茶，只是淡淡地看著紫晴。紫晴愣怔在屋裡，端茶的手一直伸著，也不敢收回，好半晌後，跪了下來。「大姑娘，奴婢錯了，以後再也不敢胡亂說話了。」

素顏這才接了她手中的茶，喝了一口。紫綢忙過去扶她，陳嬤嬤卻是拿眼瞪紫綢，紫綢雖然不忍，但也知道這是大姑娘和陳嬤嬤在調教紫晴，於是就放開了手。

那天以後，紫晴變得沈默多了，就是小丫頭幾個在一起閒聊時，她也很少插嘴說話，只是當素顏問起她時，她才回答，說話時，還會思慮一會兒才開口。

素顏第二天梳洗整齊後便給老太太請安。她記取了頭天的教訓，就算再擔心大夫人，也要按禮數來，免得讓別人抓了把柄。

老太太屋裡，二姑娘素情、三姑娘素麗、四姑娘素容都到了。二姑娘臉色有些憔悴，眼睛通紅的，一看便知道是哭過了。素顏進去時，素情正拿眼瞪三姑娘素麗，三姑娘是三姨娘的女兒，今年才十三歲，性子活潑好動、口齒伶俐，又會察言觀色，很得老太太的喜歡。她柳葉眉下一雙靈動的大眼撲閃撲閃的，一笑，兩個酒窩便若隱若現，一派天真爛漫的樣子。素顏也很喜歡這個妹妹，不過深宅大院裡頭的女孩子，又是個庶出的，能得了老太太的歡心，又能讓大夫人和自己都不討厭，便絕不能用天真來形容。

果然素麗被二姑娘瞪了一眼後便委屈地閉嘴，怯怯地退到了一旁，縮回原位站著。

素顏低眉順眼地給老太太請了安，老太太點了頭後，她也退到了素麗的一邊，和她一同站著，素麗便睃她一眼，臉上綻開一朵友好的笑容。

素顏對她點了下頭，算是打招呼。

素麗左右歪了頭，細細打量著素顏身上的絲棉襖，讚嘆了起來。「大姊的身段可比我好多了，前兒我也穿了這樣一件衣服，怎麼就沒這麼好看呢？這衣服還是要人穿啊。」

素顏就想起紫晴說過素麗也有這樣一件衣服的事情，便淡淡地笑了笑道：「三妹妹也是美人胚子，妳只是身量還沒長齊罷了，等再過兩年，妳再長高一些，便是穿什麼都好看了。」

素麗聽了，眼睛都笑成了月牙兒，對素顏福了一福道：「謝大姊，大姊就是厚道，總說好聽的話兒哄我呢。三姨娘就不高，再長兩年，怕也不能有大姊這身量，怎麼穿也沒大姊好看的。」

素顏聽了，摸了下素麗的頭，笑了笑，沒再說話。

老太太正與府裡幾個有體面的管事婆子在商量著什麼事情，二夫人王氏將對牌和鑰匙都交還給了老太太，老太太不得不打起十二分精神來處理府中的瑣事。

老太太明知孫女兒都會在這個時候來給她請安，卻沒有避開孫女的意思，想來，也是想言傳身教，讓幾個孫女都學些管家持府之道吧。

老太太雖說年紀大了，但畢竟是當了幾十年的當家主母，分派事務時，條理清晰、簡單明瞭，大凡小事到了她這裡都化繁為簡，管事婆子聽得也明瞭，她們一個個領了差事下去，素顏也在老太太與管事婆子的對話間知道了一些府裡的事務。

九九重陽節那天，壽王府要大辦一個重陽賞菊會，京城有些頭臉人家的公子小姐都收到了帖子，邀了一同去王府賞菊。藍府有三位小姐收到了帖子，方才王管事已將帖子送到了老太太手上，老太太便分派針線坊的管事娘子給三個收了帖子的姑娘做身出門的衣服，再加訂幾件首飾。離九月九還有些日子，但衣服款式、首飾花樣還是早些訂出來，到時也不會出錯。

回事的人都走了後，老太太才有空喝了口茶，神情有些疲憊地掃了一眼屋裡的孫女，目光在素顏身上停留了片刻。「素顏，妳方才可學到了些東西？」是想要考自己吧？看老太太臉色溫和，神情親切，就像根本沒將昨天的事情放在心上一般。

「老太太您精明能幹，化繁為簡，將一應瑣事安排得井井有條，孫女大受裨益。」素顏很誠懇地說道。

「那妳以後便天天來幫著奶奶處理一些瑣事吧，奶奶年紀大了，一天、兩天的還好，時間長了便沒那精神應付。」老太太一副慈祥可親的樣子，語氣略感悵然。

素顏卻是聽得一震。老太太怎麼一下子對自己改了態度，來了個九十度的大轉彎？還當著眾姊妹的面一副要培養自己的樣子，心裡警鈴大起，臉上卻不露半點，一副受寵若驚的神情。

「這可是難得的學習機會，謝老太太抬舉，孫女一定會用心學習的，哪怕只學了老太太您的三分之一，將來孫女出了門子，也能在家事上得心應手了。」

素顏的話禮貌裡帶著絲討好，讓人聽著很舒服，老太太眼裡卻是精光閃爍。

「奶奶，那孫女明兒也來聽您理事，孫女也要好好學習當家理事之道。」素麗聽了也嬌聲說道，她的聲音清脆悅耳，有如珠玉相碰，叮咚作響。

老太太卻像沒聽見一般，端了茶又喝一口，一旁的素情便冷哼了一聲，斜睨了眼素麗，一臉的鄙夷之色。

素麗眼神黯了黯，但隨即又恢復了笑，自袖袋裡拿了個香囊出來雙手呈上。「奶奶，這是素麗費了好幾天工夫才做好的香囊，孫女採了野菊花、百合、千日紅，洗淨晾乾後做的，能安神清火，奶奶您要管家也太辛苦了，要多多休息才是呢。」

老太太聽得笑了，瞋了素麗一眼道：「妳這孩子最孝順了，心眼又多，快拿來吧，奶奶承妳的情了。」

素麗雙手捧著，小心翼翼地送到老太太面前。老太太拿著香囊細細看了遍。「嗯，繡工又大有長進啊，比妳二姊的手法可是只強不弱呢，妳姨娘可有指點？」

素麗聽了臉色略顯赧色，微垂了首。「底下的邊都是姨娘指點著絞的，孫女兒絞花邊還是不太里手，我會用心再練的。」一副勤奮好學的乖寶寶模樣。

素情的臉色是更黑了，只是她又瞪了眼素麗，冷哼一聲地轉過頭去，一副不想與她為伍的樣子。素麗目光閃了閃，臉上卻仍帶著笑意。

老太太便笑著讓玉環拿東西來賞她，當然，屋裡的幾個孫女個個都有分，素顏得了兩朵宮製絹花，素情的是一個珊瑚簪子，素麗的最好，是一對玉蝴蝶小簪，素容才六歲，老太太便賞了她一對琉璃做的金魚，晶瑩剔透、栩栩如生，把個小丫頭喜得兩眼亮晶晶的。

從老太太屋裡出來，素顏便帶著陳嬤嬤一起往大夫人屋裡走。陳嬤嬤若有所思的跟在素顏後面，看素顏走得遠了，便追了上來。「大姑娘，不覺得奇怪嗎？老太太可是一直不待見您的，今兒也太熱情了些，難道是老太爺放過話了？」

素顏不由笑了起來，微駐了足道：「不用擔心的，總比成天叫我掃把星的好，最多我每天去了就聽看著，不發表意見就是。反正我是學中饋，又沒權，人家也不見得會聽我的意見，只當自己旁觀，就是有什麼事情也鬧不到我頭上來。」

陳嬤嬤想想覺得也有道理，大姑娘如今比以往機智多了，老太太真有什麼見不得人的目的，就算現在看不出來，以後大姑娘也會隨機應變的，只是……

總覺得心裡還是不安，陳嬤嬤想了想便道：「算了，一會子問問大夫人吧，大夫人畢竟給老太太做了十幾年的兒媳婦了，肯定很瞭解老太太的。」

「還是別告訴娘親了，以免她擔心，她心裡的事情夠多了，我想盼著她能放開懷了才好，不然肚子裡的孩子也會受影響的。」素顏卻是搖了搖頭道。

大夫人今天的精神要好多了，素顏進去時，她正坐在小几旁用了一碗雞湯，還吃了兩個小籠包子，見素顏進來，臉上就帶了笑。「可用過早飯？」

素顏上前給大夫人行了禮，青凌搬了個繡凳過來給素顏。「我用過了，才先去了老太太屋裡，給老太太請了安，再來看您的，您今兒可好些了？」

素顏挨著大夫人坐下，眼睛卻看著小几上的幾個菜色，一籠小湯包，一碟麻油炒榨菜絲，一盤涼菜、雞湯，還有一碗蓮子羹，很豐富，只是大夫人沒用多少，大部分都剩下了。

「今兒的湯包很鮮，妳還吃一個吧？」大夫人挾了個包子問素顏。

「平時的湯包沒這麼好吃嗎？」素顏笑著隨口問道。

青凌聽了，臉上就露出忿忿之色來。「平日裡有時也有湯包，但一般都是前日吃剩下的。夫人當初當家理事時，廚房裡哪有存貨，一般都是當天的當天吃完，有剩的也是賞給下人們吃的，哪裡有拿剩食給主母的理？」

這話又觸動了大夫人的傷心處，她臉上的微笑隱了下去。素顏忙轉移話題道：「今兒老太太教了女兒不少持家的學問呢，女兒正有些不明白的要向母親討教。」

一問到大夫人最熟悉的事物，大夫人的臉色又明亮了起來，將碗筷一推，拉著素顏的手便絮絮叨叨地說起管家理事的事情。素顏認真聽著，偶爾也問一、兩個問題，大夫人便一一為她解答，母女倆難得愉快地在一起交談，坐了小半個時辰，大夫人便吩咐青凌。「妳到大廚房裡去看看，可有新鮮的桔子，給我弄一些來。」

青凌聽了應聲去了，大夫人的另一個大丫頭青楓見了便說道：「夫人，難得今兒開心，奴婢到後面去給大姑娘做些山藥糕來吧。」

大夫人笑咪咪地點了頭，屋裡便只剩下了陳嬤嬤，素顏便看了陳嬤嬤一眼，陳嬤嬤臉一紅，正要出去，大夫人卻道：「妳留下來吧，妳的為人我信得過的。」

陳嬤嬤聽了眼裡就浮了淚，輕輕地應了一聲，走到門口處站著，眼睛看著穿堂外。

第七章

大夫人起了身，從枕頭底下將兩張紅庚帖拿了出來，遞給素顏，神情嚴肅。「二姑娘許的是寧伯侯世子，以妳二娘的性子，定然不會甘心將她的寶貝女兒嫁給那樣一個浪蕩子，二姑娘也不是個容易就範的，只怕過不了多久，這府裡就會弄出大事來。娘管不了她們如何，只想讓妳平安嫁了就好，這是妳和中山侯世子的八字庚帖，妳偷偷拿去給老太爺，讓他幫妳找人排了。」

「娘，老太太還不知道女兒的親事吧？」素顏覺得這件事很納悶，老太太怎麼說也是府裡地位最尊崇的當家主母，大夫人怎麼能將自己的婚事瞞著老太太呢？

「昨兒侯夫人說，老太太的意思是想將二姑娘許給她做兒媳，她當時沒應，就說起了妳，老太太當著侯夫人的面就說妳的八字太硬，是剋父剋母的命，侯夫人當時就生了氣。妳和明昊的八字其實在你們很小的時候就排過，八字很合的，為這，她還去護國寺問過文虛大師。」大夫人沈著臉，眼裡露出一絲悲憤之色。

問過文虛大師，然後又來了藍家提親，就說明自己的八字還是很好的，並不剋夫，所以侯夫人才會不顧自己掃把星的名聲來提親吧？

「是怕老太太從中作梗，所以要瞞著她嗎？」素顏仍有些忐忑不安。她雖然對這樣的婚姻有幾分牴觸，但自己既沒反抗的本事，嫁個自己看得過去的人，總比一個完全陌生的人好，而且，侯夫人看著通達賢明，給她做媳婦應該不會受很多苦。

「妳奶奶可是個有本事的人，我們能防得一時算一時吧。聽說那寧伯侯世子可是出了名的浪蕩公子，侯夫人也是怕妳的庚帖會被換了才這樣做的。」大夫人嘆了口氣，支著腰站了起來。她坐得久了，腳便有些腫，素顏忙站起來扶著她在屋裡小步走，心下對老太太更添了幾分好奇和戒心，再聯想她今天對自己的態度，就更加小心了。

老太太屋裡，其他幾個姑娘都離開了，藍素情卻坐在老太太身邊垂淚。「奶奶，那寧伯侯世子可是出了名的惡人，家裡大大小小的妾室通房都有好些個，正妻還沒進門，就弄了滿屋子的花花草草，聽說，最近還總流連在酒肆花樓之中，實在不是孫女的良人啊，孫女……死都不嫁給他！」

老太太聽了便沈著臉道：「這事由不得妳，庚帖都換了，妳以為藍家能向寧伯侯府退親嗎？」

「那去找表姊吧，讓她請大皇子幫著說說話，寧伯侯再大，也越不過大皇子去吧？」素情以淚洗面，紅腫的俏目正滿懷希冀地看著老太太。

「哼，皇后娘娘還是寧伯侯的妹妹呢，妳說大皇子會聽了妳表姊一個側妃的話，跟他舅舅作對？」老太太毫不留情地潑了一瓢冷水到素情頭上。

「那讓大姊嫁給他好了，大姊不是八字硬嗎？正好剋得住他，指不定，大姊和寧伯侯世子就是良配呢。」

「庚帖上可是指明了是妳藍素情，連八字都排了，這豈是咱們隨便能改的事情？」老太太拿這個孫女真是頭痛，心裡不由又在罵自己那不爭氣的姪女，恨她將素情推到自己這裡來吵鬧，讓自己不得安寧。

「左也不行，右也不行，那怎麼辦嘛？難道您就忍心看著孫女往火坑裡跳嗎？奶奶，我不嫁，死都不嫁，誰愛嫁誰嫁去！」素情氣得自椅子上站了起來，大聲哭泣著，一跺腳，掩面奔了出去。

老太太氣得手都有些哆嗦。素情越發沒規矩了，竟然敢在自己面前這樣，也是自己平素太過嬌慣了些，才縱成了她現在這樣的性子，就她這個樣子，任是嫁到誰家去，都會跟公婆妯娌處不來，最後弄個怎麼死的都不知道。

一旁的張嬤嬤忙端了熱茶給老太太，好言勸道：「喝點熱的進去，壓一壓吧。兒孫自有兒孫福，主子您也別太揪心了，慢慢教，二姑娘會明白您的苦心的。」

老太太吃了口茶，果然氣息勻了些，嘆了口氣道：「我平素是不是太慣著她了？才讓她變成如今這個性子，這樣驕橫，到了別人府裡頭，可怎麼做人啊……」

張嬤嬤聽著就垂了眼。二姑娘是主子，老太太可以說她的不是，自己卻不能說，不過，就昨天二姑娘對大姑娘那張狂的勁，還真是讓人看不過眼去，確實有違藍家書香門風。

「二姑娘不是還小嘛，磨一磨就好了，趁著日子還遠，您親自調教調教，以主子您的學識風範，還怕教不好一個孫女兒？」話只往好裡說，卻也是變著法地承認，二姑娘的性子確實驕橫了。

老太太聽了便點了頭。「我只道她是個知禮懂事的，她平素在我跟前又乖巧得很，若非給她議親，還真看不出來她這樣任性無禮。妳怕是早就發現了吧，我知道妳是個嘴緊的，不怪妳，只是她這樣，著實讓人擔憂。」

張嬤嬤聽了就有些不自在，睃了老太太一眼，欲言又止，似是下了大決心才說道：「大姑娘昨兒個那衣服就是二姑娘扯破的，奴婢還親口聽二姑娘對大姑娘說……」

說了一半又打住，一副怕老太太聽了會受不了的樣子，這樣倒是使老太太更心焦，重重地將茶杯往桌上一放，喝道：「若是連妳也不肯跟我說實話，那我不成了個有耳的聾子了？」

張嬤嬤驚出一身冷汗，拿了帕子擦自己額頭的汗。「二姑娘說，只等大夫人的孩子一生，主子您和大老爺就會把大夫人休了，還說大夫人連累了藍家，若非大皇子身邊的王側妃幫襯著，只怕藍家也要遭殃了。」

老太太聽得臉都青了，坐在椅子上差一點暈過去，張嬤嬤嚇得忙給她撫著背，嘆氣道：「奴婢也是怕主子受不了，所以才沒敢說，要不是看二姑娘今天又氣了您，我斷不敢說出這些來的。這話好在是奴婢聽了，若是讓那些多嘴惹事的聽了去，只怕又會傳到老太爺耳朵裡，到時候……」

「我自然是信得過妳的，但是，她可是當著大姑娘的面說的啊！妳也看到了，大姑娘這兩天像是變了個人似的，看著老實，實則比誰都精明厲害，二姑娘如此辱罵了她娘親，她不想法子報復？看著吧，老太爺一準就知道這事了，明兒又會來責怪我沒教好人。」老太太昨天可算是領教過素顏的厲害了，以她的手段，肯定揪住素情這個錯處不放的。老太爺可是最在乎名聲的，似這等誅心的話叫他知道了，還不氣得暴跳如雷？第一個受責的便是自己了。

「奴婢看倒是未必，大姑娘看著雖厲害了些，但也是個孝順通達的人，她若要說，昨兒當著中山侯夫人的面就說了，當時就能給二夫人一個沒臉，也不用等到現在，昨兒她只說衣服破了，可是隻字也未提二姑娘一句的。」張嬤嬤忙斂神說道。

老太太聽了這話沒再說什麼，若有所思地坐著。張嬤嬤知道她把自己的話還是聽進去了的，但願老太太對大姑娘能改觀一些，最好是能將大夫人也解了禁。二夫人那人太過刻薄嚴厲又貪財好利，處事不公，府裡不少婆子丫鬟們都不喜她當家理事，倒是懷念起當初顧氏的溫厚大氣，只是老太太被親情蒙了眼，看不清楚這些罷了。

「妳派兩個婆子去守在二姑娘院子裡，好好看著她，有什麼風吹草動就來報我。庚帖一換，過不了多久，寧伯侯府怕是就會送納采禮來，接著就是小定，成親前，可不能讓她弄出什麼么蛾子出來。」老太太想了想還是覺得不放心，吩咐張嬤嬤道。

過了兩日，中山侯府請了平南伯夫人做媒人，正式跟老太爺和老太太提了大姑娘藍素顏的婚事。老太爺自然是當場就應下了，老太太則是愣在堂中，半晌沒有說話，只是臉色黑得嚇人，被老太爺瞪了幾眼才緩了神，不然真是連待客的禮數都難全了。平南伯夫人當時便有些下不了臺，好在老太太自己反應過來，忙殷勤地說著好話兒，扯了別的話頭將事情掩過。平南伯夫人離開時，雖是面上帶了笑，到底心裡有幾分不豫，到中山侯府回話時，語氣便很是不善。

侯夫人聽了卻是笑得眉眼都彎了。當日她幫寧伯侯世子提親時，故意語焉不詳，藍家老太太果然是有誤會的。這也算得上是為淑貞出了一口氣吧？

素顏得知中山侯正式請媒下聘的消息後，心中大定，心知這樁婚事應該不會有什麼變故了，便努力在屋裡拿起針線來學女紅。前世的她可是連扣子也不會縫的，這世的腦子裡雖然還有些女紅的記憶，但到底是換了個靈魂的，怎麼也熟練不到以前的程度，拿著針線的手笨拙得很。

陳嬤嬤在一旁看著便不停地嘆氣，背著素顏嘮叨。「怎麼真像變了個人似的，性子比以前好了，腦子也清明聰慧了，怎麼反倒把女紅給忘了呢？這要是下了小定，那成親的日子就不遠了，有好些個的嫁妝可得自己親手做才成啊，怎麼著也得親手給新姑爺做兩身穿得出去的衣服吧……」

紫綢聽了在一旁就笑了起來，故意歪了頭問道：「那您是想姑娘變得聰明一些，還是變回原來的樣子，會做針線一些呢？」

陳嬤嬤想起素顏在老太太屋裡，幾番唇槍舌戰，變著法將二夫人拉下馬的樣子來，唇邊不由勾起一抹欣慰的笑。

素顏在屋裡為嫁妝奮鬥時，素情卻在屋裡哭得直抽氣，屋裡碎瓷片砸了一地。「奶奶騙人！中山侯夫人明明看中的是我，怎麼會是那個掃把星？我要去找奶奶評理去！」

身邊的丫頭被她的話嚇得面色蒼白，忙小聲勸道：「二姑娘，其實寧伯侯府不比中山侯差，還是皇親國戚呢，這婚事既然定下了，您就接受了算了吧，再鬧只會讓老太太更不開心。」

素情哪裡聽得進，正哭著，二夫人王氏進來了，一看女兒哭得肝腸寸斷的樣子，心都絞了一起，一把將素情攬進懷裡。「我苦命的兒啊……」

素情伏在母親懷裡哭得更凶了，似乎要將滿腹的傷痛全都發洩出來。王氏抱著素情，也是淚如雨下。她嫁進藍家後，只得了這麼一個女兒，生素情時出現血崩，雖然撿回了一條命，但大夫說她再也無法生育。

「素情，別哭，咱們再想想法子，一定有法子的，或許，寧伯侯世子並非如傳聞中的那樣，其實是個不錯的男人呢？」王氏柔聲哄道。

素情聽了伏在王氏懷裡猛搖頭，瘦削的肩膀一聳一聳的，哭聲更大了，好半晌，才抬起矇矓淚眼。「娘，妳沒聽老太爺身邊的小順說嗎？聽人說他昨兒還在吟鳳閣裡與那百花樓的花魁廝混呢！那樣的人，怎麼會是女兒的良人？」

消息這麼快就傳到素情耳朵裡了？王氏回頭橫掃了眼屋裡服侍的人一眼，素情的貼身丫頭白蓮和白霜兩個立即將頭垂了下去，大氣都不敢出。

這樣的流言按理在這個時候實在是不適合傳給二姑娘聽，但她們也是十幾歲的小丫頭，正是八卦的年紀，又關乎到主子的婚姻大事，聽到後，難免考慮不周全，傳到了二姑娘耳朵裡，二夫人那一眼讓她們膽顫心驚，主子正是找不到出氣口的時候，誰撞上了誰就會倒楣啊。

「娘，不怪她們，是女兒自己打聽到的。」看出了王氏的意圖，素情忙解釋道，又對白蓮和白霜兩個遞了一眼色，那兩個便機靈地退了下去，並將另外的幾個丫鬟婆子全都拉走了。

屋裡只剩下了素情母女兩個，素情也不哭了，抬起頭來，拿了帕子自己抹了把臉，如水洗過般的烏亮眸子裡閃過一道異色。

王氏看女兒一副有了主意的樣子，心頭一震，忙走到門簾子處看了看，見兩個丫鬟一左一右守在門外，便又走了回來，拉起素情的手往裡屋走去。

第八章

素顏因著與中山侯府訂下親事，整個府裡上上下下對她的態度大為改觀，連原本被禁足的大夫人也被老太太提前解了禁，素顏便每日都去大夫人屋裡，陪著大夫人到園子裡走動。月分越大，孕婦便越應該多運動，這樣有利於生產。

老太太自那日教過素顏一些中饋之事後，每日素顏去給她請安時，她都要留了素顏在屋裡，讓素顏繼續跟著她學習如何當家理事。

這一天，素顏如平常一樣去了老太太屋裡，奇怪的是，在屋裡鬧騰了好些天的素情倒是比她還到得早，素顏進去時，素情正在老太太跟前抹淚。

就聽老太太說道：「妳能想通是最好的，奶奶也是看妳心裡不痛快，才由著妳的性子，讓妳鬧了一場，以後再不可任性胡來了。」說著，又摸了摸她的頭。「妳屋裡的青瓷、琺瑯彩、素三彩都沒幾樣了吧，一會子跟張嬤嬤去庫裡看看，揀喜歡的挑幾樣拿回去擺了。」

素情眼睛一亮，頭依在老太太肩膀上，撒嬌道：「還是奶奶最疼我，孫女兒知道錯了，再也不會讓您老人家操心了。」

老太太便慈愛地拍了拍她的背。素情見素顏進來了，直起身來，一反常態地給素顏行了一禮。「大姊好，妹妹給妳請安了。」

這前倨後恭的，也不知葫蘆裡賣的是什麼藥。素顏心裡不由提了幾分戒備，面上卻是帶著欣喜的微笑，忙托住素情的手道：「前些日子聽說二妹妹身子不太舒服，如今可是大好了？老太太還一直惦記著呢。」

「好多了，謝大姊關心。」素情聽著臉色微赧，笑容卻是難得真誠。

老太太見兩姊妹難得關係融洽了，臉上笑容便更親切了。「妳們都用過早飯了沒，奶奶這裡多燉了幾盅燕窩，讓玉環端來，妳們一人喝一碗吧。」

素顏和素情兩個求之不得，玉環笑著下去，端了燕窩來，兩人便高高興興地喝了。

一會子小丫頭來報，說是廚房裡的管事鄭婆子來了，老太太聽了便讓那鄭婆子手裡拿著對牌進來了。

「……過幾天就是重陽，奴婢請老太太示下，府裡要不要請客擺席、要擺幾桌、大約是個什麼規制的，奴婢好回了外管事，早些採買，晚了搶購的人一多，菜價就貴了……」鄭婆子神態恭謹，話語利索，對手中事情很是熟悉。

老太太聽了便想了想。「幾個姑娘都被壽王請過去了，咱們府裡就請些親戚來熱鬧熱鬧算了，那就準備六桌的席面吧，到時，就請舅老爺一家來一起樂和樂和。」

那鄭婆子先是微怔，繼而露出明瞭的笑來。以前同時要請兩家，最少也得擺十桌，今年顧家遭了禍，老太太自然是不請了的，同是孫女，二姑娘的舅家被重視，大姑娘的舅家無人問津，親疏立判，自然二夫人和二姑娘在府裡的地位比大姑娘仍要高出許多來。

她不由微轉了頭，睃了大姑娘藍素顏一眼，卻見大姑娘靜靜站在那裡，臉色平靜無波，像這事與她無關似的。

「素顏，從明兒起，廚房就由妳來主事。奶奶年紀大了，沒精力管那麼多事，九月九那天的菜單便由妳來訂，需要用多少食材，要用多少銀子，都列個單子來報給我，妳來準備那日的宴席。」老太太也像沒事人一樣親切地對素顏說話，似乎半點也沒覺得她的做法有哪裡不妥。

素顏只覺心裡悶悶的堵得慌，但她也知道，現在不是跟老太太爭這一時長短的事情，請不請顧家也不是老太太一人能說了算的，這麼大的事情定然是要透過老太爺同意的。顧家如今像是個痲瘋病人，誰也不敢往近了靠，都躲得遠遠的，藍老太爺看著儒雅清高，實則也是現實得很。

看素顏半晌沒吱聲，老太太又慈愛鼓勵道：「中山侯家的納彩禮都送來了，過不了多久，妳就要嫁了，奶奶這可是在教妳如何主持宴席，這些事，妳再不經手一段時日練熟了，他日嫁出去後，少不得也要宴請親朋的，到時候，妳一個世子夫人，連幾桌宴席也操持不出來，那可就丟盡藍家的臉，也會讓妳娘親沒面子的。」

老太太這話說得合情合理，又是一片好意，素顏就算心中戒備也不敢不應。

她忙應了，又謝過了老太太，一旁的素麗就一臉惋惜。「那天大姊會很忙嗎？那她還去不去參加壽王府的宴請啊？」她怯怯的，神情惴惴不安，一副素顏不去，她也不敢去的樣子。

老太太聽了倒是笑出聲來，指著素麗罵道：「就算妳大姊不去，不是還有二姊跟著嗎？妳怎麼人還沒出門，就怕起來了，哪裡有半點藍家姑娘的氣度，倒像是個沒見過世面的鄉下丫頭。」

素麗聽了也不氣，只是傻乎乎地拍了拍自己的頭道：「是喔，倒是忘了還有二姊帶著呢，二姊可是參加過好幾屆壽王府重陽宴請了，她又是京城有名的才女，結識的貴友定然很多，到時我就躲到二姊身後不說話就好了。」

說著，用一絲崇拜和討好的眼神看著素情，素情卻是戳她的腦袋。「妳可真是個木頭腦袋，大姊那天怎能不去呢？她可也是接了壽王府的帖子的，不去不就是潑了壽王府的面子嗎？以大姊的聰慧能幹，頭兩天就能把九月九的宴席都安排好了，不過是主個事，又不用大姊親手做飯做菜，吩咐下去，鄭嬤嬤們都會做好的。壽王府那天請的人可多了，聽說大皇子和二皇子都會去呢，還有不少京裡的名貴公子、少爺都會參加，名門閨秀更是不勝其數，她們可都是奔著好姻緣去的，指不定那天妳也會被哪個高門貴戶給看中呢！」說話間，素情不知道想到了什麼，那雙似水的烏黑眸子就熠熠生輝了起來，先前略顯憔悴的小臉也明亮了起來，整個人也變得亮麗嬌豔了。

素麗訕訕地摸著被素情戳著的腦門，憨憨笑著。「也是，還是二姊聰明，咱們家的宴席一般都是晚上，大姊姊完全可以在壽王府用過午飯後，再趕回來主持晚飯就是。」

素顏卻是淡淡地看向老太太。明知道那天自己要參加壽王宴請，卻還突然提出讓自己主持中饋，鄭嬤嬤等人又是二娘和她用慣了的，就算自己在廚房裡守上幾天幾夜，廚房裡的人要動什麼手腳，自己也防不住，是真心要教自己當家理事，還是另有他意？

從老太太屋裡出來，素顏又去了大夫人屋裡，看大夫人氣色很好，聽著胎音也正常得很，加之又留了陳嬤嬤在大夫人的院裡，便放心往自己屋裡走。

路過一片小竹林時，素麗突然自林子裡轉了出來。她不由皺了皺眉，臉上卻帶著笑。「既然來了，就隨我去拿花樣子吧。」其實，那花樣子是素顏自己畫的，卻是紫綢幫著繡的，她繡的東西，自己都不敢穿出去。

素麗聽了，臉上的小酒窩一閃一閃的，笑得很可愛，親親熱熱地上來挽了素顏的手，伴著她一起往前走。

素顏不太習慣一下子與她這樣親密，加之素麗年紀小，身量才齊了她的肩膀，挽著走路就有點不太舒服，正要將手臂抽出來，就聽素麗小聲說道：「九月九那天晚上，大姊屋裡可一定要留一個精明點的人，還有千萬不要單獨在園子裡走。」

這是在示警嗎？素麗知道了什麼？素顏不由低了頭，看向這個平素自己不怎麼注意的庶妹，只見她漂亮的圓臉上還帶著一絲稚氣，大而圓的眼睛清澈如水中的黑曜石，燦亮如星。

素顏一臉的疑問，素麗卻是轉了眸，看著前面的一棵石榴樹大聲說道：「啊，大姊姊，那樹上結了好多石榴喔，妳個子高，摘一個給妹妹吃吧？」

說著，提了裙向那石榴樹跑去。陽光灑在她圓圓的俏臉上，如春花一樣明媚，一派天真爛漫的樣子，彷彿剛才那些話是另一個人說的一般。

素顏見了便笑著走了上去，指著最大最紅的那個石榴。「摘那個好嗎？」

素麗笑著拍手道：「好啊、好啊，姊姊幫我摘這個，喔，那邊的那個也好大，也幫我摘了吧。」

素顏便提了裙，踮著腳，鑽到石榴樹枝葉裡，摘了最先看到的那個石榴，隨手丟給素麗。素麗高興地笑著接了，素顏又去摘另外一個，卻是在樹枝的裡面一些，她有點搆不著，便攀上樹枝，一隻腳踩到枝杈上，努力伸手搆著那個又大又紅的石榴。

突然，她感覺左腳腳踝上一陣劇痛，隨即又傳來一陣麻木感，腳一滑，人便自樹枝上直直摔了下來。

素麗便嚇得一聲尖叫，紫綢臉色蒼白地衝了過來，快速將素顏扶著坐起。「大姑娘怎麼了？摔得重不重？」

石榴樹並不高，素顏倒是並沒有摔傷，但左腳處的麻痛越來越強，她不由朝自己方才踩腳的地方看去，果然有一條泥黑色帶著暗紋的蛇正爬向草地。

素顏倒抽口冷氣，掀起裙子，脫掉自己的襪子，向傷口處看去。果然，腳踝處有兩顆清晰的牙印，好在秋風料峭，素顏穿的襪子較厚，那牙印只是淺淺的，並不深，只有一顆牙印破了皮。

素麗卻是嚇得哭了起來。「大姊，妳……妳怎麼了？怎麼會摔了？啊，大姊，妳怎麼能光天化日地脫襪子，教人看了去可怎麼得了？」

素顏此時顧不得理她，忙吩咐紫綢道：「撕條破布來，幫我綁住腿。」

都是她引得大姑娘被蛇咬了，這個時候還談什麼失禮不失禮？紫綢不由瞪了素麗一眼，順手將自己袖子一扯，撕下一塊布條，在素顏指定的地方牢牢包紮了起來。

麻痛感減弱了些，素顏知道，會痛，那蛇便是有毒的，被毒蛇咬中，一般要十到二十分鐘毒素才會傳到心臟，先將傷口靠近心臟處的地方綁緊，減少血行速度，爭取一些自救的時間，

看著傷口開始變腫，並伴有烏青出現，素顏心中更急了，腦子裡飛快思索著自救的法子。

素麗也終於看到了素顏腳上的傷口，一時嚇得大哭了起來。「大姊，妳……妳被蛇咬了?!我去稟報老太太，快去請太醫來才是！」

說著，便哭泣著提了裙往老太太屋裡跑。素顏忍著痛，看著那像在逃命似的背影，不由嘆了口氣，對紫綢道：「去，找個小刀片來，用火燒一下。」

紫綢身上哪裡會有刀，這裡離素顏住的院子還有一段距離，附近又沒有人經過，三姑娘跑了，她再一走，就只留了大姑娘一個人在……紫綢不禁猶豫了。

「快去，以最快的速度跑！」素顏將紫綢一推，大喝道。

傷口周圍已經出現了紫斑，蛇很毒，再遲了，毒氣攻心，就是回到現代那醫療設備先進的時代，只怕也難以有救。

紫綢猛地爬了起來，眼裡露出堅毅之色，果斷地抱住素顏的腳，低下頭去就要吸毒。素顏用盡最大的力氣再次將她推開。「妳……不要命了嗎？快去找刀來，我能救自己。」

被推開的紫綢淚盈於睫，抽泣著叫了聲。「大姑娘……」卻也不敢再遲疑，爬起來瘋一般地向住處跑去。

傷口已經越腫越大，麻痛感也越來越強，難道，就這樣被一條蛇奪了生命嗎？她好不甘心，突然靈機一動，隨手拔了頭上的玉簪子，咬咬牙，向那紅腫的地方劃去，黑色的血水立即沖濺出來。素顏鬆了一口氣，又豎著在傷口上劃了一條道，然後雙手掐著傷口上部，用力將黑色的毒液往外擠，額頭上痛得滿頭大汗，一頭秀髮傾瀉如瀑布，烏黑亮澤。

「妳很有經驗，以前曾經被蛇咬過嗎？」一個磁性低沈、略帶一絲沙啞的聲音在身後響起，素顏聽得一震，卻無暇回頭，手仍死死地掐在傷口上用力擠壓著毒血。

「嗯，遇險不亂，沈著鎮定，妳這樣的女子，我還是第一次看到，真有意思。」那人又說了一句。這一次，聲音有些慵懶，還帶了絲吊兒郎當的味道。

素顏仍是沒有回頭，對那人的評語置若罔聞。

看素顏抬頭看向素麗離開的方向，那個男子又道：「別看了，不到一個時辰，太醫請不來的。」

素顏這才回了頭，看到一個黑色勁裝男子，臉上戴著一個冰冷的鐵面具，正懶懶地歪靠在離她不遠的楠竹上，手裡拿著一柄明晃晃的長劍，劍尖卻正挑著一條泥黑色暗紋的蛇身。

素顏一陣錯愕。這畫面怎麼像武俠小說裡的那樣啊，女主角遇到危險，便會出現一個蒙面英雄來救美？

不對，自己倒是美人，那人卻不是英雄，因為他絲毫就沒有要來救她的意思。

藍府可也算是高門大戶，府裡的護衛可不少，這裡又算不得偏僻，怎麼不見半個丫鬟婆子經過，更沒有巡查的侍衛到來，如此突兀地出現了一個蒙面男子，而且是在深宅內院裡，竟然沒有半個人發現？

素顏隱隱感覺有些不對勁，腦子裡就浮現出二夫人那張笑容爽朗，眼神卻尖利的面孔。最近幾天，二夫人像是消沈了，很少在老太太那邊出現，將手裡的掌家權交了後，更是連面也難得現一次……

如此一想，嘴角就勾起一抹自嘲譏笑。二夫人果然是有仇報仇，有怨報怨啊，先前那一回合自己贏了，奪了她的掌家權，這會子便來要自己的命了。已經是秋天，俗語說：三月三，九月九，無事不在江邊走。因這兩天是蛇出洞和進洞的日子，也就是說每年到了九月九前後，蛇便要冬眠了，自己竟然在這個時候被蛇咬了，如果不是人為，那便是惹了天怒，連老天都要算計自己了。

第九章

「有意思，這個時候還笑得出來，哈哈哈，今天這一趟也不算沒有收穫。」那人饒有興趣地看著素顏，面具外，一雙墨玉般的星目幽深如潭，像發現了一個很有趣的玩具似的。

「你笑完了沒？笑完了就滾蛋，本姑娘沒空給你表演苦情戲。」素顏被那樣的眼神看得光火。她討厭這個男人那洞察一切的神情，像是萬事都在他的掌握之中，這讓她缺乏自信，心裡隱隱就有一絲著慌，她不喜歡這種感覺。

是最脆弱的那一刻被人發現了，所以才會惱羞成怒了吧？那男人驟然止了笑，感覺地上的這個女子與他有些相似，一樣喜歡用另一種外表來武裝自己，人前一個樣子，人後又是一個樣子，方才對他破口大罵的那個，才是真正的她吧？先前看她緩緩走過來時，還是一副端莊高雅的樣子，如今卻凶悍得很。

面對自己這樣一個突然出現在身邊的陌生男子，她沒有表現出半點驚慌，似乎根本不擔心自己會對她怎麼樣，是太過自信，還是太過單純，完全沒有戒心？或者……相信自己？

他不由走近了她，在她身邊蹲了下來，伸手向素顏的傷口處戳去。

素顏感覺有陰影籠罩在頭頂，不禁就想要移開，可惜腿又麻又痛，無法挪動半寸，再一抬眼，便看一隻乾淨修長的手指向自己的傷口戳去，她不由大聲尖叫起來。「啊──」

黑衣人不過嚇嚇她而已，卻怎麼也沒想到像她這樣冷靜淡定的女子也會尖叫，不由被唬得一怔，慌亂地捂住了她的嘴。「妳幹什麼？」

自他眼裡看到了驚慌，素顏眼裡便有了一絲得意的笑，秀眉半挑，一副得了勝、扳回一局的樣子。

他不由哂然一笑，心裡某處像是被人掐了一下，有點青青的痛，卻很舒服的感覺，眼裡露出一絲連他自己都沒注意的憐惜。

素顏被他捂著嘴，也不掙扎，一雙美麗的大眼亮晶晶的，清澈乾淨，卻帶著絲狡黠的笑。被這樣的眼神注視著，他感覺自己臉上的面具像要被洞穿一般，吶吶地鬆了手，喉嚨也有些發乾。「妳……妳不要再……不要再叫了。」

等他手一鬆，素顏就變了臉，狠狠地瞪了他一眼道：「莫名其妙地登堂入室，潛入他人內宅，對女子動手動腳，實乃禽獸所為，你娘沒教過你非禮勿視、非禮勿聽嗎？」

黑衣男子劍眉一皺，眼神突然變得冰冷起來，如六月飛雪，驟然寒徹骨髓。「我娘的確沒教過我，因為，她早就死了。」

素顏聽得一怔，臉上閃過一絲不自在。傷人莫傷骨，罵人別罵傷心處，這是她養成的禮貌，就算再恨再討厭一個人，也不要罵人痛腳，這是最不道德的。

剛想再說什麼，就聽見紫綢哭喊著過來了。「大姑娘、大姑娘……」

那男子匆匆扔了一個瓷瓶在素顏的腳邊，嗖地一聲便不見了。

嗯，還知道顧著姑娘家的聲譽，就不算太壞。素顏笑了笑，將那瓶子撿起，揭開蓋一聞，竟然有血清的味道。不對，這個時代哪裡會有血清，應該是解蛇毒的藥物吧？管他是真是假，死馬當活馬醫吧，那個人說得沒錯，沒有個把時辰，素麗不會將太醫請來，如此一想，便將那藥粉往傷口處撒，果然自傷口處傳來一股清涼的感覺。

這時，紫綢已經氣喘吁吁地跑了過來。「大姑娘，您怎麼樣了，可有好一點？」

素顏看她滿臉混雜著淚水和汗水，清秀的小臉脹得通紅，眼裡全是焦急，心中不由感動，忙安慰道：「無事的，我再休息一會子，應該就可以起來走動了。」

「三姑娘不是說請大夫去了嗎？怎麼還沒來，就是來幾個婆子抬您進屋去也是好的啊。」紫綢看了眼老太太院子的方向，四周冷清寂靜，就連平日在此處打掃的粗使婆子也沒了蹤影，又後悔自己方才走得急，只顧著拿了刀就跑，忘了叫上幾個婆子跟著來……

「沒事，妳扶著我，我能走回去的。」素顏單手扶著紫綢，試圖站起來，可惜一條腿受了傷，另一條腿卻是坐久了發麻，人沒站起，反倒又摔了下去。

紫綢忙將她扶住，幫她把腿放平了。「順順血了再起來吧，您的腿傷成這樣，怎麼能走？」想了想，乾脆脫了自己外面穿著的那件藕荷色青花褙子鋪在地上，讓素顏坐了。「您等等，我去叫兩個婆子來抬您回去。地上濕寒，再坐下去怕沾了寒氣，會著涼的。」

紫綢做事雖然不太有章法，但她的忠心是毋庸置疑的。素顏抬眼打量了下紫綢，好在脫了褙子外面還有一件素色短襖，倒也是件外套，穿著也不失體面，便點了點頭。

塗了那黑衣人丟下的藥粉後，傷口處果然不見了黑色，只是口子太大，血沒止住，素顏也打算著讓血多流掉一些，免得身體裡還餘了毒素。看紫綢說了走卻沒動，知道她不放心自己一人在這裡，便忍著痛笑了笑。「無事的，妳快去快回就是。這裡可是內宅大院，青天白日的，任誰也沒那麼大膽子對我如何的。」

正思索著要不要將見到黑衣人的事告訴給老太爺，便聽見有人在哭著喊：「大姊、大姊，我請了大夫來了！」

紫綢抬眼看去，只見三姑娘素麗提著裙子，滿頭大汗地正往這邊跑，身後還跟著幾個粗壯的婆子，和一個大夫模樣的人。

雖說沒有一個時辰，但也過去了小半個時辰，自己若半點醫術也不懂，此刻恐怕早已被毒死了。素顏看著因跑得急切，小臉脹得通紅的素麗，唇邊勾起一絲冷冽的譏誚。

「大姊，妳還好吧？對不起，妹妹沒用，費了好些力氣才把人請來，妳……」素麗邊跑邊哭，嘴裡不停地陪著不是，但一觸到素顏那冰冷的眼神，便再也說不下去，一臉愧色地閉了嘴，眼中露出無奈又痛苦之色，拿著帕子掩嘴，似乎在拚命壓抑著自己不哭出聲來。

那大夫倒是個爽利人，一聽說是被蛇咬了，便也不顧及什麼男女大防，直奔素顏身邊，蹲下察看素顏的傷口。素顏也沒什麼避諱，扯開蓋在傷口處的裙襬，將傷口顯露出來。

只聽連著幾聲抽泣，莫說那些粗使婆子，就是那大夫也是一臉的驚嚇。素麗湊近來看，便再也忍不住，哇地一聲大哭了起來。「大姊……我該死，我不該讓妳摘石榴的，對不起……」

「傷口是大姑娘自己處理的？」大夫仔細察看著傷處，見流出來的血鮮紅不見一絲濁色，倒是鬆了一口氣，不可置信地問道。

「確實，若不自行處理，等大夫您來，我怕是魂歸九幽了。」素顏冷冷地看了一眼正哭得肝腸寸斷的素麗一眼，慢悠悠說道。

那大夫見她傷得如此重卻面色沈靜鎮定，並不如一般閨中女兒般嬌氣膽怯，心中不免讚嘆。「大姑娘乃女中豪傑也，遇到此等危險，一般男兒恐怕都沒有大姑娘如此本事和氣度，姑娘的膽色和見識下官佩服之至。」

又見素顏腳上似撒有藥粉，便拈了一點撒落在她傷口外的乾粉，放在鼻間嗅了嗅，立即臉色一變，看素顏的目光便變得複雜了起來。素顏心一驚，那藥有什麼問題？或者是說，來歷不一般？

素顏正等那大夫發問，她好隨機打聽一點那黑衣人的來歷，誰知道那大夫卻是立起身來道：「大姑娘既已自救，蛇毒已是清掉的了，在下再給大姑娘用些止血的藥，開些清毒的內服藥便可了。」

半點也不提那藥粉之事，素顏不由抬眼向那大夫看去，這才看清，這大夫三十多歲的樣子，相貌清瘦，眼睛卻是炯炯有神，雖著一件儒袍，但看那通身氣度做派，根本不像普通民間大夫，不由問道：「大人可是在太醫院供職？」

那大夫聽得微怔，臉上卻帶了絲笑意。「大姑娘好眼力，下官正是太醫院陳醫正。」

素顏聽得微驚，看向一旁仍在哭泣的素麗。藍家雖是京城望族，但平素最多能請到一名六品太醫進府，醫正乃太醫院之首，以藍府的身家地位怕還請他不動。

素麗卻眼露迷茫之色，看了看那醫正後喃喃道：「……老太爺不在府裡，老太太……倒是派王管事去請醫了……正好在垂花門處遇到了這位大人……我說怎麼來得這麼快……」

意思便是這陳醫正是不請自來的？素顏雖是一肚子的疑問，但捺下疑問，行禮致謝，正想問清原由，那醫正卻是身子一偏，拿出一瓶藥粉來遞給一旁的紫綢。「大姑娘將此藥撒在傷口處，便可以止血。來個人，跟本官去拿清毒的方子。」說著，像是怕素顏多問，再不停留，大步朝外院走去。

紫綢忙照那醫正的話給素顏上了止血藥，又使了個婆子跟著醫正去拿藥，兩個粗使婆子便架了素顏回了屋。

素麗一直哭哭啼啼地跟著素顏回了屋，看著紫綢幫素顏處理了傷口，包紮好了後，才止了哭，卻是站在素顏床前不肯走。

素顏聽著就有些煩，躺在床上斜睨了眼素麗。「我想歇會子，三妹妹妳走吧。」

這話聽著就是在趕人了，素麗臉上更不自在，眼裡又浮出淚來。「我知道大姊必定是惱了我，可是，我可以對天發誓，若我有那害大姊的心，叫天打雷劈。方才我去叫人，到了老太太院子裡，玉環姊姊卻不肯讓我進去，說是老太太忙了一大早，累壞了，正在歇息。我急著說大姊被蛇咬了，玉環姊姊聽著才急了，忙去稟老太太，老太太讓玉環姊姊叫王管事去請大夫，我在老太太屋裡等了好久，也沒看大夫來，心中著急……跪著請老太太再使人催一催……玉環姊姊見了就撥了幾個婆子給我，說是先幫著把大姑娘抬到屋裡去了再說。還好，碰到了這個太醫……大姊，妳不知道，我怕來不及救妳，幾次衝到老太太屋裡去，都被金釧姊姊擋了……」

像是怕素顏不信她，素麗還特地撩起裙襬，擼了褲子給素顏看，膝蓋處果然兩塊青紫，看印子的確像是跪久了所致。

聽素麗的口氣，她是將自己被蛇咬之事稟報了老太太的，但老太太似乎並不太著急上心，只派了個外院的管事去請大夫。如果剛才的陳醫正不是老太太請來的，那麼，老太太請的大夫呢？為何還沒來？自己命懸一線，也不見老太太來探望自己。

如此說來，若是自己沒那自救的本事，老太太此刻是不是在等著自己毒發身亡的消息呢？若真是如此，那這蛇……會是老太太而不是二夫人使人放在石榴樹上的？可她又怎麼知道自己會去摘那石榴？

再或者，是老太太使人將蛇放在了石榴樹上，然後指使素麗引自己去摘那石榴……可這也說不通，如果真是這樣，素麗與老太太就是同謀，那她就不應該說出方才這一番話來才是，這不是在出賣同謀嗎？她明知道自己有驚無險，不怕事後自己會跟老太太鬧，最後穿幫，兩頭都得罪了嗎？

越想越糊塗，素麗還待要補充，外面小丫頭來報，說老太太來了。

素顏眼睛黯了黯，看了素麗一眼，素麗臉上卻露出委屈和怨憤之色。

老太太扶著張嬤嬤的手急急地進來了。「素顏，我的兒，妳怎麼樣了？妳嚇死奶奶了。」語氣親切，一副傷心著急的樣子。

素顏仰靠在大迎枕上，看老太太走近，作勢要坐起身來給老太太行禮，老太太緊走幾步按住了她。「快躺著，遭這麼大罪了，還講究那些個虛頭巴腦的禮幹啥？」

說著就要揭了被子看素顏的傷口，素顏忙道：「不礙事，只是個小傷口罷了，已經包紮好了。」

老太太這才罷了，又問：「太醫院的陳醫正怎麼說，要不要緊？妳爺爺和爹爹都不在府裡，他跟我一個老婆子也沒說什麼話，只說看過了，沒什麼大礙就走了。」

素顏聽了唇邊便露出一絲譏笑，嘴裡卻是恭順地回道：「讓老太太憂心了，為孫女這一點小傷，竟然煩勞您把陳醫正也請了來，讓孫女心裡好生過意不去，聽說那陳醫正，可不是一般人家能請得動的。」

老太太臉上果然閃過一絲赧色，眼神卻是坦然。「陳醫正一般除了皇室貴族，便只有公卿之家才能請得動，妳爺爺不過二品……也是妳命大，陳醫正不知為何今天突然來府裡拜訪妳爺爺……他來了，奶奶就放心了。」

果然不是藍家請來的。素顏腦子裡不由閃過那黑衣人的身影，莫非是那個人？那人的身分定不尋常，不然也不會如此快便請了太醫院的陳醫正來……

「只是小傷罷了，老太太不必為孫女兒擔心，孫女兒福大命大，沒那麼容易死的。」素顏臉上帶著淡淡的笑，一雙清澈的大眼卻是一瞬也不瞬地看著老太太，想在老太太臉上看出一絲端倪，可惜，也不知道是素麗在撒謊，還是老太太演技太好，除了關切和疼惜，她沒在老太太眼裡看出半點異樣。

「說什麼死不死的，妳好生歇著，妳娘那邊，我讓人封了口，不許傳到她耳朵裡去，就怕她著急，動了胎氣可就不得了。」老太太拿著帕子拭了拭眼角的淚，輕斥了素顏一句。

素顏聽了忙謝道：「多謝老太太想得周全，確實不能讓母親知道了。」

老太太又問她被蛇咬中的情形，聽說是為素麗摘石榴而被蛇咬的，立即便罵道：「妳這丫頭也是，想吃石榴不會讓奴才們去摘嗎？跟著妳的人都是死的，不讓她們去，倒是使喚起妳大姊來了？」

素麗聽得臉色一白，忙跪了下去，卻不反駁，只是垂首抹淚，臉上的委屈和怨憤之色早已不見，倒是一副做錯事，老實聽訓的樣子。

素顏忙道：「也不怪三妹妹，她也不知道那裡會有蛇，後日就是九月九了，誰會想到府裡還會有蛇。」

老太太聽了目光微閃，隨即笑了笑道：「這事聽起來倒是有些蹊蹺，不過，老話也說了，三月三，九月九，無事莫在江邊走，怕的就是遇到蛇。妳下回可要注意著些，莫往草深的地方走就是，過了九月九，府裡就不會有蛇了。」

這理由說得勉強，但素顏心中就算再懷疑，沒有證據，也不能對老太太如何，只能如她說的以後得多多提防一些，不過也別當她是傻子就是。

「奶奶，您不知道，我剛才好害怕，一個人坐在冰冷的地上，等了好久都不見有人來救我，附近連個灑掃的丫鬟婆子也找不到，孤苦無依，傷口又黑又腫，我以為，我會就要死了的……」素顏眼圈一紅，委屈地哭了起來，一副傷心可憐的樣子。

老太太聽了忙將她摟進懷裡，拍著她的背道：「傻孩子，妳自己不是才說過福大命大嗎？再別說什麼死啊死的話了，奶奶聽著揪心。不過，那地方應該有兩個灑掃的人啊，怕是偷懶去了吧？」說著，回頭看了眼跟著她一起來的玉環一眼。「妳去查查看，今天在竹林這邊當值的是哪幾個？若是真是偷懶耍滑，拉出去賣了就是。」

玉環點頭應了，卻站著沒走。素顏不由看了她一眼，她突然在素顏床前跪了下來。「大姑娘，奴婢該死！三姑娘來報信時哭哭啼啼的，語焉不詳，奴婢聽半天，以為您只是從樹上摔下來了，便只跟老太太說，您是從石榴樹上摔下來了，陳太醫給您看過病，再去見老太太時，老太太才知道您是被蛇咬了，立即趕了過來。大姑娘，老太太是真心疼您的，您可千萬別誤會老太太才好，您如今已經跟中山侯府訂了親，以後身分可就貴重了，您的親事可是藍家的驕傲，老太太再如何，也不會自毀長城——」

「玉環，退下去，妳僭越了，越發沒規沒矩了，這些話也是妳能說的？」老太太不等玉環說完，大聲喝道。

素顏便在心裡笑。玉環的話很有點此地無銀三百兩的感覺，老太太也是，覺得她僭越了，怎麼不早制止，要讓她說了這麼大一通之後才喝止？分明就是希望玉環將那些話告訴自己。

她靜靜注視著地上跪著的玉環。好一個忠心為主的奴婢，既維護了老太太，也將素麗的一半責任攬到了她自己的身上，素麗就算有故意拖延之嫌，那也只是因為她年紀小，話說不清，害得聽者誤會。

這樣一來，差點置自己於死地的這一樁事情，便只能是個神仙局，設局的人很多，但都不是商量好了的，只是都湊了巧，又都有心想要自己死，所以才會一時齊了心。毒蛇可能只是個偶然，必然的就是素麗去報信時的延誤，老太太聽到後的冷漠和不重視，反正自己死了，對她們只有好處，沒有壞處……

第十章

想到這裡，素顏不由苦笑了一聲，對玉環道：「可能是年紀大了，聽不清三妹妹的話也是有的，我不怪妳，真的不怪妳……」口裡說著不怪，聲音確是帶著無盡的委屈和悲哀，一雙漂亮的大眼裡淚水盈盈，雙手捂住嘴唇，一副悲苦無助又不敢申訴，極力壓制的樣子。

妳們會做張做勢，裝可憐、裝弱，我就不會嗎？

老太太聽了果然下不了臺，沈著臉對著玉環便罵道：「以前看妳還是個機靈的，所以才選了妳在我身邊當差，卻不知，這兩年來，妳看我倚重妳，便越發張狂懶散，連大姑娘受傷如此重大的事情也不跟我說清楚，差一點就誤送了大姑娘的命，雖說妳並非有意，但也罪不可恕。來人，將玉環拖出去，打……二十板子。」

玉環臉色一白，眼裡卻是一派視死如歸的堅毅之色。她既然敢當著大姑娘說那一番話，自是存著犧牲自己保全老太太名聲的意思。

老太太將那打字拖得長，便是希望素顏能意思意思勸自己一勸，她好順驢下坡，免了玉環的這頓打，誰知道素顏全當沒聽見，只是無聲地啜泣著。

她只好手一揮，大聲喝道：「人呢？都死哪裡去了，都不聽我的話了嗎？」

一時進來兩個婆子，拖了玉環便往外走。素麗在一旁看著被拖出去的玉環，嚇得面無人色，戰戰兢兢站著，眼睛躲閃著，不敢朝素顏看。

外面很快便傳來玉環的慘叫聲，素顏聽著眉頭一皺，猛地抬起頭來，像是才知道老太太正在處罰玉環，一臉的驚惶。「老太太，您怎麼在打玉環？她又不是故意的，快讓她們別打了吧！紫綢，妳快到外面去，讓那些人停手，不要打傷了玉環，玉環可是老太太身邊最得力的人啊。」

紫綢聽得眉頭一皺，不解地看著素顏。出了這麼大的事，大姑娘差點連命都給她們玩完了，卻只是打了玉環二十板子，根本就不解恨……

素顏見紫綢還愣在那兒，不由瞪了她一眼道：「還愣著做什麼，快去外面看看，叫她們別打了啊！」

紫綢這才心領神會地出去了。老太太原本想就著素顏的話停了玉環的板子的，一聽素顏說玉環是自己身邊最得力的，就不好開口了，最得力的將如此重要的訊息報錯，那不更該死？只好咬了咬牙，對著外面喝道：「誰也不許說情，打，給我狠狠地打！」

素顏讓紫綢去外面，不過是怕老太太的人會偷奸，那板子聽著響，其實沒落到實處，實在難消自己心頭之恨，不打傷老太太身邊個把人，老太太不會心疼。

果然，那兩個婆子原是跟玉環相熟的，她們板子舉得高，卻是高高舉起，輕輕放下，紫綢這一出來，倒是不好再裝，再下的板子便開始帶著血跡提上來了。

玉環的慘叫聲變得真實了起來，素顏看到老太太的臉越發暗沈下去，素麗死咬著嘴唇，雙手不停絞著自己的衣襬，小臉慘白慘白的。素顏想起自己被蛇咬之前她說的那句話來，到現在也不明白，素麗為何突然要對自己示警，示完警後，又引得自己被蛇咬，難道說那句話只是想要消除自己對她的戒心？

她決定今天不懲處素麗，倒要看看，九月九那天晚上，還有什麼么蛾子在等著自己。

老太太又待了一會子才走，臨走時把素麗也訓走了。人一走，素顏便將紫綢叫進來，問道：「妳可知道平素都是哪些人管著小竹林那片的灑掃？讓妳老子娘幫著查一查。」老太太那話雖說得圓，但她傷得不明不白，總要弄清楚究竟想要她的命的有哪幾個，又是為何要對自己下手。

紫綢聽了便點了頭，看素顏身邊沒個服侍的人，便道：「等紫晴回來了，奴婢再去吧，您腳疼著，別一會子連口茶都喝不到嘴裡。」

素顏聽了也沒反對，閉著眼睛便睡了。

許是當時痛得太厲害，這一覺便睡到了第二天早上，醒來時，紫晴正在睡榻邊歪著，見床上有了動靜，猛地驚醒過來。

「姑娘今兒就在床上歇息，還是不要起來的好，這兩日府裡忙著明天去的宴席，姑娘既是不能管事，那還不如多養幾日吧。」紫晴拿了熱巾子給素顏擦臉，笑著勸道。

素顏聽了便抬眸看她。她最近有些冷著紫晴，就因她話太多，有些口無遮攔，不過，紫晴天真爛漫，並非心思不純之人，少的不過是磨礪而已，方才這一番話，倒讓素顏刮目相看，似是懂事了不少。

紫晴被素顏看得有些不自在，眼神有些躲閃。「大姑娘，奴婢……是想，大夫人如今又懷著孕，沒人護著，不如藉傷遠離了那些事情才好，也好過幾天安生日子。」

素顏聽著便笑了起來，接過她遞來的帕子抹了一把臉，身子卻是向後一仰，重重地倒在大迎枕上。「嗯，好，就聽我們紫晴姑娘的。這幾日，我傷痛未癒，不能走動，一會兒妳代我去給老太太請安，到了大夫人屋裡時，只說我正主持明日宴席，無暇去看她就是了。」

紫晴見大姑娘聽了自己的意見，滿心歡喜，心下暗下決心，以後沒思慮好就不開口，但對姑娘有用的，該提醒的還是得提醒。

紫晴出去後，紫綢端了早飯進來，放了個小方几到床榻邊，將早飯擺了，其中還有一碗熱騰騰的藥。

「奴婢昨兒讓老子娘打聽了，昨兒在小竹林裡的那兩個灑掃的，一個說是前兒晚上吃多了酒，第二天早上沒起得來，想著那裡也算偏僻就偷了懶，下午才去掃的。另一個也說是家裡的媳婦發作了，請了半天假……所以，昨兒上午也沒做事。」

「還真是湊巧啊，那她們倆都由誰管呢？」

「這園子裡的灑掃都是由張嬤嬤的兒媳婦王昆家的管著。」紫綢臉上就帶了絲苦笑。張嬤嬤一家全是老太太帶過來的陪房，都是王家人，與二夫人更是親厚，以前大夫人管事時還好，內院裡還有些藍府過去的老人在掌著事，後來二夫人掌了家，府裡的幾個管著緊要事的便全是王家的人了，老太太的陪嫁就有好幾房人，二夫人又陪了幾房人過來，王家在藍家的勢力便成了主導，大姑娘想找昨天害她的證據，只怕很難。

素顏聽了卻不置可否，吃過藥嘴苦，她挾了個蝦餃丟進嘴裡。「今兒這蝦好新鮮，早飯是妳去大廚房裡提的嗎？」

「不是，是廚房裡派人送過來的，說是老太太吩咐了，大姑娘受了傷，怕咱們屋裡人手不夠，這幾天的飯菜便都由廚房派人送來。」紫綢的秀眉微鎖著。「奴婢感覺有些不妥。姑娘，昨兒那採買單子是您定下的吧？明兒的宴席要是出了什麼岔子，會不會還怪到您頭上來啊？」

素顏不由愣住，停了筷子。「不會吧，我腳傷了，就算東西是我定下的，但置辦席面時我沒參與，難不成買來的東西在做時別人做了手腳也怪到我頭上去？」

「說得也是，不過，奴婢總感覺有些不妥當，姑娘還是小心些為妙。」紫綢自昨天素顏莫名其妙被蛇咬了，就變得越發謹慎了起來。

「不管了，兵來將擋，水來土掩，我這兩天就躺床上了，哪兒也不去，看她們怎麼把髒水往我身上潑。」素顏聽了又繼續吃飯，用過飯後，便坐在床上繡帕子。卻聽小丫頭來報，說是中山侯夫人派身邊的孫嬤嬤來了。

素顏聽得一怔。中山侯府怎麼這麼快就得了消息？大夫人不會也知道了吧？她忙坐起，讓紫晴幫著快速地給她隨便綰了髮，剛剛收拾好，就聽見張嬤嬤的聲音。「侯夫人可真是細心又體貼，方才我們老太太還說，大姑娘以後有了這樣的婆婆，可是前生修來的福分呢。」

「也是大姑娘和夫人有緣分，夫人一見大姑娘就喜歡上了，一聽說她被蛇咬了，就急得不行了，非要派老身來看看，說是看過後才放心呢……喲，這就是大姑娘吧，長得可真俊啊，怪不得我們世子爺回去了就有點茶飯不思呢，嘖嘖嘖，還真是仙女一般的人呢。」孫嬤嬤一見素顏，便躬身福了一福後，親親熱熱地走到床邊來，拉著素顏的手說道。

素顏一聽臉就紅了。這個孫嬤嬤也是個嘴巴爽利會說話的，幾句話便讓她產生了親近感。

「嬤嬤真是個妙人，一句話就把咱們大姑娘說得臉都紅了喔。」張嬤嬤應景地附和道。

孫嬤嬤拍著素顏的手，讓人將侯府的補品抬了進來，足足有十幾盒好東西，都是上好的名貴補藥，素顏忙向孫嬤嬤致謝，又問候了侯夫人和侯爺以及太夫人，態度真誠大方，孫嬤嬤越看越喜歡，看張嬤嬤還在屋裡，又拍了拍素顏的手，才起身告辭。

張嬤嬤忙跟著送了出去。

素顏張開手，看著手裡的一個小紙團，不由哂然失笑。這孫嬤嬤果然是妙人。

展看紙團，竟有兩張，兩張字跡不同，一張一看便知道是女子所寫，字體纖細秀美，筆力輕柔，而內容卻令人臉紅心跳。「相思本是無憑語，莫向花箋費淚行。」那落款處，卻是寫了個「情」字。

另一張字體飄逸灑脫，人說字如其人，那上官明昊就是個溫潤如玉謙謙君子模樣，寫出來的字也是俊逸有餘、遒勁不足。裡面的意思，卻是看得素顏心火直冒。上官明昊信裡，先是表達了慰問關切之意，然後再隱約表示，前兩日藍府有人輾轉給他送去一張紙條，上面就寫著那兩句曖昧情詩，還問她腳傷是不是很重，要是能走動的話，明日壽王宴請務必參加，他有話要跟她當面詳談。

素顏看完上官明昊的信箋，不由陷入了沈思。她原想著藉傷躲開府裡的一些事情，但如今看來，那要害死自己的人幾乎昭然若揭。

原來，素情對上官明昊一往情深，竟然做出私傳信箋、暗通外男之事。這種事情在現代不算什麼，但在這個禮教森嚴的社會裡，那便是傷風敗俗，如此大膽妄為，也不怕那上官明昊瞧她不起嗎？

而那上官明昊處事也考慮不周，自己與他已有婚約，成婚前按禮是不能私相會面的，明日真要去了，也不能真如他所說與他私會，看他連同素情的情詩一同送來，無非就是向自己表明心跡罷了……

眼前又浮現出上官明昊那俊美的臉龐來，她不禁心跳加速。那樣清風明月、溫潤如玉的男子，也怪不得素情會一見傾心，就是自己，兩世為人，也忍不住會為他心動，明天……真的要去嗎？

到了重陽那一天，藍家三個姑娘打扮得漂漂亮亮的，坐了馬車一同來到壽王府。

壽王是聖上的皇兄，平生不愛理朝政之事，最喜吟詩作畫，只喜風雅，是朝裡有名的閒散王爺，也正因如此，皇上倒是對這皇兄尊敬有加，富貴榮寵不斷。

壽王每四季都會在王府裡大開筵席，遍請京中宗室王公子弟，或有才名的青年才俊。

而壽王妃便會在同一天邀請官宦親貴人家的女兒去王府花園開茶會。據說，不論是前頭宴席還是花園裡的花會，吃的喝的全是珍稀之物，若能得王爺王妃的賞識，青年們會得王爺珍藏的古畫珍本，而姑娘們也能得了王妃的賞賜，且王妃最喜那配對作媒之事，指不定，就會給賞識的姑娘說一門好親呢。

能得了王妃作媒的姑娘，不管是其家裡還是姑娘本身，都是一件很得臉的事情，所以，京中才俊閨秀們對壽王府的茶會自然是趨之若鶩的。

壽王府後院果然很大，園子是典型的京城園林風格，大氣宏偉，並無江南的小橋流水，卻也是亭臺樓閣林立有致、雕梁畫棟，長廊假山精妙優美，園中各色菊花爭相鬥豔，鋪天蓋地的開了滿園。

藍家三姊妹在壽王府家奴的帶領下，規行矩步、體態優雅，眼睛直視腳前三塊磚的地方，目不斜視。

園子裡，早來了不少京城中的名門閨秀，三三兩兩的，或在園中小亭子裡，或在假山旁，或在觀花，或在閒聊，或在賞魚。那引她們進來的侍女道：「王妃在園裡招待幾位貴夫人，各位小姐請暫且在園中歇息，奴婢一會兒著人送上茶點，宴會還得過些時辰才能開始。」

素顏倒沒什麼，這園子裡的閨秀們也沒幾個是她認得的，她向那侍女點了點頭，便打算走到就近的一個亭子裡坐會兒，卻見素情卻趕上那侍女，自袖中拿了個包塞到那侍女手裡，在那侍女耳邊小聲說了些什麼。

侍女笑著小聲回了幾句，便躬身離開了。

素麗小心翼翼地跟在素顏身後，看素顏徑直往亭子裡走，素情卻是向前面幾個不太相熟的小姐走了過去，忙扯了扯素顏的衣角道：「大姊，咱們……還是和二姊在一起的好，還是……不要走開了吧。」

素顏聽了便看向素麗，只見她眼裡閃過一絲擔憂，還有一絲怯懦，不由笑道：「就算我想要跟著她，只怕她也未必願意我跟著吧。妳若擔心，便跟她去好了，我無事的，在這邊坐坐就好，妳要走乏了，也可以過來陪我坐坐。」說著，再不看素麗一眼，自己到亭子裡坐下，眼睛看向園中開得正妍的菊花。

素麗呆怔在原地數秒，遲疑著不知道該如何選擇，她咬了咬嘴唇，還是跟上了素情。素情正和兩個穿著講究的小姐說話，見素麗過來，頗有些不豫，眼中閃過一絲不耐，但還是向那兩位小姐介紹起素麗，素麗臉上帶著羞怯又可愛的笑，很快便融入到幾人的談話中去。

素顏百無聊賴地坐在亭子裡，眼角不時地關注著素情，腦子裡又浮現上官明昊信裡的話。環顧四周，並未見到有男賓出現在園子裡，如今禮法森嚴，怕是男女賓相是分開的，素情真想要在這裡弄些什麼事來，怕是很難吧？

正暗自沈思，有人在耳邊輕語。「這位姊姊，沒有打擾妳吧？」

素顏聽了抬頭，不由眼前一亮，一個十四、五歲的花樣少女，正笑吟吟地歪著頭，一雙明眸帶著俏皮的笑意正看著自己，樣子很是可愛。

素顏忙起了身，對她做了個請的手勢。「請坐，此乃壽王府，小姐隨意就好。」

那女子聽了也不客氣，挨著素顏坐了下來。素顏眉頭微皺，因著壽王府將各家帶來的僕從另行安排，所以，她們兩人身邊都無僕從跟著，這個亭子裡只有她們兩個，亭子大得很，看這女子穿著打扮像大家之女，兩人素昧平生，這女子卻自來熟地坐得如此之近，讓她很有些不自在。

那女子看出素顏的不豫，卻是臉上笑容不減，笑道：「姊姊看著比我大上一、兩歲，妹妹姓劉，乃靜北伯家三姑娘婉如，姊姊可是藍學士家大姑娘素顏？」

素顏聽得微怔。這女子果然出自公卿之家，自己不過是學士家的孫女而已，身分上比起靜北伯府相差太遠，不知她為何不去與園中眾多宗親貴族親近，倒是要來找自己？心中雖疑，但臉上不顯，禮貌地笑了笑道：「原來是伯爵府的千金，素顏失禮了。」

說著，起身要行禮，劉婉如忙抬了手拉住她，笑吟吟地將她按到椅子上坐下。「我原看姊姊似是不愛熱鬧、喜靜之人，甚合婉如的心，所以才覥臉過來主動與姊姊相交，卻不知姊姊也是講俗禮的，倒是婉如打攪姊姊清靜了。」

素顏聽了，不得不與她平坐，微笑道：「劉家妹妹言重，妹妹既看得起，姊姊安敢不從？」

劉婉如聽得噗哧一笑，從石桌上拈了塊點心遞給素顏。「宮裡御製的蓮蓉糕，姊姊嚐嚐。」

素顏接過吃了。點心其實早就擺在了石桌上，只是她心中有事，沒心情吃罷了，這會子糕點入口即化，且有餘香繞齒，不由又拈了一塊放到口裡，連聲讚了起來。

劉婉如見了不由擊掌而笑。「姊姊果然妙人，妹妹若不過來，姊姊怕是要錯過這人間美味了。」

她言笑晏晏，動作嬌俏可愛，行止優雅有度，素顏心中對她也添了幾分喜歡，眼裡也帶了笑。兩人又吃了幾塊點心，喝了點茶，就聽劉婉如道：「其實，婉如也不是盲目來結交姊姊的，妳與我家明昊表哥可是有了婚約了，婉如也想幫明昊表哥看看，姊姊是否真如傳說中的那樣……」

「傳說中？」素顏一聽上官明昊的名字，耳根不由微熱，又聽她說傳說，她自是知道，坊間於她的傳言並不太好，臉上的笑容便有些僵了。

第十一章

「聽說姊姊八字很硬，有剋父剋母之名，又聽聞姊姊性子木訥冷漠，我原不信，方才見了，更是不信了。姊姊溫婉可人、靈秀大方，哪裡會是木訥之人，怪不得我那表哥會一見鍾情，回到家後便日日思念，要再見姊姊了。」

「所謂八字之說，不過是怪力亂神，那給我算命之人連自己能活多長都算不準，又如何判定他人命運？」素顏微笑不減，語氣卻有些凌厲了。

「這位姊姊高見，所謂八字之說不過是江湖術士騙人的把戲而已，京都天橋下面，多少算命先生餐風露宿，莫說他本人的命數，怕是連他自己下頓晚餐在哪裡都算不出來呢。」

素顏自認自己這番話觀點有悖於現今常理，原想著會遭人攻訐，卻不想聽到身後有人聲音清脆爽朗，話語比自己更為犀利，不由循聲轉過頭去。

就看到一位身著湖綠宮裝，梳著吊馬髻，髮間只插了根絞股纏絲金鑲玉雀展雙尾釵的女子，眉目宛然，目如點漆，秀雅清麗，大約十四、五歲，正向亭子這邊走來。看她這一身，便知身分定是不凡，而她身畔還跟著一位著粉裝長襖，一條素色細花褙子，同色系百褶裙，不過十三、四歲的清秀女子，這女子卻是正眼含怨氣，斜眼瞪著素顏。

素顏聽那宮裝女子接了自己的話，便躬身行了一禮，微笑著說道：「讓姑娘見笑了。」

便再無多言。

劉婉如卻是臉色一滯，目光微閃之間，親親熱熱地迎了上去，勾住那宮裝麗人之手道：「方才婉如還在四處找明英郡主來著，想著好久沒有與郡主親近過了，不承想無心插柳，姊姊竟是自己出現了，真真太好了。」

那明英郡主笑著打趣道：「我分明就在妳側身賞花來著，妹妹眼睛恁大，偏卻只看到了藍家姊姊，卻是瞧不見我。也難怪啊，似藍姊姊這等神仙般的美人兒，妹妹眼裡只看得到她也是有的。」

說得劉婉如忙不停地道歉作揖，嬌笑著嘟了嘴。「姊姊定然是從靜水閣那邊過來的，不然，小妹定不可能看不到姊姊的。」

那郡主身邊的粉裝女子見劉婉如只跟郡主熱絡，卻冷落了自己，不由又拿眼瞪劉婉如，只聽她小聲嘟囔：「劉家的人架子好大，不過是個庶女罷了，眼睛卻長到天上去了，只看得到郡主姊姊，怎麼著？我也是侯府千金，身分可只有比妳高的。」

素顏聽得一驚，這個小丫頭說話火藥味好重，怕也是個不好相與的主，還好自己方才是對她點了頭的，不然，這一噴火怕是會燒到自己頭上來呢。

劉婉如聽了果然臉色尷尬，目光黯了黯後，不但不氣，反而笑嘻嘻地挽了那粉裝女子的手道：「誰敢輕瞧了敏妹妹啊，妳可是護國侯府最最漂亮賢達的四姑娘，姊姊不是看長幼有序嘛，正要與妹妹討教幾句呢，妹妹就怪上我了，只怪姊姊見識淺薄、說話不周，得罪妹妹了，還望妹妹原諒。」

那粉裝麗人聽了臉上這才有了笑容，眼波一轉，笑著嘟了嘴道：「我說嘛，看姊姊也不似那捧高踩低之人才對呢。」

轉頭又看向素顏，語氣卻是不善。「方才聽婉如姊姊說，妳就是藍學士府上的嫡長女，那個出了名的掃把星嗎？」

果然明槍暗箭都難躲啊，這小姑娘今天怕是吃了火藥出門的吧，逮誰就朝誰噴火。她正要說話，眼角卻瞟見劉婉如唇邊閃過一絲幸災樂禍的笑，不由心中一凜，想起這兩位姑娘都是她的話語引過來的，為的，怕就是想讓自己與人鬧將起來，好出自己的醜吧？雖不知她為何要這樣，但沒得讓她得了逞的道理。

於是也如劉婉如一樣，笑容依舊不改，笑道：「正是素顏，不知這位伶俐清秀的妹妹是哪個高門貴女啊？」

侯門四姑娘果然面色一呆，轉而眼裡露出得意之色，揚了下巴指著身邊小郡主道：「說起來，妳也是學士家的嫡女，怎地連陳王府的明英小郡主也不認得？而本小姐呢，是護國侯府四小姐司徒敏。也是，妳有那樣的名聲，藍家自然是不大讓妳出門的，倒是妳家二姑娘素情，我們是早就認得的，方才還是聽素情說妳也來了，我和郡主姊姊才想著要來看看的。」

自司徒敏開了口，明英郡主就不大說話，聽她對素顏語氣不善，眉頭便皺了起來，看素顏面色不改，並不與司徒敏計較，眼裡便帶了絲欣賞之色，拉著司徒敏的手道：「今天難得結識了藍姊姊，敏妹，咱們不如到亭中坐坐，與藍姊姊親近親近如何？」

四人重新坐好。有了郡主在，劉婉如倒是不像方才八面玲瓏長袖善舞的樣子了，老實地坐著，只聽那司徒敏和明英郡主說話，素顏臉上總保持著溫順禮貌、不卑不亢的神情，也只是偶爾答上幾句，並不刻意熱絡巴結，倒是讓明英郡主更高看了起來。

幾人又坐了一會兒，卻聽到園中有一陣騷亂聲，再抬眼，看到園中三三兩兩散站著的小姐們全都向一座假山處圍去，不由詫異。司徒敏眼尖，突然大聲喚了起來。「明英姊姊，是二皇子，還有明昊哥哥！快，咱們也過去吧，別讓那起子人又擠到二皇子跟前去獻媚了。」

明英被她說得臉一紅，不由自主地扯了扯她的袖子，嗔道：「要去妳去，我才不去呢，我就在這裡跟藍姊姊說說話就好。」

劉婉如卻已經站了起來，漂亮的大眼裡閃著炙熱的光芒，一副心急前往的樣子，但小郡主坐著不動，她也不好先行離開，只好笑了笑道：「可不是，明昊表哥可是與藍姊姊有了婚約的，藍姊姊倒是不方便過去呢，我們……」

「她不過去就是，我們幾個過去啊。我聽說，明昊哥哥又得了一首好曲子，一會子壽王開宴時，就要當場演奏呢，今兒可真是有耳福了，誰不知道明昊哥哥的琴技是京城第一啊——」話音未落，司徒敏已經扯了郡主起來了，拖著她就往亭外走，嘴裡還唸道：「姊姊也是，明知道今兒壽王辦宴的主旨，為的就是給二皇子選妃。全京城誰不知道姊姊與二皇子乃是青梅竹馬啊，沒得讓那起子不知天高地厚的無恥小人花了二皇子的眼。」

素顏抬眼看過去，只見上官明昊一身月白色的直裰，腰間鬆鬆地繫了條天青色的腰帶，帶中鑲著一顆圓玉，腰間僅掛了一塊碧色如意。這一身看著簡單，卻是清遠高雅，如月似竹般的氣質，只見他臉上帶著和暖的微笑，眼神溫潤有神，身邊團團圍著女子，但有人與他說話，他都是禮貌又溫和地與人侃侃而談，神情淡定而親和，引得一眾女子媚眼如絲。

而他身邊那位玉冠高束，一身藏青色三爪繡龍長袍，長身玉立、丰神俊朗，應該便是那位二皇子吧。圍著他的女子倒是大多宮裝居多，看得出那些人都是出身公卿世家，而他面色清冷，臉上雖然有笑，眼裡卻閃著疏離之色，渾身上下散發著生人勿近的氣勢，使得圍著他的女子不敢隨意與他搭訕。

素顏饒有興趣地看了一陣子，看到素情也圍在上官明昊身邊，正含羞帶怯地拿著一方帕子遞給上官明昊看，應該又是請上官明昊賞析詩詞之類的吧。

她靜靜注視著上官明昊。按說這種場合下雖然談詩論詞很正常，但上官明昊既與自己訂了婚約，別的女子的閨中所作他便應該避諱才是，但她清清楚楚看到他微笑著接過了素情手裡的帕子，並輕聲唸了起來，使得一旁圍著的女子眼神如刀般射向素情。

素顏不由長嘆一口氣，暗忖，自己這個未婚夫不會是個大眾情人吧？

不多時，前面的哄鬧聲小了很多，她覺得詫異，回過頭輕望，卻見那位二皇子與上官明昊正往南邊而去。那面應該是一片梅樹林，但正值金秋，不是梅開的時候，不知道他們去那邊做什麼？一眾千金小姐們倒是不好意思跟上前去，有不少人便散開了，仍是三、五一群地兀自說起話來。

正坐著，就見素麗慌慌張張地跑了過來，一下拽住她的袖子將她往外扯。「大姊，妳快些跟我來，我勸不住二姊。」

素顏聽得奇怪，捉住素麗的手道：「出了什麼事，妳說清楚些，素情怎麼了？」

素麗神情急切，額頭上都冒出汗來了，央求著她道：「大姊，我素知道妳不喜歡二姊，但這會子二姊正跟護國侯府的四姑娘吵架呢，她們……都在欺負二姊姊。」

司徒敏跟素情吵架？怎麼可能，她們不是早就認識了嗎？

看素顏還在遲疑，素麗都快要哭了。「大姊，出門時，二娘可是叮囑過我的，讓我護著二姊，若是二姊在壽王府裡鬧出什麼事來，回去一定沒有好果子給我吃的！大姊，我說的話二姊她不聽，求求妳了，這可也關係到我們藍家的臉面呢！」

確實如此，如果素情真在壽王府做出失禮的事來，藍家姑娘的名聲還真的都會受影響，人家會說藍家家教不行，連著自己和素麗的婚事都會受影響。而且，如果自己明知素情出事還袖手旁觀，回去後，老太太也不會放過自己。於是，素顏心中也急了起來。

「別說這有的沒的了，妳就快些個領了我去吧。」素顏一扯素麗的手，姊妹倆一同出了亭子。

素麗在前面帶路，卻正是向梅林方向而去。上官明昊和二皇子不也在梅林裡嗎？難道素情是與人爭風吃醋了不成？

兩人走得快，沒多久便進了梅林。這片梅林很大，壽王府在梅林深處裡還建了一、兩處小亭和房舍，似是給賞梅人歇腳喝茶之用的。

經過幾處房舍，在另一處小亭子裡，她聽到素情輕輕的啜泣聲。素顏忙走近前去，便看到司徒敏還有劉婉如、明英郡主幾個都在亭子裡，司徒敏正怒視著素情，指著她罵道：「不是說，你們藍家是書香世家，代代詩禮相傳嗎？怎麼會出了妳這等人？」

素情一派委屈柔弱，嬌怯地抬起她那雙盈盈淚眼，倒不去與司徒敏爭辯，卻是可憐兮兮地看著明英郡主。「明英姊姊，我沒有做出格的事，我真的不是故意要跟著二皇子的，妳們……妳們誤會了。」

明英聽了眉眼不動，只是臉色微冷，也不看素情，秀目裡閃過一絲不屑來。

司徒敏看素情那模樣更是生氣，一掌向素情推去。「妳不要再裝了，方才我和明英姊姊都看得清清楚楚，妳面上是拿了詩帕給明昊哥哥看，身子卻是故意向二皇子靠，還故意將帕子落在二皇子腳跟前，在他們兩個走了後，妳又偷偷地跟到這裡來，哼，當我們是瞎子呢？妳的手段還真不賴，一面對明昊哥哥獻著殷勤，一面又還想著攀上二皇子，也不拿鏡子照照自己，妳不過是藍家的一個庶女，以妳的身分配得上二皇子嗎？」

原來是這樣。素顏停了步子，探詢地看向素麗。素麗眉頭也是皺著，卻是小聲道：「二姊是有些過失……不過，應該是無心之過的……」後面的話，她吞到肚子裡沒有說出來，想來說出來，她自己也不太相信。

「素顏這廂有禮了，不知我二妹怎麼惱著司徒妹妹了？」素顏走了過去，明麗的臉上帶了絲肅然，禮貌地問道。

劉婉如見素顏一過來，忙將她一扯，小聲說道：「大姊姊不是在亭中喝茶的嗎？怎麼也過來了？可是不放心明昊哥哥？」說著，眉頭一挑，睃了素情一眼，一副既曖昧又看好戲的樣子。

素顏淡笑道：「聽得我二妹正與人爭執，所以過來看看。她平素雖然嬌氣了些，但還是識大體的，三位怕是有些誤會了吧。」

「什麼誤會？分明是她不知廉恥，妳這個做姊姊的也是無用，妳才是明昊哥哥正經的未婚妻，眼瞧著妳妹妹做那下作失禮之事也視若無睹，難道你們藍家喜歡姊妹共事一夫不成？」

這話說得也太重了些，素顏不由沈了臉。「司徒姑娘也是侯門閨秀，那些個粗詞俗語還是不要亂說的好，沒得失了侯府的臉面和名聲。那妳看見了什麼？不就是我二妹請京中才子品詩嗎？這原就是個品詩論詞的宴會，二妹寫了詩，請人品評一下又有何不可？何況，她還是當著眾人的面，最是正大光明，怎麼就是下作之事了？若是如此便是下作，那壽王府的這個宴會可不也落了下乘？」素顏面上笑容淡淡，眼神卻是端肅凜然，緊盯著司徒敏。

司徒敏被素顏說得目瞪口呆，小口微張，半晌也不知要如何回覆。再說下去，便是指責壽王府開的是個下作宴會了，她一時脹紅了臉，氣得只拿眼睛瞪素顏。

一旁的劉婉如卻是幽幽道：「敏妹妹怎麼著也是為藍大姊姊出氣呢，明昊表哥可是妳的未婚夫，再如何素情也不該——」

「妳也說了他是我的未婚夫，那我妹妹與我未婚夫討教下學問便是再尋常不過的事情，不過是親戚之間的閒聊罷了。」素顏不等她說完便截口道。

素情原在素顏一出現時，臉就紅了，眼睛也不敢朝素顏看，畢竟是心虛得很，但沒想到素顏處處維護她，並將任性驕橫出名的司徒敏說得無話可說，不由抬了眸，感激地看著素顏，素顏卻是看也不看她。

明英聽了卻是笑了起來，倒是拉住素顏的手道：「姊姊果然明事理顧大局，妳的胸襟和氣度都讓妹妹佩服，今日能結識姊姊，也不枉來這一趟。」說罷，卻是不屑地看了眼素情，拉了素顏的手便要出亭子。「這裡怪冷得慌，外面怕是宴席要開了，莫要讓人尋我們才是。」

司徒敏仍是氣鼓鼓的，但看明英郡主對素顏很是親近，倒不好再發作，跺著腳跟在明英身後也走了出來。

劉婉如看了眼素情，眼裡唇邊露出一絲不甘，也跟著出了亭子。

素麗扯了扯素情的衣袖。「二姊，咱們也走吧。」

素情卻是一屁股坐到亭中石凳上，眼睛看向梅林深處，一改方才柔弱可憐的模樣，冷冷地對素麗道：「誰讓妳把她叫過來的，讓她看我的笑話嗎？滾開！」

素麗不由氣急，張口欲辯，卻見素情又橫了一眼過來，聲音森冷。「還不快走，小心我對大姊說些好聽的來。」

素麗臉一白，氣得一扭身衝出了亭子。

素顏與明英幾個出來後，宴席果然要開始了，明英便邀請素顏一同入座。司徒敏卻是在一旁冷笑道：「明英姊姊的座位可是排在前面一排的，區區藍學士的孫女可沒有這麼好的位置。」

素顏聽得好笑，只覺得身邊這個小姑娘幼稚得很，不由轉過身去，拿出自己特製的一個卡通兔形的小吊飾，手指勾著掛扣在司徒敏眼前輕晃。那吊飾畫得誇張可愛，做工又精巧，小兔的眼睛是用兩顆黑珍珠鑲嵌的，煞是可愛。前世時，素顏就喜歡自己動手做這些小東西玩，原還打算著開家網路商店的，卻因著工作太忙耽擱了，平素拿出去，最得小女孩的心了。

司徒敏果然一下子便被小兔子吸引住，眼睛膩在素顏的手上便錯不開，素顏卻是將手一收，笑道：「敏妹妹倒是和這小兔子一般可愛，只是我的兔子眼睛是黑的，敏妹妹卻是紅眼的，啊，原想要送給妳的，這下倒是看著不配了呢。」

司徒敏愛煞了這個小兔子，就是一旁的明英眼裡也露出喜愛之色，但司徒敏剛和素顏鬧了一場，面子上拉不下來，聽素顏說要送她，臉色一鬆，卻聽素顏說眼睛顏色不配，便知她在打趣自己，也是在變相求和，倒是不好意思地笑了起來，嘟囔道：「兔子原就是紅眼珠的，藍家姊姊這個本就做得不合理嘛。」

「喔，原是我不懂呢，兔子是紅眼睛的嗎？」素顏忍住要笑的心思，歪了頭逗司徒敏。

「自然是紅色的啊，再者姊姊看，我的眼睛哪裡是紅的？姊姊眼神也忒不好了些。」話一開了頭，司徒敏倒放輕鬆了，說話也隨意了起來，語音裡還帶了絲嬌嗔。素顏其實比較喜歡她這種直來直往，還帶了絲俠義心腸的個性，原就不想得罪了她，這會子看她一派天真模樣，倒是更想要逗她。

「嗯，送給妳也不是不可以，不過呢，敏妹妹素來聰慧過人，不若我說個謎給妳猜，若是猜中，不只送妳這個，還送妳一隻小豬如何？」說著，素顏便自紅袋裡又拿出一個小豬模樣的吊飾。這種卡通樣式的小吊飾在這個時代還是第一次出現，可愛又討喜，十四、五歲的女孩子沒有幾個能擋得住這誘惑。司徒敏眼睛都直了，明英卻是搶先說道：「不行，這個給我，兔子給敏妹妹。」

司徒敏看了眼明英，嘟了嘴道：「明英姊姊，那也得咱們猜了謎才行吧！藍姊姊，妳說話可要算數喔，妳的謎呢？快快說出來，我第一次猜，猜中兩樣東西便是我的。」

明英也知道不能明搶她的，無奈道：「那好，猜錯了便是我的。」

明英原是一派穩重端莊的樣子，這會子也被素顏勾得童心大發，清麗的眸子眼巴巴地看著素顏，素顏不由又嘆了口氣。不過都是十四、五歲的年紀，在現代還只是個國中生，卻偏生讓深宅大院裡的生活磨去了這個年齡應該有的恣意和天真，那所謂的德容言功、貞靜賢淑，壓得這個時代的少女們失去了青春和活力。

「藍姊姊，快說啊，謎語是什麼？妳不是忘了吧？」司徒敏看素顏有些走神，拉著她的手搖道。

素顏這才回神，笑道：「妳們聽好了喔，這是個字謎，三個金字叫鑫，三個水叫淼，三個火叫焱，三個人叫眾，那三個鬼叫什麼？」

司徒敏先一聽是字謎，臉上便露出胸有成竹之色，後來聽到前半部分，更覺得素顏這謎出得太簡單了，當素顏說到火字，她差一點一口氣要說出自己所知的所有三字疊成字了，但聽到謎面時，她不由傻眼了，哪裡見過有三個鬼疊成字的？她撓著頭，努力思索著，想半天也沒想出來，額頭汗都出來了，不由看向明英。明英也是一臉的困惑，正低頭沈思，右手指尖還在左手心中畫寫著，卻是怎麼也想不起來那是個什麼字。司徒敏便覺得釋懷了，她素來也小有才名，詩書禮經之類的沒少讀，而明英才智比她更勝一籌，明英都猜不出，那她猜不出也不算是什麼丟臉的事了。

想了半晌，兩個小姑娘怎麼也想不出來，只好又眼巴巴地看向素顏，素顏忍著笑。「兩位妹妹可是有了答案？」

這邊兩位同時搖了搖頭，司徒敏急得臉都紅了，扯著素顏的手臂猛搖。「快說嘛，三個鬼是什麼字，我們可從來都沒見過呢，指不定根本就沒有這個字呢。」

明英也是一臉熱切地看著素顏，素顏忙道：「三個鬼疊在一起嘛，當然是……」說到此處，她故意停住，眼睛在明英和司徒敏臉上看來看去……

兩個更是急了。「三個鬼是叫什麼嘛？別賣關子了。」

「當然是叫救命嘍！」素顏一說完，轉身就跑。

明英首先回過神來，一時小臉脹得通紅，素手指著素顏便罵道：「藍姊姊使詐！」

司徒敏也反應過來，卻是笑得前俯後仰。「明英姊姊，藍姊姊也不算使詐啊，妳要是看到三個鬼了，肯定是得叫救命啦！」不過，卻也是跟著明英在後頭追，又喊道：「藍姊姊，小兔子得給我，妳這算不得謎語。」

三個女孩子嘻笑著跑了，而從花亭旁的假山後走出一名華衣男子來，冷峻的眸子裡閃著戲謔和有趣，薄唇微微上翹，卻是搖了搖頭，自言自語道：「如此有趣的女子，不知明昊兄可懂得欣賞？」

第十二章

明英和司徒敏追上素顏後，自是鬧了一陣，素顏原也只是想逗逗她們兩個玩，笑鬧過後，便將那小兔子和小豬吊飾給了司徒敏，卻另給了明英一隻小老鼠和小貓的吊飾。二女拿著兩樣小東西愛不釋手，素顏忙央求著她們將東西收起，她帶來的可不多，一會子若再有人討，她可沒得了，豈不會平白得罪了人去？

二女聽了更覺得素顏待她們不一般，高興地收了。經過這一番玩鬧，三人關係融洽多了，二女也更親近起素顏來。壽王府的侍女忙忙碌碌地正在擺宴，素顏環顧四周，卻是沒看見自家兩個妹妹的身影，不由暗惱，只盼著素情別又再弄出什麼丟臉的事情才好，也不枉自己刻意交好明英和司徒敏一番。依著素情先前所做之事，若明英和司徒敏傳將出去，必定會壞了藍家女兒的名聲，如今她們與自己親近，看在自己面上，應該不會再亂說才是。

但素情若再做些出格的事情來，自己怕就再難遮掩得過去了。如此一想，她心裡便有些著急，與明英兩個只說自己要出恭，告了個罪，又向梅林處尋了過去。

還沒到梅林，迎面便遇到一行男子，素顏一見，忙向路旁一棵粗壯些的大樹後避去。

只見幾名男子的穿戴都很講究體面，其中一人身著華服，長眉入鬢、目若燦星，俊臉如雕刻斧削一般五官分明，端的是相貌堂堂，不過卻是一副玩世不恭的模樣，手中摺扇輕搖，明明一副紈袴子弟模樣，卻偏還要裝出幾分文人的風骨，似乎拿著摺扇的便都會生出風雅。素顏便想起《紅樓夢》裡林妹妹第一次見到寶哥哥時的印象：只道他，腹內草莽人輕浮，卻原來，骨骼清奇非俗流。但這個男子怕是外表清秀、腹內草包一個吧。

正暗自尋思，便感覺身上無端有股凜冽之氣，她不由打了個顫，抬眼看去，感覺那華服男子一雙燦亮的清眸正向這邊看來，分明一副吊兒郎當的模樣，偏那眼神卻犀利得很，彷彿看穿她的心思一般。素顏心中一凜，忙將臉上的輕蔑之色斂去，將頭縮回，身子掩在樹後。

便聽那幾個中有人說道：「成紹兄，今兒可有相得中的佳人？」

另又有人說道：「成紹兄哪天無美人相伴？再說錢兄，你莫非忘了那一萬兩銀子了？」

先前說話之人忙作揖回道：「啊，是了，在下真是嘴賤啊，成紹兄如今可是有了婚約之人了，而且那藍家二姑娘端的是貌美如花，成紹兄有了如此傾城美眷，眼裡自然是再難瞧得進別的庸脂俗粉了。」

素顏聽到藍府二字，心中奇怪，莫非他們口中所說名為「成紹」的人便是寧伯侯世子嗎？她忍不住又探出頭去，正好看到那華服公子拿著摺扇在其中一名公子肩上敲了兩下，唇邊帶著幾分戲謔。「本世子的未婚妻豈是你等能夠置評的？莫非你家銀子太多，還想孝敬本公子一萬兩不成？」

那公子的臉上立即露出一絲苦笑來，伸手便打了自己一嘴巴，一揖到底道：「成紹兄，你且饒了小的吧，小的再也不敢嘴賤了。」

一邊便有人調笑道：「錢公子，你那一萬兩出得也不虧，不然你今兒也進不得這壽王府來了。可知進這園子裡的公子小姐，至少也得是三品大員家的親眷，你家雖是有錢，卻只是個小小皇商，成紹兄可是給足你體面了，若今兒有貴親相中了你，於你錢家的好處又豈是一萬兩銀子可比？」

這話說得太過露骨直白，很有些看不起那錢公子的意思，那錢公子臉上一陣訕然，卻是笑容不改，嘴裡說道：「那可就承兄臺吉言了，若是真尋得一門貴親，兄弟定當大謝各位兄臺。」轉身又對葉成紹行禮。「謝成紹兄抬舉。」低頭的一瞬，眼裡卻閃過一絲壓抑的陰厲。

葉成紹懶懶地將長臂一伸，半個身子倚在那錢姓公子身上，一副哥倆好的樣子。「咱們是兄弟，什麼抬舉不抬舉的，只要你以後有了好事多想著爺就是了。」說著，嘴湊到了那錢公子耳邊，狀若親暱。「聽說，鳳翠樓裡來了新人，甚是擅長西域舞，那腰扭得就像是水蛇似的，最是銷魂蝕骨，今兒晚上，帶爺幾個去樂和樂和如何？」

聽到這裡，素顏全身都變得冰涼了起來。這個葉成紹果然是個浪蕩紈袴之人，怪不得素情先前拚死也不同意這樁婚事，這樣的人也確實不能託付終身啊，可是，難道因為她的婚姻不如意，就要搶自己的嗎？

正想著，葉成紹一行人已經走了過去，她這才從樹林後走出來，向梅林裡尋去，一時又暗自慶幸了起來，上官明昊雖然看著像大眾情人，但至少還算溫潤乾淨，不似這等浪蕩無形。

梅林裡再無行人，深秋的寒風瑟瑟發寒，清冷而寂靜，她不禁加快些腳步。

正走著，突然就聽到素麗在她身後大喊：「蛇！大姊，有蛇！」

素顏上回被蛇咬過一次，心有餘悸，嚇得抬腳就跑，素麗從她身後跑出來扯她拐了個彎，就正好撞見侃侃而談的上官明昊和素情。

「嚇死我了，大姊，幸虧發現了，不然這一回咱們怕是又要被蛇咬了。」素麗雙手扒在素顏肩上，臉上紅撲撲的，像是真被嚇得不輕的樣子。素顏回過頭去，看自己方才站立的地方，也有些後怕。

上官明昊看到素顏後，怔了半晌，但隨即臉上恢復了清朗的笑容，爾雅地走近素顏。「大妹妹，方才可有嚇到？」語氣裡帶著淡淡的關切，禮貌而溫和，卻也不過分親近，讓人感覺如沐春風。

「還好，沒事，多謝世子關心。」素顏撫了撫自己弄縐了的衣襟，給他回了一禮，臉上神情淡淡的，既沒有羞澀之感，也沒有喜悅之情，彷彿上官明昊之於她不過是一個普通人罷了。

素情倒是臉色連著變了幾變。方才她被素顏撞破與上官明昊私會時，很是著慌了一下，這會子見素顏並沒有生氣的跡象，不由鬆了一口氣，又想起自己今天來的目的，眼裡反而又有了幾分倔強和挑釁之色，雙腳又向上官明昊身邊挪近了幾步。

上官明昊卻是在看到素顏的一瞬，便與素情拉開了一些距離，這會子感覺素情又靠過來，他又不著痕跡地走向素顏，溫潤的俊眸注視著素顏，抬起頭將素顏髮上的一片落葉拂去。「沒事就好。前些日子聽說大妹妹的腳被蛇咬了，讓為兄很是著急了一陣，如今看妹妹行走無恙，為兄就放心了，不過，大妹妹還是不要走動得太多才是，把傷口綳開就不好了。」

說著，手很自然地就扶住了素顏的手臂。素顏眉頭皺了皺，卻是向後退了兩步，讓上官明昊的手落了空。上官明昊微怔，卻也不介意，隨意地將手負於背後，笑道：「怕是要開席了，此處風大，三位妹妹還是早些入席，免得王府主人著急才好。」說完，自己抬了腳走向前。

看來，上官明昊還是知道自己一個男子與三個女孩子同路有些不合禮數的，所以，他先行一步了。

「明昊哥哥，我們同去啊！」素情一看，忙追上前。

素麗看得有些發傻。素情的臉皮也太厚了吧，方才偷偷摸摸地與上官明昊私會也就罷了，如今當著素顏的面與上官明昊親近，也太不拿素顏當一回事了，她不由看向素顏。

不過，這一次上官明昊卻是明顯加快了步子，並不打算與素情走得太近，素情不得不小跑著才能趕上他的步伐。許是沒有被素顏苛責半句，素情膽子倒是更大了，眼看著追不上了，她乾脆伸了手去拽上官明昊的衣袖。「明昊哥哥，你等等我嘛！」聲音裡，滿是撒嬌的意味。

上官明昊有些無奈地甩開了袖子，步子又加大了些，卻始終好脾氣地沒有對素情言重半句。

素麗聽得眉頭直跳，忍不住便對素顏道：「大姊是泥塑的嗎？二姊都這樣了，妳都不氣？」

「有什麼好氣的？有些人沒了廉恥，我也沒法子啊，妳給她做了臉，她偏不要，那就等人再給她沒臉好了。」素顏神情悠悠的，甚至臉上還帶了絲笑容。

素麗無奈地搖了搖頭，向前走去，素顏卻是拉住她，小聲說道：「妳急什麼，慢些走，別破壞了人家的氣氛。」

素麗像看怪物一樣看著素顏，素顏不由好笑，捏了捏她的圓臉，笑道：「妳呀，少操些心吧，不然，這張圓臉上沒了肉可不好看了喔。」

素麗一頭黑線地撫著自己的臉龐，莫名地跟著素顏向前走去。

果然走沒多遠，便聽到有人在喊道：「成紹兄，那不是明昊兄嗎？他身後的那位是……不是那個你的……」正是那位錢公子的聲音。

葉成紹瞇了眼，看著在上官明昊身後跟著的素情，燦亮的星眸頓時黯了幾分，揚了眉看向上官明昊，上官明昊卻是一派雲淡風輕，像是沒看出葉成紹眼裡的陰鬱一般，倒是抬手一拱，向圍在葉成紹身邊的一干公子行了一禮。

「明昊兄總是魅力無限，就是逛個林子也能找個美人兒相陪，兄弟幾個可真是望塵莫及啊。」葉成紹垮著肩，斜睨著上官明昊，一雙星眸裡閃著危險氣息，嘴角帶著吊兒郎當的微笑，一副標準的浪蕩子模樣。

這話說得輕浮，素情氣得小臉有些發白，但她也看到了葉成紹眼裡的那一抹危險。畢竟是閨中的女孩子，平時見到的世家公子都是禮貌溫文得很，還是第一次遇到如葉成紹這般的紈袴子弟，心下就有些害怕，腳便不由自主地向上官明昊身邊挪。

上官明昊卻是很警覺地走開一步，笑道：「葉兄真是愛打趣，這位是藍家二姑娘，她與藍家大姑娘、三姑娘都在林子裡遊玩，明昊正好碰到，湊巧一同出來而已。」

他故意說是遇到藍家三千金，既摘去自己與藍素情私會的嫌疑，又保全了藍家姑娘的名聲，畢竟遇到三姊妹和遇到其中一個的意思可是大大不一樣。

葉成紹聽了便向林中看去，倒也看到了正蹣跚而來的素顏和素麗。素顏原本走得很正常，這會子卻是一走一拐的，素麗立即很知機地扶住了她，貼心地問道：「大姊的傷口不會是綳開了吧？妹妹扶著妳走。」

這樣，在包括葉成紹的眼裡看到的便是素顏腳痛，沒有跟上素情和上官明昊而已，倒也符合了上官明昊的說詞。

只是素情不太領會上官明昊的苦心，她實在是不喜葉成紹那副浪蕩子模樣，總覺得葉成紹身上散發著一股危險氣息，不由又向上官明昊挪近幾步，差一點就躲到了上官明昊的身後去了。

「哈，成紹兄，你家娘子好像不太喜歡你呢。」人群中便有些平素油滑慣了的打趣葉成紹道。

葉成紹的臉早就開始變黑了，這會子被人如此一笑，他微瞇了眼，眼神就變得越發陰戾了起來。

上官明昊臉上終於有了絲尷尬之色，忙閃過身來，對素情道：「那位葉公子可是寧伯侯世子，二妹妹許是還不認識吧？」

這話便是明著告訴素情，叫她不可再纏著自己了，她的未婚夫就在那邊。

素情聽了這話目光連閃，抬眼看了看葉成紹，臉上便露出嬌羞之態來，一福身，作勢要向葉成紹一行人行禮，腳尖卻意外地踩到了自己的裙尖，身子一絆，直直就向上官明昊倒去。

上官明昊猝不及防之間，忙用手去扶，素情卻是順勢手臂一張，身子嬌柔地倒在了上官明昊的懷裡。這下在別人眼裡看著，就像是上官明昊伸手將她抱了個滿懷一樣——

第十三章

這個情形實在曖昧至極，在場之人全都一時傻了眼。

上官明昊也沒想到素情怎麼就會倒在他懷裡了，他向來溫文慣了，懷裡的女子溫軟芳香，但是他感覺有如抱了一塊烙鐵般燙手，不覺就將素情往外推，偏素情似乎嚇得還沒回過神來，身子軟軟地趴在他懷裡，一雙玉臂像纏藤一樣攀著他的肩膀，上官明昊一時沒能將她推開。

而此時，葉成紹的眼睛已經快要噴出火來了。當著一眾朋友的面，自己的未婚妻對別的男子投懷送抱，這不是將他的臉往泥裡踩？寧伯侯世子在京城向來橫行霸道慣了，素來只有他給人沒臉的，哪裡受過此等侮辱？再聽旁邊的一眾友人嘴裡已經發出唏噓之聲，就如毒箭一般刺進他的心裡，是可忍，孰不可忍，眾人眼前只覺得青影一晃，忽地一條粉影被拋向了半空，一聲驚恐淒厲的尖叫隨之而起，卻是在幾公尺之外的草地持續了好一會兒才停歇。

離上官明昊幾步之遙的素顏忍不住摀住了自己的耳朵。

再定睛看去，上官明昊像被人點中了穴位一般，呆呆地怔忡在原地，而他懷裡已然空空如也。有反應快一些的便轉過身，在身側幾公尺遠的草地上，看到了方才小鳥依人的藍家二姑娘，如今正趴在地上摔了個狗啃泥，抬起頭時，原本清麗嬌柔的一張俏臉變得黑乎乎的，小巧的鼻似乎被摔平了，正掛著兩條黑紅色的血跡，原本豐滿潤澤的紅唇如今翻皮向上，如兩根臘腸一樣腫著，髮間還掛了幾根枯草，整個樣子滑稽而可笑，如同才從豬圈裡鑽出來的一般。

「噗哧……」不知是誰實在是忍得辛苦，捂著嘴偷笑著。素顏也想笑，但她強忍著，葉成紹仍是一臉的戾氣，星眸陰沈銳利，他緩緩向周圍人掃了一眼，那偷笑之人立即抿緊了嘴巴，兩眼望天，四處張望，裝作根本就沒有看到方才那一幕的樣子。

那錢公子最是不知機，別人都不敢再作聲，他卻看了看葉成紹，又看了眼一臉尷尬的上官明昊，突然像打了雞血一般，哈哈大笑了起來。邊上的人原就是拚命在忍，他這一大笑，旁人如何再忍受得住，像被傳染了一般，也跟著放肆大笑了起來。

素顏將所有的笑意死命地吞進肚子裡，板著臉，惱怒地看向葉成紹。這個時候，她就是裝也要裝出一點莊嚴端方，藍素情已經將藍家的臉面全都丟盡了，自己怎麼也要盡力挽回一些，省得被那個不知羞恥之人給連累了。

葉成紹感覺到了素顏的憤怒，他原本陰沈著的臉反而緩了緩，肩膀一垮，兩手抱胸，挑眉向素顏望去，唇邊掛著一絲挑釁的譏笑。

素情先是被嚇住，接著整個身子又被高高拋起重重摔下，一時間，身體像要散架了一樣，渾身骨頭像是要斷裂一般疼痛，費了好大的力氣想要爬起來，卻看到所有的人全都用嘲弄譏誚的眼光看著自己，緊接著，便是哄然大笑的聲音，一股羞憤之情湧上心頭，她不由狠狠地瞪向葉成紹，罵道：「你……你這個無禮宵小！竟敢動手打我？」

素顏還真是佩服素情的膽量，到了這個時候，她還敢挑戰葉成紹的脾性，她是不是覺得丟臉丟得還不夠？今日之事，明天怕是就要傳遍京城，再鬧下去，藍家就不用在京城立足了。不行，得阻止她，至少，得讓葉成紹放個軟才好。

她正沈思著，只見葉成紹正皺了眉，緩緩地向素情走去。他的眼神如一頭被激怒的狼王，彷彿要將素情撕碎一般，他身邊的一干朋友見了，卻沒一個人有上前攔阻的意思，其中一人反而輕哼了一聲道：「成紹兄，原來你在人家眼裡竟是此等形象啊？」

此話便如烈火烹油，葉成紹抬腳便要向素情踹去，素顏如旋風一般衝向前去，身子一擋，攔在了葉成紹的前面，清亮的大眼怒視著葉成紹。「世子爺，你可是堂堂男子，怎麼可以一而再、再而三地對女子動手呢？」

葉成紹沒想到素顏的速度如此之快，方才還看到這個女子躲在上官明昊身後看熱鬧，這會子倒是出來裝好人了，俊逸的星眸裡忍不住便添了一絲有趣之色，歪著頭斜睨著素顏。

「妳是在告訴我，好漢不和女人鬥是嗎？」

這話分明就是有挑釁的意味，若素顏承認好男不和女鬥，便是承認女子不如男人，這一點在這個社會裡倒是被大家公認，要是換了別人，倒是不會有太大的反應，但素顏卻是受了二十幾年現代文明薰陶的，最恨的便是男人以拳頭征服女子，她認為這是沒有本事的男人最無恥的表現。

若是不承認，葉成紹便會順著她的話，繼續對素情動手，那便有違她想息事的初衷。只是，這個男人也太囂張了些，今天就算不為了素情，她也很是看不慣他了……

這時，原本都已經坐在席上的不少公子小姐們，被這邊的熱鬧吸引了過來，一下子將梅林的出口圍將起來。葉成紹看觀眾越發多了，他像是有人來瘋一樣，更加得意起來，看素顏的眼光便更為邪戾。

「好漢嘛……自然是不會欺負弱小女子的，就算是一般的世家公子，只要有些修養的，都不會對女子動手才是吧？不過，世子當然例外咯。」素顏聲音響亮，語帶不屑，言下之意，葉成紹不只不是好漢，還是個沒有修為的莽夫。

人群中立即又傳來幾聲低笑，但卻仍無一人上前來相勸，葉成紹聽得眉頭直突，看素顏的眼睛裡挾了一絲惱意。他方才雖是給自己洩憤，又何嘗不是給素顏出了氣，以當時的狀況，自己和她都是沒臉的那個，她不但不領情，反而為她這個不知羞恥的妹妹出頭，該死的，真是不知好歹！

「藍大姑娘，妳哪隻眼睛看到我欺凌弱小了？本世子素來正直不阿，看不得奸猾無恥之徒而已。」葉成紹的臉色一改方才的陰暗，反倒帶了笑，歪著頭，一副懶怠的樣子，比剛才那吊兒郎當看著更惹人厭。

「此處如此多人全都可以作證，我家妹妹不過是不小心踩著衣裙，上官公子出手相扶，乃君子所為。所謂心靈乾淨者，看到的自然便是乾淨之物，而你卻沒有任何徵兆地對我妹妹大打出手……試問世子爺，你如此勇猛慓悍、一身蠻力，卻是用來對付弱女子的嗎？」素顏被葉成紹的神情氣到，語氣也變得凌厲了起來。

素情再沒想到素顏會替她出頭，而且是與葉成紹這個惡魔般的人針鋒相對，心中不由生出幾絲愧意和感激，這會子聽素顏說得義正辭嚴，她立即萬分委屈，悲悲切切地小聲啜泣了起來。而一直旁觀著，站在一旁看熱鬧的素麗也聽出了素顏話裡的意思，忙機警地跑過來，將素情自地上扶起，拿了塊帕子幫素情擦著臉，大眼裡淚水盈盈，哽著聲喚道：「二姊，妳……很疼吧？」

「三妹……」素情似是忍到了極致，伏在素麗的肩頭便大聲哭了起來，這場景還真像是藍家三姊妹被惡霸欺負了的樣子。

圍觀者有後頭才來的，根本不知先前是何情形，而葉大世子原就是花名在外，素情、素麗姊妹又哭得聲情並茂，大姊一副正氣凜然，便有人小聲議論了起來，有的說藍家大姑娘勇敢知禮、愛護妹妹，又說寧伯侯世子仗勢欺人，有知道寧伯侯府與藍府議親者便長嘆，藍家如花似玉的姑娘還沒嫁過去，就遭未婚夫婿毆打，實在可憐。

先前見了素情醜態之人又礙於上官明昊的臉面，也不好幫葉成紹爭辯，一時間，輿論倒是倒向了藍家這一邊。而上官明昊這會子才適時地走到素顏面前，與她並肩站立，臉上一派雲淡風輕，眼裡卻還是一副忍讓寬容之氣。

「大妹妹，葉兄也是誤會了，他平素與為兄關係甚好，不過是開個玩笑罷了。且葉兄與二妹妹也有婚約，他不過是太過在意二妹妹才會如此，還請大妹妹看在為兄面上，不要與葉兄為難。」他先前站在原地一直沒有動靜，等素顏說他乃出於禮節，以君子之風行事時，他臉上原有的尷尬之色一掃而空，很是深沈地看了素顏幾眼，這會子看到素顏已經將局勢扳回，便來做和事老了。

他與素顏乃是未婚夫妻，在場之人也有不少人知道中山侯世子與藍家大姑娘訂下百年之約，既是人家的未婚妻親自為其開解，那定然就不會錯到哪裡去。一時間，人們越發相信上官明昊，覺得他品性高潔，對他生出幾分好感來，畢竟方才葉成紹的行為著實有些粗魯過分，換作旁人，被人如此無禮相對，還能保持溫文爾雅的風度，著實很難。

素顏看了一眼周圍人的臉色，對上官明昊施了一禮，很給面子地微垂了首。「世兄，那位公子既是你的好友，那小妹便看著世兄面上不再追究，小妹就此帶兩個妹妹回去，二妹身上有傷，還需及時醫治才是。」

「如此……」上官明昊對素顏的態度很是滿意，溫潤的眸子閃過一絲欣賞之色，垂了頭的素顏露出一抹雪白的細頸，如白玉般細潤透明，他不由心神一蕩，細長的眼眸變得幽深了起來。

「大姊……」上官明昊的話還沒說完，那邊哭得淚眼婆娑的素情卻是不想就此干休，她嬌弱的半倚在素麗的身上，哀怨地喚了聲素顏，卻是打斷了上官明昊的話。「我……我的腳怕是……走不得路了。」

方才明明看到她是整個身子平板著摔到地上的，那個姿勢倒是難得傷到腳。素顏不由皺了眉。某人怎麼就是不懂得見好就收呢？非要鬧出個名堂來才行？

素顏心中厭惡，面上不顯，轉過身，關切地蹲了下去，細心地向素情的雙腳摸去。「傷了哪隻腳，給大姊看看。」眼角餘光卻看到素情的一雙眼睛正期盼地看著上官明昊。哼，仍是賊心不死啊，是不是得再給她一點教訓？

素情見素顏真的去摸她的腳，她不由心一慌，不覺就要縮腳，素顏卻是乘勢握住了她正往回縮的左腳，痛心地喊道：「唉呀，像是傷到了腳踝，很痛吧？二妹。」說著，她趁人不注意，兩指一錯，長長的指甲對著素情的腳踝猛掐了一下，傷不了皮肉，卻應該很痛。

「唉喲……」素情果然嬌聲慘呼了一聲，臉都痛白了，這回可是痛得貨真價實，聲音也是半點也不作假。

人群裡發出一陣議論聲，事發時在場的幾個人是覺得事有蹊蹺，只覺得素情這個女子太過虛假做作，後來者卻是覺得葉成紹太過粗暴無禮了些，竟對如此嬌滴滴的女子下此重手。

素顏霍然站了起來，一張俏臉脹得通紅，憤怒地向葉成紹慢慢逼近，神情凜然不可侵犯，語氣高亢中帶了幾絲激動，似是氣急而發。

「世子爺，您乃皇親國戚，身分尊貴，我藍家雖是小門小戶，但父母長輩對我們姊妹幾個都是捧在手裡疼愛著的，可不是給別人任意欺凌打罵的。妹妹如今還沒進侯府大門，你便拳腳相向，他日嫁過府去，不出一年半載，怕就會被你打掉半條命去，似你這等品性如狼之人，我藍家高攀不上，小女子回府之後，便懇請家父向侯府退婚。一家養女百家求，便是給二妹找個家世平凡之人，哪怕粗茶淡飯，只要妹夫品性純良，待二妹如珠似寶，二妹也能康泰一生，勝過侯府千萬倍。」

一旁的素情更是不可置信地看著素顏。她最想要說的，也最想要達到的目的竟被素顏用如此義正辭嚴的方式說了出來，看得出葉成紹是個極愛面子的大男人，素顏的話說得如此犀利，他定然會被激得答應退婚也不一定呢！她一時狂喜，若不是極力克制，平生第一次想要真真切切地擁抱一下這個她平日最討厭和嫉恨的大姊了。

扶著她的素麗與她站得最近，她眼裡的那抹狂喜自然是沒有逃過素麗的眼睛，素麗撇了撇嘴，斜了素顏一眼，卻是沒有吱聲。

葉成紹怎麼也沒想到素顏敢說出這樣一番話，他平生哪裡被人如此呵責過，又是當著一眾年輕公子小姐的面，在場的有幾個不是家世顯貴之人？饒是他向來臉皮厚，臉色也是一陣紅一陣白，看素顏的眼神古怪而無奈，還帶了一絲惱怒。這個小女人，竟敢肆意地挑戰他的耐性。

他惱火地微揚了下巴，俊眸如冰針一樣刺向眼前不知死活的小女人，卻在她眼裡捕捉到一抹得意和不屑，他猛然醒悟——小妮子在用激將法！

爺這輩子聽的辱罵還少嗎？退婚？就憑妳這麼幾句軟綿綿的責問？

「藍家想退婚？」看著故作威嚴的素顏，葉成紹渾身泛著冰冷的氣息，如星般的雙眸裡風暴正席捲而來，聲音冷冽。

「正是，我絕不嫁給你這等紈袴浪蕩之人。」不等素顏開口，素情便迫不及待地大聲回道。

她與上官明昊自梅林裡走出來時，明明白白看到了葉成紹一夥人就在梅林口處的小亭子喝茶，她就是故意要當著別人的面與上官明昊親近曖昧，好坐實自己與上官明昊有首尾的事實。她將自己的名聲全都押在了此處，相信不管是藍家，還是寧伯侯府，聽到了這樣的傳言都會為了面子和名聲而退婚，為了成全自己的名聲，老太太還會將自己改嫁給上官明昊呢！她的算盤打得好，只是沒想到，一開始便被素顏的幾句話給輕輕揭過，輕輕鬆鬆就抹掉了她與上官明昊之間的那點子曖昧，還給上官明昊博了個好名聲，正焦急氣憤之際，素顏卻又意外地向葉成紹提出退婚，而且，成功就在眼前，這讓她如何按捺得住心中的狂喜和焦急，一直裝著的柔弱此時也丟到了一邊，如一頭看到希望的困獸，眼裡閃著熱烈的灼光。

只見人影又是一閃，下一秒，素情的下巴已經被葉成紹箝住，聲音森冷如地獄中的招魂使者。

「妳作夢——要退婚，也是本世子來退，本世子想要的女人還從來就沒有得不到過，妳給爺老實地在藍家待嫁，等著爺來迎娶。爺如今還給妳幾分臉面，給個正妻之位於妳，收起妳那點子下作伎倆，在爺面前沒有用，若再做那浪行蕩舉，丟了爺的臉面，小心爺將妳賣到妓院裡去！」

說罷，手一甩，再一次將素情重重地摔在了地上，轉身揚長而去。

第十四章

此言一出，全場譁然，只覺葉成紹無禮狂妄至極，但京城貴人圈子裡，葉成紹原就是惡名昭彰、霸道無形慣了的，他會說出此等話來一點也不稀奇，只是都有些同情藍家姑娘了，好好的水蔥兒似的女孩兒家，卻要嫁給此等如狼似虎的渾人，真真可憐可惜啊。

但這些話也只能在心裡說說，誰也不敢將話當著外人說出來，因為寧伯侯在京城的地位正如日中天，得罪寧伯侯就如同得罪了宮中那位……

素情再一次被葉成紹摔在了地上，也不知道是氣的還是痛的，渾身都在發抖，頭伏在雙手上嗚嗚地哭得悲切，趴在地上半晌也沒起來。周圍人都或同情或冷漠或幸災樂禍地看著藍家三個姑娘，素麗忙去扶她，但也不知道是素麗的力氣太小還是素情故意掙扎，總之人沒扶起來，反倒又再一次摔了下去。

素顏看著圍觀的人遲遲沒散，兩個妹妹卻似還有繼續唱戲下去的嫌疑，心中又生出幾分厭惡。她心知只要上官明昊在，素情必定會將柔弱悲苦的弱女子形象進行到底，而素麗懷著什麼心思，她也有些明白，只是就算是要報復，要惹男人生憐，也不要在這大庭廣眾之下好不？很丟臉呢。

伸手一撈，素顏將素情拽了起來，素情軟著身子，似是柔弱地站立不穩，素麗卻在這會子出了把真力，與素顏一邊一個將素情架了起來，轉身尋壽王府的侍婢。這宴席藍家姑娘是怎麼也吃不下去的了，還是跟壽王府打個招呼後，回府算了吧！

素顏老早就發現，這裡的動靜鬧得很大，但壽王府始終沒有半個主子出來勸解理事，甚至連個管事的人都沒現身，小奴小婢的倒是有幾個，卻都站在一邊，並沒出聲，似乎只要沒將壽王府後園子砸了，那便由得怎麼鬧都沒人管。

上官明昊看出素顏要回府，忙走了過來道：「大妹妹，我已經使了人去給壽王妃送信了，也讓人請了貴府的家人來，妳們先等一等，一會子我護送妳們姊妹回去。」

這還像句人話。方才葉成紹衝上前來對素情動粗時，上官明昊站在一旁連攔都沒攔一下，任由葉成紹動手，似乎很是怕得罪了葉成紹一般，這會子倒是來獻殷勤……素顏的心逐漸往下沈，隱隱升起一股悲涼之感。難道自己便要與這樣的男人共度一生嗎？

「明昊哥哥，嗚嗚……」素情卻是心頭一喜，柔媚的大眼裡閃著感激和委屈，喚出來的聲音足以讓人牙酸，怕是只要是男人都會忍不住對她生出幾分憐惜，不過，葉成紹例外，那人估計不是個男人吧！

這樣的嬌呼太過曖昧，當著素顏的面，上官明昊的臉上終於閃過一絲不豫和尷尬，臉上溫潤的笑容換成了清冷，淡淡瞥了一眼素情後，便看向素顏。「大妹妹，妳……很好，且在此處等一等，為兄去去就來。」說罷，當著素情、素麗的面伸出手去，握住了素顏的手。

素顏眉頭一皺。這個時候應該是臉紅才是，但是，她的臉卻忍不住白了白，半晌才極力克制心中的憤怒，抽出手來，臉上的笑也維持不住了，冷了聲道：「多謝世兄。」

上官明昊微怔，嘴角的笑容卻更深了，臉色也變得鄭重了起來。他風流倜儻、俊逸風雅，京城少有女子在他面前不臉紅、不動心的，方才的小動作若是換作別的女子，怕是既羞又喜吧，可是素顏……她真的很好，很正派也很嚴肅，上官家需要這樣的主母。

雙手一揖，上官明昊行了一禮後，轉身離開了。

回到藍府，守門的奴才一看到二姑娘那一身一臉的傷，便心急火燎地去報了老太太。老太太根本沒想到素顏幾個會這麼早就回來，又聽說素情是受了傷回來的，心裡一驚，忙使了人告知二夫人小王氏，她自己倒是不好迎出來。

素顏一進垂花門，小王氏便像陣風般地捲了過來。

「我的兒啊，妳怎麼會傷成了這樣，是哪個天殺的傷了妳啊？」邊哭，一雙大眼滿含陰厲，如針一般向素顏和素麗兩個人輪刺了一番。

素顏神情淡然，只當沒看見，素麗卻是怯怯地低下頭去，額頭上出現密密的汗珠。

素情哀哀地喚了聲。「娘……」

小王氏心疼地上前將她摟在了懷裡。「我的兒，妳們一起出去的，怎麼會只有妳一人受了傷回來？是不是……有人故意害妳？」

素情聽得嘴唇動了動，看了一旁的素顏一眼，素顏與她對望，眼裡坦坦蕩蕩，素情微垂了頭，撇了嘴道：「娘，我要退婚，一定要退婚，女兒是被那寧伯侯家的渾人傷了……」

小王氏聽得一震，卻沒說話。垂花門處還有不少府裡的下人在，素情這話聽著便不是很有臉面，她忙拍了拍素情的背，幫她擦了眼角的淚。「妳別急，咱們到老太太屋裡慢慢細說。」

小王氏身邊的丫頭上前接了小王氏的手，扶住素情，素顏便再懶得與小王氏多待，只說要去看望大夫人，便要告辭。

「大姑娘，妳妹妹傷得如此嚴重，妳們又是一同前往的，妹妹受傷，妳身為大姊，就沒什麼話說嗎？」小王氏哪裡肯放過她，沈了聲說道。

「三人同時出去，卻只有一人受傷，當然是有原因，二娘還是自己問二妹的好。再說，三妹也在，是個什麼情形，問明白就知道了。」素顏唇邊便含了一絲嘲弄，淡淡地說道。

小王氏一聽，看了素情一眼，見素情臉上泛起一絲不自在，便沒再強求，冷哼一聲，先一步走了。

素顏知道一會兒在老太太處定然還有不少口舌紛爭，且讓她們母女自行先說去。

到了老太太屋裡，果然小王氏、素情、素麗都還在，老太太臉上帶著陰鬱，小王氏正拿著帕子抹淚，素情哭倒在老太太懷裡，素麗則是一副戰戰兢兢的模樣，大眼四處亂轉，卻不敢落在一處。

素顏上前給老太太行了一禮，老太太的臉色倒是緩和了些。

「妳妹妹不懂事，倒是苦了妳了。」老太太聲音和暖親切，眼神卻有些發冷。

「那是應該的，姊妹幾個不管在府裡怎麼鬧，出去了卻是至親骨肉，素顏怎麼能看著旁人欺負妹妹。」素顏低頭，回得義正辭嚴。

老太太聽著便點了點頭，又道：「妳也辛苦了，先回屋去吧，一會子讓廚房給妳送飯，這會子妳妹妹也病了，今兒晚上的家宴，怕還得妳來幫襯了。」

怎麼又說到家宴上頭了？素顏抬了頭，清澈的眸子直視著老太太。難道真的是為了教自己掌家？

「謝老太太，只是，這兩日孫女沒去廚房，也不知道菜都備成了什麼樣子，貿然去管事，怕是會弄出岔子來。」能推就推了吧，素顏心裡還是惦記著素麗示警的那句話。

「能者多勞，奶奶也知道妳身上有傷，但奶奶年紀大了，操不得這許多心，原想著讓妳二妹幫襯，這會子她又傷成這樣，要不是老太爺下了明令，不讓妳二娘管事，奶奶也不會開這個口了……」老太太喝了口茶，臉上有些為難，語氣裡竟有幾分不好意思。

這是在拿二娘威脅自己嗎？素顏暗自咬牙，老太太這招可真陰的，明知道她好不容易才擄了二娘的管家之權，自己若不應下，她便會藉機讓二娘管家，若自己應了，還不知道有什麼事等著自己呢。

「娘，您這兩日還咳嗎？那頭痛的老毛病沒犯吧。」小王氏看了一眼素顏，止了淚，關切地問老太太。

老太太長嘆一口氣，也拿出帕子來抹眼角。「唉，老了，不中用了，可是，這些個子孫們，又一個、兩個地不爭氣……我的命……好苦啊……」

演雙簧逼我嗎？素顏輕哼一聲，聲音裡也帶了絲孺慕之情。「老太太，您可要多保重啊，咱們這一大家子，可還要靠您來掌事呢，可離不得您。」

「那妳，晚上的家宴……」老太太放下帕子，緊追了一句。

「素顏盡力而為，不過，還望老太太多多教導孫女，孫女初次理事，若有個行差踏錯的，老太太您可要多多擔待一些。」

出了老太太的院子，紫綢臉上便露出凝重之色，對素顏道：「姑娘，重陽宴可馬虎不得，老太爺往年可是很重視這個節的，只半天時間了，有些東西怕現在就開始動手在做了，您應該力辭了才是。」

素顏搖了搖頭道：「無事的，我被蛇咬傷了這是全府上下都知道的事情，我只是管事，又不做事的，難不成廚房裡的每道菜還要我親手去做？我倒要看看她們究竟要弄什麼么蛾子，我沒管好，最多也就是個因病失職，真有什麼事，老太太也不好大鬧，上頭還有老太爺呢。」

紫綢一想也對，大姑娘明明就有兩天沒有管廚房裡的事情，老太太卻還要讓她接手，又只有半天時間，這兩天裡有人做下了什麼手腳，大姑娘就是想查都沒法子查出。

倒是裝病還好說一些，既顯得她對廚房裡人的信任，在下人們面前賣了個好，又能脫掉一些干係，還真是一舉數得。

回了屋裡，想通了的紫綢笑著給素顏泡了杯茶來，素顏端起茶，眉頭輕蹙。「紫綢，今兒晚上找幾個信得過的婆子好生給我守著這個院子，千萬別放任何人進院子來。今兒來的可全是王家人，咱們還是小心為上。」

紫綢聽得一怔。「這可是後院，難不成還會有……」

「防人之心不可無，今兒素情在壽王府可是受了大委屈了，二娘明明就在怪我，表面上卻是沒顯，以她那性子，肯定會遷怒到我和素麗頭上來的，小心無大錯。」素顏認真說道。

紫綢聽了便去了院子。這院裡原也有幾個灑掃的婆子，只是她們的忠心如何現在還不知曉，保不齊，今兒晚上還能翻出幾個奸細呢。

一會子紫晴進來，素顏又在她耳邊囑咐了幾句，紫晴倒是很開心地應了，也沒問原因什麼的。最近因著她亂說了話，大姑娘有些疏遠她，明明她和紫綢都是頭等的，但紫綢在大姑娘心裡的分量明顯就比她重，她更卯著勁想要奪回大姑娘對她的信任。

素顏連小丫頭紫玉也叫了進來，也交給了她一個差事。紫玉聽得臉上一變，但看大姑娘眼神和暖，倒也爽快地答應了。

到申時三刻，宴請的客人陸陸續續來了，素顏讓紫玉沒事就往前面打個轉，看看來的都是什麼客。紫玉今兒也特別賣力，隔不了一會子便來向她彙報，王家大舅爺、二舅爺、大舅母、二舅母，還有王家的三個姑娘、大公子、二公子、三公子來了。

素顏穩穩地坐在自己的屋裡，門都沒出，反正她今兒忙，要管廚房呢，沒空去接待客人，正好樂得休息。

但是，紫玉第三次來通報時，饒是她早有心理準備，心裡還是沈了一沈。老太太明明跟她說的是家宴，請的也只是王家的舅爺幾個，但紫玉卻說大皇子府王側妃娘娘來了。請了這麼大一尊佛，卻說只是家宴，老太太分明就是要坑她啊。

沒多久，二夫人小王氏屋裡管事娘子王忠家的來傳，說是準備開席了，請大姑娘去前面見客入席呢。

怎麼會是小王氏的人來傳話？素顏心裡有些疑惑，但這一時半會兒的也難弄明白，她便將疑惑放在心裡，只帶了紫綢一個，跟著王忠家的去了前面花廳裡。

一進花廳時，她不由有些傻眼。屋裡在座的除了王家的客人，分明還有中山侯夫人。

素顏忙斂身平氣地走了進去，上前給老太太行了一禮，老太太笑著指著王側妃道：「先過來見過側妃娘娘。」又對王側妃介紹道：「娘娘可還記得妳這大妹妹，今兒的家宴可都是她一手操辦的呢，小時候木訥得很，如今倒是又乖巧又能幹，也孝順，知道幫姑母我擔些憂了。」

老太太可是頭一回當著如此多親戚的面誇讚素顏，如若不是看到老太太的笑容並沒有達到眼底，素顏還真有些受寵若驚之感。

王側妃與素情長得有幾分相似，只是她年紀稍長個幾歲，便顯得沈著內斂一些，也是那種柔弱型的美女，只是她長了雙笑眼，看人時，眼睛彎彎的，美麗而溫柔，讓人覺得親近。

素顏忙上前給王側妃行了個禮，王側妃見了忙起身，親自拉起素顏的手道：「看姑祖母說的，我怎麼不記得大妹妹呢？當年我還和她一起玩過鍵子呢，只是那時大妹妹可沒現在這麼水靈，那時啊，像個小竹竿子似的，黃瘦黃瘦，現在呢，就像根水蔥兒一樣咯。」語氣親暱而不顯做作，素顏不由抬眸深看了王側妃一眼，王側妃也正笑吟吟地看著她，素顏嫣然一笑，道了聲。「素顏再如何美麗，與娘娘站在一起也只是片葉子，娘娘才是那開得正妍的牡丹呢。」

沒有女人不喜歡人誇她美麗的，王側妃聽了，笑意更濃了。

素顏忙又過去給中山侯夫人行禮，當著側妃和一眾王家親戚的面，侯夫人只是笑著問了她幾句腳傷的事情，看她行走還有些不便利，眉頭微蹙了起來。

二夫人小王氏正與王家大太太說話，見素顏過來，難得親熱地當著大太太的面道：「您看我家大姑娘，如今可是幫著老太太掌著家呢，大嫂今兒可是有福了，能吃到大姑娘親手主持的晚宴，素情若是有大姑娘一半的伶俐，我也能少操些心了。」

王大太太卻是冷著臉，有些傲慢地看了素顏一眼，只是點了下頭就算回了素顏的禮，又轉過頭去跟一旁的二太太說話。王大太太是王側妃的娘親，仗著王側妃得了大皇子的寵，有些心高氣傲，眼裡不是很瞧得進人去，小王氏雖然對她熱絡得近乎巴結，她卻一直淡淡的，只是偶爾應答幾句，保個不冷場就成，而王二太太則是個爽快性子，說起話來像放機關槍一樣，又快又急，聲音也響亮，不過，她說話幽默風趣，在座的沒幾個不喜歡她的。

素顏老實的給在座的王家親戚全都行了一圈禮，才慢慢地退到一旁低眉順眼地站著，心裡卻在冷笑，小王氏一再地當著客人們的面介紹說，晚宴是自己主理的，難道真的是在飯菜裡動了手腳不成？

眼看著天將黑了，素顏便告了個罪，只說要去吩咐擺席。臨走時，她故意一走一拐，讓傷腳顯得更明顯了些。

雖說是家宴，男女賓還是分了座席，不過也就是在花廳裡用屏風擋開罷了，那邊老太爺和大老爺幾個陪著王家大老爺幾個一桌，這邊老太太兩邊便是王側妃和中山侯夫人，下首再是王大太太、二太太和幾個王家姑娘，素麗、素容幾個姑娘，素情因著嘴唇仍是紅腫著，便託病沒有出席。

素顏沒有就座，老實地在一旁看著下人們上菜，又殷勤地介紹上來的每一道菜式的名稱。中山侯夫人看著齊整的幾個冷盤，基本都是按著大戶人家的規矩置辦的，雖然無奇，但貴在中規中矩，倒也覺得寬心了些，只是看素顏站立在一旁，身子的重心倚在一邊，眉頭又皺了皺。

等菜都上齊了，老太太才笑著招素顏坐下，又誇了她幾句，素顏謙遜著終於坐下了。沒一個人問起藍大夫人的去向，大家似乎都有了默契一般，彷彿忘了藍家還有這一個人。

說是開家宴，作為藍家的正經嫡媳卻不上座，素顏無奈地苦笑了笑，看著滿桌的菜餚，她有些食難下嚥的感覺，但有王側妃在，顧家老太爺得罪的又是大皇子，她就是再生氣、再覺得不公平，也不好在這個當口惹大家不開心。

宴席開動，素顏小口小口地吃著，小心注意著在座客人的表情，生怕會出現意外。還好，吃到了一半，聽到的也只是大家客套的讚賞，並沒有人挑什麼毛病出來，她的心也跟著放下了一半。

可是，一切都太過順利又太過平靜，她總覺得不可能就這樣過關。身邊坐著的素麗一直很安靜，老實地吃著飯，秉著食不言的規矩。她平素也是個愛說愛笑的，最是人來瘋，有客人在時，反倒比平常話多，今兒反倒是變了性。

因著是家宴，來的差不多都是自家親戚，所以，王家的客人倒是隨意自在得很，偶爾也會說笑幾句誇幾句菜色什麼的，但素麗只是笑笑，一句也不答。

素顏盯著她連看了幾眼，她卻總是低頭吃飯，根本不抬頭，彷彿忘了自己曾經跟素顏說過的話。

素顏努力按捺下心中的疑惑，老實地坐著吃飯，心裡卻有溫水煮青蛙的感覺。終於她坐不住了，正要站起來，素麗卻是突然在桌下將她的手一扯，遞了個安撫的眼神，素顏只好又坐下了。

素麗又低下頭去吃飯，這時，小丫頭上了最後一碗甜湯。素麗讓她的丫頭荷香給她盛了一碗，她伸了手去接，卻是手一滑，一碗熱湯灑了幾滴在素顏身上，素顏外罩的淡粉色繡青竹緹花褙子上顯出幾滴刺目的污漬，她還沒作聲，素麗卻是失聲尖叫了起來。「大姊，妳的衣服髒了！」一回頭，又對著丫鬟荷香罵道：「妳今兒怎麼毛手毛腳的？看，把大姊的衣服都弄髒了，妳可小心些，一會兒回去，仔細妳的皮！」

荷香委屈得很，卻是嚇得忙跪了下來，連聲求饒。那邊老太太聽到了動靜，便問是什麼事，素顏只說衣服髒了，要回屋去換，小王氏卻笑道：「大姑娘，妳今兒可是主角，客人都在呢，妳離了席可就不好了。」

素顏苦著臉連連告罪，老太太看了眼小王氏道：「妳二娘說得也有理，前兒妳二娘給妳做好的幾件秋裳正放在我屋裡呢，金釧，請大姑娘去正屋換下。」又轉頭對中山侯夫人道：「她二娘心疼她，前兒特地給她又做了幾套秋裳，還怕我說她做得不用心，做好後倒是先拿了給我過目來著，一會子等大姑娘穿來夫人也看看，府裡的針線坊怕是比不得貴府的手藝呢。」

上回侯夫人來藍家時，素顏可是穿了件又舊又破的衣服，那件事讓老太太大失顏面，如今倒也算是在向侯夫人賣好，表明藍家看在侯夫人面上，改善了素顏的待遇。

侯夫人微笑著點了點頭。「大姑娘身材高䠷，穿什麼都好看呢。」

素顏卻是急了。小王氏分明便是不想讓自己回屋去，而老太太似乎早就料到了自己會用這一招回屋，連衣服都預備好了，這事處處都透著詭異，難道真有什麼陰謀？

但老太太的話都說出來了，又合情合理，一旁的王大太太還笑著說老太太偏心，只心疼素顏，怎麼不見也幫素情、素麗多做幾套衣服，也親自把把關什麼的。

素顏倒不再好說要回屋換衣服的話來，只好硬著頭皮跟著金釧去了老太太屋裡。

第十五章

宴客的花廳原就在老太太院裡，走過穿堂便能到老太太的西廂房。金釧走在前頭，素顏帶著紫綢走在後面，金釧把早就準備好的衣服拿來給素顏，素顏笑著接了。「煩勞金釧姊姊了，老太太晚上好像多喝了幾杯酒，姊姊不用守著，且去服侍老太太吧。」說著，自袖袋裡拿了個荷包塞在金釧手上。

金釧表情淡淡的，卻是將荷包還了回來。「不過是奴婢分內的事情，大姑娘您太客氣了，老太太跟前還有銀環呢，沒少人。」說著，人卻穩穩地站著，並沒有動。

素顏汗都急出來，面上卻不顯，只說是有些累了，有些口渴。紫綢服侍素顏換衣，金釧無奈，只好動身去了正堂給素顏倒茶，素顏忙扯住紫綢道：「妳快些回院子裡去，小心些，看看出了什麼事。」

紫綢點點頭，轉身走了。

等待的時間很難熬，好在紫綢知道她的心思，來得也快，果然臉色凝重，趁著金釧不在，小聲道：「方才奴婢給姑娘拿衣服，發覺早上給您洗的一件肚兜不見了。」

素顏聽得大驚，扯住紫綢的手問道：「這是貼身之物，一直是妳親自幫我打理的，應該晾在背避處才是，怎麼可能會不見了呢？」

紫綢急得眼都紅了，幫素顏扣著盤扣的手都在顫抖，聲音帶了哭腔。「奴婢看今兒出了些花花太陽，就拿出來晾了。從壽王府回來，又急著廚房裡的事，也沒怎麼在意，想著紫晴那丫頭應該會收了的，方才奴婢回去後，看紫晴正在疊衣，就過去隨便翻看了下，誰知……」

不過一件肚兜，若只是丟在自個兒屋裡，倒也沒什麼，值不得幾個錢，但怕的就是有人拿了去作文章……

到了席上時，見中山侯夫人有些擔憂地看著自己，素顏靈機一動，便向侯夫人走去，剛走到夫人座椅邊時，她忽然身子一蹲，像是被什麼絆住了，捂住傷腳長吸了一口氣，侯夫人忙俯身去扶她。「是摔著了嗎？還是……」

「沒大礙的，可能是傷口繃開了，扯著痛呢。」素顏痛苦地皺著眉，眼裡卻是一派倔強之色，侯夫人看著就心疼。素顏被蛇咬了可是才兩天呢，就在府裡忙上忙下起來，藍家平時爭掌家權的人多了去了，卻偏生要在她受傷後讓她主持家宴，分明就是故意折騰她。

「妳這孩子，既是傷還沒好利索，那就快回去歇著才是，妳二娘和幾個姨娘都是心疼晚輩的，這裡的事情她們都會幫妳照看著呢，妳就別再要強了啊，回去上些藥吧。」侯夫人一臉的憐惜，看了一旁的老太太和小王氏一眼。

王大太太聽了便冷哼一聲道：「如今的年輕人也真是的，事事都好強，這掌家之事跟著長輩學學也就罷了，事事都霸著，可就不好了，畢竟是要出嫁的，這腳傷了，好生養著就是，偏生還要出頭。」

王大太太的話說得直白，明著在指責素顏搶了小王氏的理家權，中山侯夫人聽得眉頭緊皺，卻是礙於作客的身分，和王側妃的面子，而素顏卻是聽得心中一喜，這話正合了她的意，面上卻是露出幾分委屈，勉強站了起來，向老太太和在座的客人行了一禮道：「那就煩勞二娘多多照看一二了，素顏回屋去上藥了。」

老太太嘴巴張了張，遲疑著沒開口，中山侯夫人道：「去吧、去吧，反正咱們也吃得差不多了，再小坐片刻就該回去了，府裡也還有事呢。」

侯夫人如此一說，老太太倒是有些急，心思又轉到了侯夫人身上，對素顏揮了揮手，對侯夫人道：「別，夫人可是難得來府上一次，老婆子請了宏家班的玉堂春來了，一會兒點齣戲，咱們和側妃娘娘一起樂和樂和。」

素顏乘機轉身走了，一出老太太的院子，她便提了裙就跑，紫綢跟在後面跑得更急，遠遠地便見到院子裡燈火通明，素顏的心便提了起來，進門便看到紫晴正在翻箱倒櫃地找，陳嬤嬤也是臉色鐵青，看來肚兜並沒有找到。

素顏便叫過紫晴。「今兒是誰收的衣服？」

紫晴見素顏回來，臉都白了，眼圈紅紅的。「是奴婢收的。今兒姑娘和紫綢姊姊都去了壽王府，奴婢就早早兒把姑娘的裡衣全收了，還疊好了就放在小榻几上，紫綢姊姊不翻衣服，奴婢還不知道肚兜不見了。」

「妳今兒一天都在院子裡，可有出去過？」素顏極力讓自己冷靜，聲音還是有些發抖。

「沒有，奴婢一直待在院裡，沒有出去，也沒有外人進屋來。」紫晴肯定說道。

素顏努力的回憶著自己那件肚兜的樣子，她記得好像繡了一朵白玉蘭在上頭，半新不舊的，應該是自己的前身做的……既然紫晴收了，那便不可能是外人進屋來偷取，能進自己屋裡的人也就那麼幾個。紫晴自己收的衣服，丟了的話，她的嫌疑最明顯，責任最大，她應該沒那麼蠢才是，而且，她又是個爭強好勝的，平素看到小丫頭往自己跟前湊便會不高興，膽敢進來的，也就是紫玉和紫紗兩個了，會是她們兩個嗎？

陳嬤嬤也是急得團團轉，素顏卻是徹底冷靜了下來。這會子急也沒有用，一時半會兒的也查不出這個人，反而會打草驚蛇，好在這屋裡也就紫晴、紫綢還有陳嬤嬤幾個知道這事，不如先按下再說。

素顏叫來紫綢，在她耳邊小聲吩咐了幾句，紫綢聽得一怔，但立即點了頭去辦了。

過沒多久，王忠家的又來了，還帶了兩個氣勢洶洶的婆子，素顏暗道：來得好快啊。

果然，王忠家的態度囂張得很，下巴揚得高高的，嘴角勾起一抹嘲諷。「大姑娘，前面出了點事，老太太讓奴婢來請您過去。」

素顏神情淡然。「大嫂子可知道是何事？」

「哼，姑娘去了便知。姑娘可是府裡的嫡長女，自個兒做了什麼，心裡應該有數吧？那種事，奴婢這做下人的都覺得羞恥呢。」說著，對兩婆子使了個眼色，那兩個婆子竟似要上來押著素顏前去。

素顏立即冷了臉，眼睛如冰錐一般刺向那兩個婆子，淡淡地說道：「如今老太太身邊的人可真是越發少了，貓啊狗兒的都出來辦差，請個人也跟狗一樣的亂吠，看來玉環傷了後，老太太身邊就沒人可用了。」

兩個婆子聽得一怔。玉環可是老太太身邊最得力的大丫鬟，她正是被大姑娘施了手段打了的，自己哪有玉環的身分和地位，不過是個打手罷了，沒有主子撐腰，大姑娘畢竟是嫡長女，若是……

王忠家的聽素顏把她罵成貓狗，又看出兩個婆子的膽怯，不由氣得橫了她們兩個一眼，眼珠子一轉，卻是轉了眼珠子，立即變了個臉，笑道：「可不是？如今咱們做奴才的也難呢，姑娘，您還是快些前去吧，老太太可是等得急了，誤了事，奴才也要挨板子呢。」

素顏也知道躲不過，便帶了紫綢又回到老太太屋裡。

席面早就撤了，王忠家的把素顏帶到了正屋。屋裡，老太爺面色鐵青，大老爺也是臉如鍋底，小王氏一臉誠惶誠恐的樣子，中山侯夫人和王側妃也都沒走，素顏面沈如水地走了進去。

「孽障！跪下！」大老爺大聲喝道。

素顏抬頭看向大老爺，大老爺有著儒雅的書生氣質，兩眼卻有些浮腫，似是心浮氣虛，有體虧之症。

「跪下！」大老爺沒想素顏不但沒有聽命跪下，反而用審視的眼光看著自己，氣得又喝了一聲。

素顏眼裡閃過一絲嘲諷，但還是跪下了。「女兒多日不見父親，甚是想念，今兒難得一見，父親卻如此動怒，不知所為何事？」

大老爺聽得微怔。他確實是很久沒有見過素顏母女了，怕是有半年了吧，他根本就沒有進過大夫人的屋，這個女兒偶爾見了，也很少說話……

「老爺，您別嚇著她了，有話好好說啊。」小王氏一副擔驚受怕的樣子，心焦地看著素顏。

大老爺聽了立即想起今兒晚上的事來，剛升起的一絲親情被怒火燒滅，對小王氏道：「妳……把東西拿給她看！該死的東西，竟然做出如此傷風敗俗之事，今兒我非要打死妳不可！」

小王氏似乎有點為難，又似是很害怕大老爺的樣子，取出一個布包來拿在手上，大老爺氣得一把搶過，擲在素顏頭上。

布包被摔散，露出裡面一角白色的細棉紗，正是自己丟失的那件肚兜。饒是早有準備，她心裡仍是愣了一下，斜了眼睨向小王氏。

小王氏眼中狠色一閃而過，但很快移開目光，端了茶在手裡喝著，嘴角卻有一抹難以掩飾的得意。

素顏拿起地上的布包，並當場打開來看，嘴裡「咦」了一聲，卻再沒說話。

小王氏看了便有些沈不住氣。「大姑娘，老爺正在氣頭上，妳說幾句軟話，老爺消了氣就沒事了。」語氣關切，似是很擔心素顏會被責罰。

素顏一臉驚訝地看著小王氏道：「女兒覺得好生委屈，都不知道父親為何對女兒生氣。」

「妳……東西都在妳手裡，妳還敢狡辯?!」大老爺不由更怒，大聲喝道。

「東西?這個嗎?這……可是女孩兒家的貼身之物，二娘拿了這種東西給男子看，不知是何道理?」素顏一臉無辜地看著大老爺，臉上還微有些窘色，像丟烙鐵一樣，將手中的肚兜丟掉在一邊。

小王氏聽得一滯，差點被素顏這話氣死，冷哼一聲道：「大姑娘，妳看仔細些，那可是妳的東西。」

「我的?我怎麼都不知道這是我的，二娘為何如此肯定呢?」素顏眼神凌厲地逼視著小王氏，身子跪得筆直，又轉過頭來對著大老爺道：「父親難得見女兒一次，見面便是苛責，且當著親戚的面，將女兒的顏面踩到腳底下，便是為了這個東西?」

小王氏聽得一愣，但想起肚兜的來處，又是底氣十足，心想鐵證如山，再如何狡詐也難以抵賴，正要開口，卻又忍下了。

果然大老爺原本氣得有些發白的臉龐這時泛起了紅潮，怒道：「放肆!妳做出如此下作之事，還敢指責於我?!」

素顏轉過頭，看向老太爺，老太爺的臉色很嚴肅，不過眼裡淨是怒色，但對上素顏的眼光時，有了幾絲探詢和期待。素顏便知老太爺是最愛面子的，大老爺和小王氏當著王側妃和中山侯夫人的面審問自己，失的可不只是自己的顏面，也還有藍家的顏面。人說家醜還不外揚呢，就算那東西是自己的，就算自己與某個人有私情如何如何，那也應該一家人關起門來處理，不該當著外人，尤其是中山侯夫人的面，將醜事扯開。

瞭解了老太爺的態度，素顏心中更有了把握，從容地提裙站了起來，微揚了下巴，神情凜冽，怒目看著大老爺。「父親，女兒知道您自來便不喜歡我娘，便連帶著也討厭我，但不管如何，我也是您嫡親的女兒，這東西根本就不是女兒之物，女兒再如何也是藍家子女，自小受詩禮教化，不說賢達端方，但也是謹守閨訓，行正坐端，何時做過半點下作之事？」

大老爺聽了氣得站了起來，顫著手指著素顏道：「不孝女，誰讓妳站起來的？給我跪下！」

素顏卻挺直了背脊，眼睛裡含著不屈的怒火。「若在平時，父母命不敢違，但今日父親對女兒的指責可謂是置女兒的名聲於不顧，便是想要用莫須有的罪名逼死女兒，女兒若是跪了，倒顯得心虛，為了名聲，女兒不跪。」

大老爺沒想到素日膽小木訥的大女兒今兒竟是當眾頂撞於他，怒氣更甚。他也不希望那件事真是女兒做出來的，但是……由不得他不信啊。

「妳……好，來人，帶藍勇！」大老爺快要氣炸了，大聲對外喝道。

小王氏忙上前扶住大老爺，溫柔地勸道：「老爺，您別氣，好好教就是了，她也是初犯，年紀又輕，會犯些錯也是有的。」

大老爺這才氣消了些，又坐了回去。老太爺的眼睛卻是微微瞇了起來，渾濁的雙眼中閃過一道精光，凌厲地射向小王氏，卻仍是端坐著，並沒說話。

一會子，一名護院打扮的男子走了進來，這男子身材高大，長相還算英俊，只是那雙原本大而黑的眼睛卻是四處張望著，臉上帶著討好的笑容，一進門，便老實地跪了下來。

素顏心中冷笑。小王氏的手段還真不賴，知道找個長相還過得去的人來作戲，看來，她還花了不少心思呢。

「藍勇，你當著大姑娘的面把話說清楚，有半句虛言，我打斷你的狗腿！」大老爺赤紅著眼睛，上前踢了藍勇一腳，喝斥道。

那藍勇睃了素顏一眼，立即便被素顏的美貌與氣質震住，眼睛膩在素顏的身上便錯不開了。他還是第一次見到大姑娘，作為藍家的護院，後院他根本就去不了，府裡的姑娘就難得見到一面，沒想到大姑娘長得如此美麗動人，今兒可真是賺到了，就算被大老爺打一頓又如何，只要將自己與大姑娘有姦情的事情說實，有二夫人暗中周旋，指不定自己就能成為藍府的嫡長女婿，從此一步登天不說，還能抱得大美人歸呢……

素顏被藍勇色迷迷地看著，不由又羞又氣，回身便揚起手，一聲清脆的巴掌響起，饒是藍勇練過幾年功夫，也被素顏這突如其來的一巴掌打得頭一偏，白俊的臉上立即起了五個指印。

「狗奴才！再看本姑娘一眼，本姑娘便要挖出你的眼珠子來！」

藍勇被打得臉上火辣辣地痛，他沒想到大姑娘如此剛烈，心中一虛，也不敢說話，低下了頭去，只是拿手捂著被打的半邊臉。

坐在堂中一直沒作聲的王側妃卻是冷哼了一聲，並沒有說話。

中山侯夫人看素顏的眼裡帶了一絲讚賞之色。

第十六章

「大姑娘這是惱羞成怒了嗎？藍勇，你快說，你的事情已經敗露，想再瞞已是紙包不住火，好生求得老爺饒恕，保不齊還能有個好結果，不然，便是要將你浸豬籠也不為過。」小王氏這會子也不裝賢慧了，聲色俱厲地對藍勇道。

藍勇當然聽得出小王氏話裡的意思，他猛地抬起頭來，在眼裡閃過一道貪婪的光芒。

「回主子們的話，小的自去年起就與大姑娘有私。小的雖然在府裡當差，但想要見大姑娘一面卻是難上加難，地上這肚兜便是大姑娘送給小的定情之物，小的視若性命，便時時帶在身邊，以解相思之苦。誰想，今日府中宴請，少了服侍之人，夫人便派小的到老爺們跟前侍候，卻是不小心落在了王大老爺的身邊，實在是……對不住大姑娘啊，求老太爺、老太太、老爺夫人成全小的，小的對大姑娘一往情深，將大姑娘許給小的吧！」

藍勇原是個酒色之徒，慣會騙人演戲，這一番話簡直是唱作俱佳，演得一派深情款款，小王氏很滿意地看了藍勇一眼，嘴角忍不住微微翹起。

素顏恨死了這等無恥之徒，也太噁心了，要侮辱人，拿塊帕子或是梳子什麼的也可算得上是定情之物，偏生要拿內衣，真是是可忍，孰不可忍。她轉過身，抬腳便向藍勇踢了過去，大罵道：「畜生，你受了何人指使來害我清白？」

說著，也不等藍勇繼續說話，自己上前一步，跪到了老太爺身前，倔強地看著老太爺道：「老太爺，孫女今兒遭受莫大的恥辱，若不洗清，便是死了也不瞑目，請老太爺為孫女作主。這個奴才孫女是第一次見到，從不認識他，而且，他口裡所說之物也並非孫女之物，孫女如今生無可戀，親生父母家人要置孫女兒於死地，孫女便如了你們的願！」

話音一落，她便立即站起身來，向一旁的柱子撞了過去。老太爺在她跪地時便防著她有這一招，立即伸手扯住她的手臂，而紫綢也一直就站在她身後，這時也飛快地上前來抱住了素顏。

老太爺再也忍不住了，當時，在席上吃飯時，這個家丁突然掉了個東西在王大老爺腳前，被王大老爺撿起，原本只當家丁頑劣，在外面玩女人的東西，老太爺雖是有氣，卻沒怎麼在意，但這奴才卻是一副小心的模樣，討回東西後又低聲說了句：「還好，要不可就真不好向素顏交差了。」

他的聲音說小不小、說大不大，剛好大家都能聽得見。在座的大多都是王家的親戚，哪有不知道素顏是誰的，席面上立時安靜了下來，大老爺和老太爺兩個當時又羞又怒，只差沒挖個地洞鑽進去才好。

出了這麼大的醜事，大家哪裡還有心思吃飯，大老爺先頭自是不信那家丁的話，但後來將他抓到偏房裡去一審，他還倒竹豆似地將他與素顏的關係全說了出來，還連素顏的生辰八字都知道了，說是素顏讓他儘快請媒人來提親呢。

女兒家的生辰在府裡都是秘密，一般人是難以知曉的，若不是素顏與他有首尾，他又如何能拿得到素顏的生辰？就憑這一點，就由不得大老爺不信了，所以，素顏再尋死覓活地不認帳，便讓大老爺的怒火便如火上澆油了一般。

「大丫頭，妳莫急，有什麼事是說不清楚的？別說什麼死啊活的，我還在呢，這件事非得好生查清楚了。若真是妳做下的醜事，我便親自打死妳，藍家容不得這樣傷風敗俗的女子，但若有小人弄么蛾子要害妳，敗壞藍家門風，我也絕不輕饒，同樣是一等家法伺候！」老太爺站起身來，嚴厲地向屋裡的人巡視了一遍，眼神在小王氏臉上停留了一會兒，有如實質一般打在小王氏身上，小王氏心一緊，瑟縮著低了頭。

見老太爺終於肯站出來說話了，素顏心中稍安，淚流滿面地跪在老太爺身邊道：「爺爺，這件東西的確不是孫女之物。您看，這布料可是葛棉的，孫女兒怎麼也是藍府的嫡長女，貼身之衣怎麼著也該著些絲帛吧？京城公卿家裡，哪個姑娘小姐還穿這種粗布的？」

王側妃和中山侯夫人聽了便點了點頭。藍家也是名門望族，百年世家，家底子厚實得很，子女們不說錦衣玉食，但也不可能還讓正經的姑娘穿這種衣料的道理，說出去，也是丟臉面的事情。

大老爺聽了終於也起了些疑心，不由看向小王氏。

小王氏再沒想到，自己當初刻薄素顏，給她下人用的布料做衣的事情倒成了素顏反駁的依據，這倒還真讓她有些難以回還了。不過，那件衣確實是素顏的，就算拚著自己會被老太爺責罵刻薄嫡女，也要一次將她踩死，再也難以翻身。

「老爺，先前府裡的綢緞絹紗少了些，每個姑娘屋裡就都分派了一疋細葛布，雖說不體面，但終歸是穿在裡面，也沒誰看得出來，不過……」小王氏說得吞吞吐吐，神情怯怯的，但語氣很肯定。看大老爺和老太爺都瞪著她，她又忙道：「為今之計最要緊的便是給大姑娘澄清這不白之冤，這東西是不是大姑娘的，倒是問下她的丫頭便知曉了。」

這倒也不失一個辦法，大姑娘再不承認，她身邊的丫頭倒是證人，她們是素顏貼身服侍著的，自然知道是不是素顏的肚兜。

小王氏話音未落，紫綢便跪在地上，對老太爺道：「老太爺，奴婢敢用人頭擔保，這東西不是大姑娘的。大姑娘屋裡沒一件這種葛布做的衣服，當初二夫人只肯給大姑娘葛布做衣，但大姑娘道，她是藍家的嫡長女，斷沒有穿這種粗俗之物來丟藍家臉面的道理，哪怕裁了舊衣做了，那體面也還在呢。」

紫綢這一番話不但指出二夫人當家時的刻薄寡恩，虐待嫡女，又還抬高了素顏的品德心性，素顏連穿著都講究身分，又怎麼可能與一個下人私通？

「妳這丫頭是大姑娘的貼身，自然是幫著妳家姑娘說話的。我看無風不起浪，若是大姑娘平素真是貞賢端莊，怎麼好好的，那奴才只攀咬大姑娘，不說別個呢？我看，還是再叫幾個丫頭來問問，核實一、二也好。」王大太太聽了卻在一旁說道。

小王氏便道：「那就依了大嫂的，去把大姑娘院裡的紫玉喚來，那丫頭年紀小，最是實誠。」

立即就有人去請紫玉。

紫玉進得屋來，一見素顏和紫綢兩個都跪著，她連忙也老實地跪了下去，小王氏便指著地上的肚兜問：「地上之物可是大姑娘的，妳可看仔細了，若是胡說，我拔了妳的舌頭。」

紫玉嚇得身子一顫，抖著手撿起肚兜看，然後回道：「回主子們的話，確實是大姑娘的。」

紫綢聽得火冒三丈，轉過身來便甩了紫玉一耳光。「妳這忘恩負義、背主求榮的死蹄子，今兒我要打死妳！」

一直沒說話的老太太這會兒發怒了，指著紫玉道：「妳且說清楚，空口白話的，不能妳說是就是，要是誣衊了主子，便是亂棒打死妳也不為過。」

果然都要粉墨登場了？這陰謀算計得可真深沈，故意讓自己管了今晚的家宴，抓住自己怕在家宴上被人動手腳，會將全副心思撲到家宴之上的心思，引開自己的注意力。家宴沒出事，後招卻是在這裡，這一切，光小王氏一人是很難辦得成的，還得老太太配合著呢。

紫玉嚇得忙磕著頭道：「回老太太的話，奴婢不敢有半句虛言，這東西上可是大姑娘親自繡的花呢，您可以再拿件大姑娘的衣服來，只看繡功，比一比針腳便知道奴婢有沒有說謊了。」

素顏這時站了起來，似笑非笑地看向紫玉。「妳倒是考慮得很周詳啊，連這個法子都想到了。」又回過頭對老太爺道：「爺爺，便請您使幾個信得過之人去孫女兒屋裡搜查，最好是連著丫鬟屋裡全查一遍，別是哪個不要臉面的丫頭做下那些見不得人的勾當，卻將污水潑到孫女兒身上來。」

老太爺見她一派胸有成竹的樣子，心裡稍鬆活了些，便親自指了老管家的屋裡人，帶著幾個藍家的老家生子婆子，一行人便去了素顏屋裡。幾刻鐘後，搜查的人回來，手裡拿著幾件衣服，大多是普通的葛棉料子做的，樣式也很一般，也有幾件絲綢面料的，卻是另放在一邊。

屋裡在座的人眼睛全看向了那幾件衣服，中山侯夫人嘴角便微微翹了起來，神情也輕鬆了一些。小王氏的臉色有些發白，不過，她仍是一派胸有成竹的樣子，倒是老太太的臉上有些不自在，偷偷睃了中山侯夫人一眼。

老太爺便問大總管家的。「藍良家的，可查出什麼來了？」

藍良家的從手中的細葛料衣裳中抽出一件來，對比著地上的那件肚兜道：「回老太爺的話，奴才看這幾件衣服上的繡工的確是與肚兜上的一樣。」

老太爺聽得心頭一震，眼睛凌厲地射向素顏，而小王氏和老太太則輕吁了一口氣，小王氏更是得意的半挑了眉，看素顏的眼神彷彿看著一個即將赴死的死囚一樣。

中山侯夫人臉上也浮現出幾許失望之色，但素顏仍是神情鎮定自若，沒有一點慌亂之色，倒是讓中山侯夫人心裡又升出了一絲希望來。

「這些個衣服，可都是大姑娘的？」老太太端了杯茶，神態悠閒地撥了撥茶沫子，喝了一口。

「回老太太的話，這些衣裳全都不是大姑娘的，而是自紫玉屋裡搜出來的。」藍良家的說話不緊不慢，卻有如驚雷，震得老太太一口茶沒喝得進，猛地嗆到，不停地咳了起來。

一旁的小王氏幾乎不相信自己的耳朵，不可置信地又問了一句。「妳說什麼？這些衣裳不是大姑娘的？這明明就是從她那裡拿——」話說到一半，就見老太太的咳聲更大，幾乎都轉不過氣來，小王氏也陡然停住，沒有繼續往下說，但她未完的那半句話卻是意思明顯，想不多想都不行。

大老爺這會子的臉色開始發窘了起來，有些不敢再看素顏。

而紫玉更是驚得小嘴張得老大，大聲驚呼。「不是，這些都不是奴婢的，這些個衣服全是大姑娘的啊！」

這時，中山侯夫人終於忍不住對老太爺說道：「老大人，您府上的丫頭可真不簡單啊。」

小王氏則是衝到了藍良家的面前，揚手就要打她。「妳這老渣貨，得了大姑娘多少好處，顛倒是非、攪亂黑白！」

藍良是藍府的老管家，他是老太爺的人，平素只對老太爺最忠心，他老婆也自然是從不摻和到二夫人和大夫人之間的矛盾中，這會子見小王氏要打她，她一雙略顯枯瘦的手掌，輕鬆地便捉住了小王氏打過來的手腕，冷笑道：「二夫人請自重，與奴才同去的，可還有另外幾位妹子呢，奴才可沒那一手遮天、顛倒是非的本事。」

接著，她也不管小王氏那快要嗜血的眼神，接著又對老太爺道：「這些都是細葛布織成，大姑娘屋裡並沒有一件細葛布面的衣服，可見得大姑娘先前並未說謊。這幾件才是從大姑娘屋裡拿出來的，奴婢也對比過那繡工，只是……」

老太太眼前一陣發黑，這會子聽藍良家的如此一說，以為有了轉機，只要自素顏屋裡查出一件繡工與肚兜上的出自一人之手，那便可以認定素顏才是那私通外男之人……

「只是什麼？妳快說。」老太太的聲音裡帶著虛弱的期待，藍良家的聽了便不好意思地看了眼素顏，小聲道：「大姑娘，得罪了。」

素顏心中生疑，有些擔心起來，怕就怕倉促之下，紫晴和陳嬤嬤沒有做得俐落，留下什麼痕跡被藍良家的發現了，那可就麻煩了。心中雖急，但面上不顯，微笑著對藍良家的道：「嬤嬤只要憑著良心說話，照實說便是。」

藍良家的聽了點了點頭，拿起另外的幾件絲綢衣服向老太太和中山侯夫人攤開來，再將那肚兜擺在了一起。中山侯夫人一看之下，神情古怪地看了眼素顏，嘴巴動了動，卻沒有說話。

素顏自己抬了頭去看，頓時面紅耳赤了起來，吶吶地嬌呼了聲。「嬤嬤，妳……」

藍良家的忍住心中的笑意，對老太爺道：「大姑娘的女紅還得多多學習，這繡功……」

老太爺也是皺了眉道：「大丫頭啊，妳這繡功也太過差了些，虧妳也敢將之繡了穿出來，真是丟了藍家女兒的臉面了。」

素顏一聽，忙低了頭認錯，保證以後會好好學習繡花，邊說邊看向一旁一臉蒼白的小王氏。

原來，藍良家的不只是拿了幾件葛布衣，也將素顏正在做的嫁妝拿來了兩件。素顏自穿過來後，繡功便是難拿得出手，繡出來的東西比之這具身體那是差得太多了，簡直是一個天上一個地下，任誰也不相信那是一個人繡出來的東西。

「是，爺爺，不過這會子，您也該相信，這東西不是孫女兒的了吧？爺爺，我也是您的嫡親孫女，我的臉面也是藍家的臉面，有人如此侮辱、設計陷害孫女，想毀掉孫女的名節，孫女兒想死的心都有了，您今兒若不為孫女兒作主，孫女兒也只有用三尺白綾來證明自己的清白了。」

事情總算是朝著自己希望的方向得到了結果，絕對要打鐵趁熱，她要讓某些人偷雞不著蝕把米，至少，要讓她們受些罪才好！

第十七章

大老爺冷哼一聲，猛地一掌拍在了桌上，小王氏和老太太兩個同時一震，老太太瞪了小王氏一眼，痛苦地閉上了眼睛，而小王氏狠狠地瞪著紫玉，起身抬腳便將紫玉踹翻。「大膽無恥賤婢，私通外男還誣衊主子，來人啊！拉出去，重責四十大板！」

素顏忙喝道：「慢著，事情還沒問清楚呢，二娘急什麼，老太爺老太太都在，自有兩位老人家來處置這丫頭，您不覺得太過逾矩了嗎？」

老太爺也是斜了眼看著小王氏，正要說話，王側妃卻道：「多大點子事啊，不過是個賤丫頭不知羞恥，私會了外男後，事情敗露又嫁禍給主子，這樣的奴才還不快些打死了，難不成還要留著再禍害主子姑娘嗎？」

老太太見王側妃終於開了口，心裡的恐慌也淡了些，偷偷瞄了老太爺一眼後道：「也是，讓側妃娘娘和侯夫人見笑了，不過是些家醜，幾個上不得檯面的下人們作踐。來人啊，將這兩個賤人拖下去！」

老太爺氣得臉色鐵青，張了張嘴，卻還是忍住了，沒有發火，任由進來的幾個婆子將紫玉往外拖。紫玉沒想到小王氏和老太太兩個不但不幫她，還要打死她，一時嚇得臉色煞白，哭著大喊了起來。「冤枉啊！奴婢冤枉！那東西真是大姑娘的，是二夫人讓奴婢從大姑娘屋裡偷……」

「堵上她的嘴，給我重重地打！」小王氏聽得心膽俱裂，大聲喝道。她身邊的貼身丫頭忙跑過去，拿了帕子將紫玉的嘴堵了個死緊，紫玉不停亂搖著頭，掙扎著不肯出去，眼裡盡是不甘和恐懼，淚如雨下。

素顏剛要開口制止，實在不想就此放過小王氏，讓她又用一個小丫頭當了代罪羊，但老太爺卻是及時用眼神制止了她，微微無奈地搖了搖頭，眼裡帶了絲懇求之色。

素顏一直沒有流下的淚，這會子便如泉水一般湧了出來。這才是讓她最傷心的，老太爺明明清楚是誰在害她的，卻要她忍，為了藍家的家聲和大局而忍，她不甘啊！

老太爺看著素顏奔湧而出的淚水，心裡也覺得酸澀，他狠狠地瞪了老太太一眼，老太太心一緊，忙對素顏道：「大丫頭，委屈妳了，府裡出了這樣的奴才，是奶奶治家不嚴，讓妳受苦了，不過，妳自來便是懂事寬厚的孩子，這種事情，奶奶向妳保證，再也不會發生了。」

這也算是在老太爺面前表態嗎？素顏淚眼模糊地直視老太太，自己也是她的孫女，為了另一個，竟要將自己置於死地，如此惡毒的祖母世間少見，不過她也知道，這會子王側妃在，自顧家出事後，藍家得了王側妃的庇佑才能有了如今的安穩，所以，老太爺怎麼也會給王側妃面子，當著王側妃的面，不會對老太太和小王氏如何的。但這事絕對不能就此了了，紫玉和藍勇不過是兩顆棋子而已，真正的幕後之人還沒受到應有的懲處，她不甘心。

老太太在素顏的淚眼下有種無所遁形之感，心裡生出一絲羞愧之意，不自在地低下頭去，一旁的王側妃看事情也差不多了，無聊地站了起來，向老太爺和老太太告辭。老太爺心裡一鬆，大家全都起身恭送王側妃。

中山侯夫人雖跟著起了身，也一同送到了門外，卻沒有跟著王側妃一同走，而是等王側妃走了後，站在垂花門處，臉色嚴正地看著藍家幾位當家長輩，尤其是看老太太的眼神裡帶了絲恚怒。

她拉住站在一旁的素顏的手，對老太爺道：「老大人，藍家可是百年望族，門風家規素來嚴正，正是因為如此，我家侯爺才有了與貴府結親的心思，本夫人也自信眼光不會太差，素顏這孩子性子剛強、品性純良，但她再如何賢達寬厚，也經不得這一次、二次的迫害誣陷。她如今可是我侯府的準媳婦，若本夫人再聽說她在娘家遭遇不測，我侯府大可以將她提前接到府上去，選日子早些給世子完婚，也免得她還未嫁便被人逼死，影響我兒子的聲名。」

這一番話可說得絲毫都不客氣，帶了濃濃的威脅，老太爺聽了雖感羞慚，心中卻是欣喜。侯夫人將來可是素顏的婆母，出了這樣的事情，素顏在娘家的地位可是擺在了明處不受寵的，侯夫人卻還是如此維護她，這是素顏的福氣，話說得再不客氣，老太爺也覺得中聽，忙低了頭應諾，回頭當著侯夫人的面對老太太道：「妳最近精神恍惚，頭痛舊疾復發，原是心境浮躁之故，我看，妳最近也少操些心，去佛堂靜養三個月再出來理事吧。」

老太太聽得渾身一顫，驚懼而憤怒地看向老太爺，張口正要說話，老太爺橫了她一眼，老太太立即閉了嘴，眼圈一紅，委屈地低下了頭。

對這樣的處置，侯夫人還算是滿意。

她也不好做得太過，總得給老太太留些臉面，她留得越久，老太太就越難受，從今兒起，以後藍家老太太再見她時，便如矮了一截一般。

侯夫人臨走時，又拉著素顏說了幾句話，眼裡全是關切之意，讓一旁的老太太和小王氏全都出了一身冷汗，再也沒有先前陷害素顏時的氣勢了。

侯夫人走後，素顏卻沒有告辭，仍是跟著老太爺回了屋。

老太爺仍然很生氣，送走侯夫人後，小王氏訕訕地故意落在後頭，想尋機溜走，老太爺冷哼一聲，她嚇得立即止了步。素顏冷笑著道：「二娘何必著急？那兩個狗奴才還沒有審清楚呢，二娘對此事如此關心，還是一起去幫著查清事實的好。」

小王氏感覺腳下如生了釘一般，怎麼也提不起來，前面老太爺渾身散發出來的怒氣簡直就要將她燒著了去，她哪裡敢再跟著去老太太屋裡？上回只是將掌家之事給拿掉作為懲處，這一次呢？她不禁求助地看了眼自己的丈夫，誰知大老爺正怒目橫視著她，她脖子一縮，低了頭，乖乖地跟著往前走。

進得老太爺的院子，就聞到一股血腥味，素顏忙向那發出痛苦悶哼聲的地方走去，行刑的婆子仍在打著，素顏揚了手道：「停手，留他們一條命，本姑娘還有話要問。」

前面老太爺聽到後，也停住了腳，嘆了口氣道：「大丫頭，妳跟我進來。」轉過頭，卻對行刑的婆子道：「將這兩個狗奴才關到柴房裡去，明兒叫了人牙子來賣了。」

小王氏聽著便鬆了一口氣，素顏卻是滿心不甘，但也不敢違背老太爺的意思，只得板著臉，跟著進了屋。

小王氏和大老爺兩個也垂著頭跟了進去，老太爺也沒理小王氏，只是對大老爺道：「不管如何，顧氏還是你的正妻，做人不能太忘本，大丫頭如今可是侯夫人看中的準兒媳，中山侯在朝中的勢力我不說你也應該明白，你都是四十歲的人了，連家裡的事情都管不好，又如何在外頭做事？你屋裡的事情我管不了，但如今天這般，只為自己那點子私心就置藍家臉面於不顧的事情，應該如何處置，你自己作主。」

大老爺聽得滿臉愧色，唯唯諾諾地應了，小王氏則嚇得臉色蒼白，雙手絞著帕子，眼裡卻有一些戾氣，揚起脖子回視了老太爺一眼。

老太爺當沒看到，只對素顏道：「大丫頭，家和萬事興，這個家，不管如何還是妳的娘家，妳將來出了門子，還是要回的，沒了娘家的媳婦，在外頭是抬不起頭來的。」

這是要她就此算了嗎？老太爺聲音帶著幾許滄桑，素顏抬頭看到老太爺鬢間的絲絲白霜，她知道，作為藍家的家主，老太爺只能做到這個樣子了，小王氏有大老爺懲處，有些事情大家心知肚明，再挑穿了，對自己也沒什麼益處，老太爺這話既是勸慰，也是警告，是要她以藍家為重，將來她還是要依靠藍家的。

素顏也只好咬牙認了。

在紫綢的陪伴下回到自己院裡，遠遠地就看到陳嬤嬤正在園子門口焦急地徘徊，她心中一熱，忙迎了上去。事發時，她雖想了法子解決，但沒有陳嬤嬤和紫晴幾個的忠心和聰明應變，事情便絕對無法如此完滿的解決。

陳嬤嬤眼圈一紅。「姑娘……」

素顏的鼻子也酸酸的，握住陳嬤嬤的手道：「外面風大，回屋去吧。」

第二日，老太太就進了佛堂。送走老太太，素顏心情總算愉快了些，她徑直往大夫人屋裡走去。昨兒的事情若是傳到大夫人耳裡，大夫人還不知道會有多著急呢。

進得大夫人的院子，卻見青楓坐在穿堂裡，一見素顏來了，笑著迎了上來，忙幫她打簾子。素顏看她眉眼裡都是喜色，不由詫異，青楓也不說話，只拿手往屋裡指。

素顏抬眼看向屋裡，眉頭卻是皺了起來。

只見大老爺正與大夫人並坐在一起，正小聲說著什麼，大夫人平素鬱結著的秀眉舒展開來，眼裡是盈盈的笑意，大老爺神態溫柔，偶爾還低笑兩聲。

不過是昨日被老太爺罵了一通，才良心發現，來看這個即將為他生兒子的正妻吧。

素顏不屑地冷笑了一聲，大老爺聽到聲音，轉過頭來，一看是素顏，臉上笑容一僵，端起桌上的茶，似是要掩飾心裡的不自在。

大夫人見素顏臉色不豫，忙道：「素顏，快些過來給妳父親見禮。」

素顏走了進去，福了福，對大老爺行了個禮。「素顏給大老爺請安。」

大老爺忙要伸手去扶她，素顏卻是不等他說話就起了身，看也沒看大老爺一眼，便走到大夫人身邊。

大老爺的手探了個空，神情有些不自在，尤其聽素顏改口叫他大老爺，而不以父親相稱，心中更是不豫。

素顏也沒看他，逕自拉起大夫人的手探了下脈，半晌才神情輕鬆地放下大夫人的手。「娘，您的胎位很正常，胎兒也很健康，離生產可是只有幾天的日子了，一應事務可都要備好了才是。咱們母女可是不招人待見的，只能自個兒護著自個兒，別到時候又被些別有用心的人害了咱們。」

「素顏……」素顏這話說得太過尖銳，大夫人不由偷偷瞄了下大老爺，扯了扯素顏的衣袖嗔道。

大老爺原本沈下的臉色此刻變得更晦暗了，但一想到昨夜自己對素顏的所作所為，心中又升起一片愧色，強忍了氣說道：「妳娘是為父的正室嫡妻，她肚子裡的孩子就是藍家的嫡子，為父自然會將他們母子護得周全，不用妳在此指桑罵槐，昨兒為父也知道妳是受了委屈，但那兩個惡奴也已經受了懲處，妳還要如何？」

素顏聽了似笑非笑地看著大老爺，眼裡一抹嘲弄讓大老爺看著更為光火。「大老爺說得是，只是咱們藍家的規矩好生怪異，不知大老爺可有注意到，娘親身為正室嫡妻，卻是被禁足了半年有餘，重陽家宴也沒資格上席，倒比個奴婢出身的妾室還要不如了。大老爺隔了半年沒有跨過娘親的門檻，豈不知，女人懷了身子得不到丈夫的憐惜，被府裡人欺凌時是何等的悽苦？」

昨晚上，三姨娘也坐得在席，素顏當時看著便覺得很是怨憤。

這番話可算得上是正面指責大老爺了，大老爺又羞又怒，猛地一掌拍在了桌上，怒視著素顏，大喝道：「大膽！豈不聞，子不言父過，妳竟然敢如此責問為父，別以為仗著老太爺寵著妳，妳就當為父不敢責罰於妳嗎？」

大夫人聽完素顏的話就驚得臉色蒼白，直扯著素顏的袖子，將她往自己身後拉，這會子聽大老爺說要懲處素顏，更是嚇得面無人色，起身就要向大老爺跪下。素顏看得心一緊，忙扶住她道：「娘，您沒做錯什麼，不要求他，他若真拿女兒當親生的看，又如何會任由別人將女兒的聲名臉面往腳底下踩，他哪一點像是個好父親好丈夫的樣子？」

「住口！」大夫人對著素顏一聲怒喝道，眼裡閃過一絲痛色，人也有些站立不穩起來。

素顏忙扶穩大夫人，心裡有些後悔，不該為了一時之氣當著大夫人的面與大老爺頂撞，

「妳父親他……他不是這樣的人，妳誤會他了。」

影響大夫人的情緒，但大夫人的話卻讓她聽得更氣。

被丈夫如此冷待無情，大夫人仍是一心地護著丈夫的顏面，如此溫厚賢達，卻未必會得

到大老爺的珍惜。

大老爺原本氣得臉色鐵青，卻在看到大夫人那蒼白虛弱的面容後，嘆了一口氣，神情黯然地扶著大夫人坐下來，柔聲說道：「可是不舒服？去傳了大夫來可好？」

說著，便要揚聲喚人，大夫人卻是一把扯住大老爺的手道：「不用了，老爺，不妨事的，素顏便知醫理，一會兒讓她看看就好了。」

大老爺對大夫人道：「她小孩子家家的，不過粗知一點醫理，哪裡真能看病？妳臉色不好，還是請了大夫來看了妥當一些。」

「老爺，真的不用了，您的苦心，妾身明白的，素顏她……她年紀還小，又受了些委屈，所以說話就衝一些，您多擔待點，若是讓人知道您親自為我請了大夫……」大夫人臉色有些淒然，拉住大老爺的手就沒有鬆開，乞求地看著大老爺。

大老爺聽了長嘆一口氣，溫柔地注視著大夫人。「委屈妳了，我以為……只有如此才能護得妳周全的，妳能明白我的心就好。」

素顏聽得一頭霧水。難不成，大老爺對大夫人冷淡無情竟是不得已的嗎？看大老爺的神情也不似作偽，而大夫人更不可能會與大老爺合夥作戲給自己這個親生女兒看，只是為什麼？難道是因著怕了小王氏？

大老爺的溫情軟語安撫了大夫人不安的情緒，大夫人的臉色好看了一些，卻是對大老爺道：「老爺來了也有好一陣子了，快些回去吧。」

大老爺卻是不肯放開大夫人的手。「無礙的，今兒休沐，我再多待一會子，讓素顏給妳探了脈我再走也不遲。」

素顏聽了倒是乖乖拉起大夫人的手，再次探了脈，脈象平滑穩妥，並無異象，卻是看向大老爺。「娘親的生產日可是就在這一、兩個月了，若您真的關心娘親和弟弟，便在此時就要做些防範了，穩婆可得派了可靠的人去請來，還有，娘親身邊守著的人也得是靠得住的。娘親這胎若是一舉得男，只怕會有很多人不開心的，您還是有些準備的好。」

大老爺不由搖了搖頭，努力板了臉，瞪了素顏一眼道：「如今府裡不是由妳來主管著中饋了嗎？該請什麼樣的人，準備些什麼東西，該由哪些人在妳娘親身邊當差，可不得由著妳這掌家之人說了算？倒是來吩咐起妳爹爹我了，真真是個不孝女啊。」

素顏聽得眼睛一亮。可不是嗎？老太太如今是被罰進了佛堂了，小王氏被奪了掌家權，府裡可不就是自己掌家了嗎？自己又是最熟悉婦科的大夫，還怕會有人害了大夫人不成？如此一想，心情立即大好，連日來的擔憂也消散殆盡，猛地抬頭，捕捉到大老爺眼裡一閃而過的慈愛，忙笑著給大老爺恭恭敬敬地行了一禮道：「是女兒無狀了，女兒給父親陪不是。」

大老爺冷哼了一聲，故意揚了頭，一甩袖，轉身向外走去，轉過來的一瞬，嘴角卻是不自覺翹起一個好看的弧度。

大老爺走後，素顏又囑咐了大夫人要如何注意身子之類的話，才從大夫人院子裡出來，迎面卻是碰到來尋她的紫晴。

「大姑娘，二姑娘坐在您屋裡，奴婢說您有事出去了，她偏生說要等您回去，不肯走呢。」

第十八章

素顏聽了便覺得心煩，不知道素情又要弄什麼么蛾子，剛剛好轉的心情又有些鬱悶了起來。

進得屋去，便看到素情的大丫鬟白霜正在穿堂處張望，素顏見了便道：「二姑娘不在自個兒屋裡好生養傷，怎會又想起來看我了？」

白霜臉色一僵，訕笑著給素顏請安。「奴婢給大姑娘請安，二姑娘想著在壽王府得了大姑娘多番照應，前來致謝呢。」

素顏聽得好笑。果真是致謝來的嗎？

裡面素情聽到聲音，也迎了出來，素顏抬眼看去，素情半邊臉仍是紅腫，眼角瘀青明顯，上嘴唇向上腫翻，看著甚是可怖，原本的嬌美俏麗蕩然無存，臉上就像開了顏料鋪，青紫紅白各色齊全，讓人看得又好笑又好氣。

「大姊可是去見過大娘了，大娘身子還好吧？聽說大娘要生了，我原想也過去看望她的，只是妹妹如今這個樣子，沒得嚇著了大娘。昨兒側妃娘娘送了些補品給妹妹，妹妹便拿了些來，想請大姊轉交給大娘。」素情臉上帶著笑——姑且說是笑吧，實是那張臉上太過豐富，笑得比哭還難看。

「喔，妹妹有心了，我先代娘親謝過妹妹的孝心。」素顏笑得親切，還特意仔細看了眼素情臉上的傷。「二妹如今也有傷在身呢，還是留著自個兒用吧。」就算不能親自去看大夫人，也可以使了得力的人送去吧，卻要轉個彎拿到自己這裡來，分明就是討好自己，怕是又有事相求吧。

「我那兒還有呢。」素情上前親熱地挽住素顏的手道。若非知道她的稟性，素顏還真會被她這種眼神感動。

「那就多謝二妹了。」素顏也懶得再推辭。

紫綢沏了茶上來，素顏也不開口問，慢悠悠地喝著茶與素情閒聊著。既然找上門來，素情一定比自己還急呢。

果然素情環顧了下她的屋子，狀似不經意地說：「聽說昨兒晚上中山侯夫人也來了，說是要將大姊成親之日提前呢。」

她的消息倒是靈通得很。素顏笑著回道：「是啊，夫人也是疼我，怕我在府裡受了委屈，想早些讓我過門呢。」

「我看大姊對明昊哥哥也不似有情，那日我與明昊哥哥一同在梅林談詩論詞，好不愜意，大姊嫁了過去，真能得到明昊哥哥的寵愛嗎？」

果然說到正事了，素顏明亮的眼睛專注地盯在素情臉上，眼裡帶了絲詫異。「妳如何知道他不會寵愛於我？」

素情見素顏並沒發怒，心中一喜。「明昊世子乃京城有名的佳公子，相貌才情都是一等一的，大姊素來不喜歡詩歌琴畫，與他哪裡能談得來？且聽說他府裡早就有了姬妾，以大姊的脾性，怕是容不得那些人，如此嫁過去後，怕是被人說成量小嫉妒，公婆長輩知道了又會不喜，大姊何必過去受那些苦楚呢？不若找個一心待大姊的，哪怕小家小戶，也過得安生平靜不是？」

這話倒是說到素顏心裡去了，但這樁婚事已經訂下了，想要退婚談何容易？而且，素情哪是真心為自己著想之人，怕是別有目的吧。

她臉上帶了絲幽怨，嘆息一聲對素情道：「二妹說得也是，但親事已然訂下，作為子女婚姻自然得聽從父母之命，難不成我還能忤逆了長輩們的意思，退婚不成？那不是會損了明昊世子的名聲嗎？」

「退婚倒是不必了，二妹倒是有個好法子，可以既讓大姊如意，二妹也能免了與那寧伯侯世子的婚約，倒能兩全其美呢。」素情一聽更覺有戲，眼睛都亮了起來。

「喔，是什麼法子，二妹快說說。」素顏心中冷笑，嘴上卻是說得迫切。

「二妹代大姊嫁了可好？大姊還是待嫁之身，完全可以再尋一門更妥貼的親事，妹妹也得以擺脫寧伯侯世子那浪蕩子弟。」素情深吸了一口氣，還是將自己的目的說了出來。

「這能行嗎？老太爺和大老爺怕是不會同意呢。」果然是賊心不改。素顏心中冷笑，面上卻是勸得誠懇。她話先說在前頭，如若素情一味要錯下去，那就休怪她不客氣，別到時候落個更慘的下場就是。

「唉呀，我的好姊姊，只要妳同意，老太太和父親那邊我自會去求。他們素來心疼我姊妹二人，一定會答應下來的。」素情說著眼淚都出來了，指著自己臉上的傷道：「妳也看到了，二妹這還沒過門，就被那人打成這樣，真要嫁過去了，還能有命活嗎？大姊就是行行好，可憐可憐二妹，救二妹一命吧，只要二妹嫁了，他便會死了心，再找別家女子就是。」

素情一派楚楚可憐，神情淒婉嬌弱，那模樣若是男人見了，定會擁在懷裡好生憐惜一番才好。

可惜，素顏不是男人。

「妳真能說得動老太太嗎？怕是說動了老太太也難說得動老太爺啊，再說了，中山侯府會同意嗎？」素顏心中憤怒，恨素情的不知羞恥，為了自己的幸福竟然要搶親姊姊的夫婿，但面上仍是淡淡的。

「只要大姊同意，老太爺也不是那不通情理之人，他一定會應下的。至於說中山侯府嘛，只需大姊給明昊哥哥去封信，言明妳對他無意，他也是心高氣傲之人，以他的人品才情定是受不了大姊這般，定然會同意的。而且，二妹也感覺得出，他對二妹是有情的，如此也沒傷了藍家和中山侯府的情分，不是兩全其美嗎？」素情說得越發高興起來。她笑意盈盈，紅腫嘴唇牽扯得有些歪，素顏便想起了臘腸狗。

「喔，妳確定明昊世子對妳有意嗎？」素顏端起茶杯，輕啜了一口，問得輕描淡寫。

素情聽了難得的羞澀起來，低了頭忸怩著，聲細如蚊。「姊姊難道半點也瞧不出來嗎？在梅林裡，只我與他二人……」說到此處，嬌不自勝，竟是不好意思往下再說。素顏聽得好生氣惱，還真沒見過如此不要臉的，勾引了未來姊夫，還敢當著姊姊的面說出來，所謂才女，不過是將書都讀到狗肚子裡去了。

「這樣啊，行，既是妳與他二人兩情相悅，妳又是我的妹妹，姊姊就成全了妳吧。不過，昨兒晚上侯夫人可是親口說了，要早些讓我過門呢，這事可是宜早不宜遲，等侯府的小定禮也過來了，那便沒法子再更改了，不若今天二妹就行動了吧，約了明昊世子，我當面與他說清，早些了結這樁事情，姊姊我也好另行再議婚就是。」素顏淡笑著說道。

「大姊這是應下了？妳……妳真是太好了！多謝大姊，二妹將來一定會好生報答大姊的大恩。」素情簡直不敢相信自己的耳朵，她怎麼也沒想到素顏會如此好說話，原以為會費好些功夫……如今那些個後手全都不用再用上，素顏便一口答應了，她立即起身，平生第一次恭恭敬敬給素顏行了一個大禮。

素情走了後，陳嬤嬤和紫綢都快急死了，看人走遠了，兩人一左一右地拉住素顏道：「大姑娘，您魔症了？怎麼會答應二姑娘如此荒唐的要求？」

素顏臉上笑容一收，也不回答陳嬤嬤和紫綢的話，卻是拉了陳嬤嬤就往裡屋走，到書案前提筆寫了兩張信箋，用火漆封好後，交到陳嬤嬤手上，在她耳邊嘀咕幾句。陳嬤嬤先是露出疑惑之色，後來，擔心地看著素顏，沈吟半晌才點了頭，出去了。

傷呢。

下午，剛用過午飯，素情便過來了，臉上的紅腫像是用了什麼特效藥敷過，消散了一些，嘴唇雖然還有些向外翻著，但被她巧妙的塗層胭脂，又細細畫過，看著反覺得豐滿了些，眼下的瘀腫也淡了很多，加上粉又撲得厚，所以不仔細看，還真不知道她臉上曾經受過傷呢。

素顏細看了她兩眼後，又低了頭去繡花，一副不緊不慢的樣子。素情忙過來給她行了一禮，滿臉是笑地說道：「大姊快些換了衣服吧，這會子老太爺出了門，咱們正好走後門出去，守園的婆子那兒我都打點好了，這會子出去沒人發現的。」

「人已經約好了？可是要到何處見面？妹妹這個地方可要選好了，既不能太過顯眼，讓人發現了對我們的名聲可不好，又不能是那偏僻之處，閨閣女子出門，那種地方總不太安全。」素顏小心地問素情。

「姊姊放心，就在咱們家的茶葉鋪子裡，那是我娘親的陪嫁鋪子，下面一層是開的門臉，上頭可是雅座，平日裡供有些身分的人坐下品茶之用的，妹妹已經訂下了一間雅座，這會子明昊哥哥怕是已經等在屋裡了。」素情眼中閃著興奮的光芒，有些小小的得意。

素顏聽了可有可無地點了點頭，進去隨便換了身淡紫色的對襟緹花緞面小掐腰的夾襖，一條同色碎花羅裙，鬆鬆綰了個髮髻，只斜插了根珊瑚簪子，看著俏麗清爽，再叫上紫晴，便與素情一同出了門。

素情按捺不住心中的激動，一路小碎步走得飛快，素顏故意落在她身後，到了後門處，素顏特意仔細看了那守門的婆子兩眼，將她的樣子記住。門外，果然停了一輛馬車，素情在白霜的挽扶下先上了車，素顏跟在後頭，剛要上去時，突然一跺腳道：「唉呀，我寫好了一封信要親手交給上官明昊的，倒是忘在屋裡沒拿呢，妹妹，妳先等等，我去拿了再來。」

「呃，大姊怎地如此大意？算了吧，別去了，當面跟他說清就是。」素情可是約好了時辰的，方才素顏在屋裡換衣就磨蹭了一些時間，這會子再回去一趟，來回又得耽擱了，她怕上官明昊會久等呢。

「那可不行，我既是與他絕了親事，怎麼能再與他見面，於情於禮都不合。再說了，也對不住二妹妳不是？那信太過重要，妹妹若是怕他久等，大可以先去，你們先聊著，有些話，或許當了我的面，他也不好說出來，不如妳先問清他的心意，我再去說清楚，如此也不傷他的顏面，妹妹妳說呢？」素顏皺了眉頭道。

素情心裡也確實像長了翅膀一樣，巴不得快些飛到那溫潤男子的身邊，與他溫言軟語表明心跡一番，若非還要素顏去悔婚，她又如何願意帶著素顏這個情敵呢？

如此一想，便急道：「那大姊妳快些來，我在鋪子裡等妳。」

素顏笑著揚了手道：「妳且去吧，我一會兒就來，你們有話可要快些說喔，我最多一盞茶的工夫就會到呢。」

素情臉一紅，放下車簾子，馬車就往前走了。

素顏這才施施然，慢慢帶著紫晴往回走，卻是沒有回自己院子，而是徑直去了素麗處。

素麗正在屋裡繡著花，見素顏進來，笑道：「什麼風把大姊吹來了，快快請進。」說著，起身給素顏行禮。

素顏笑著走了進去。

她還是第一次來素麗的屋裡，這裡只是個明二暗三的院落，一間正房，一間偏房，裡面還有穿堂和耳房，比自己那明三暗四可是小多了，不過，佈置得倒是精緻秀氣，屋裡擺設簡潔大方，很符合素麗明快的個性。

素麗等素顏坐下後，忙使了丫頭去沏茶，素顏也不阻止，只是笑道：「方才原是要跟著二妹去逛街的，可是想著府裡還有好多事情未理清，只好又回轉。唉，如今老太太身子不適，我娘親又要生了，二娘又……三妹，三姨娘如今可得閒不？我一人忙不過來呢，真想請三姨娘搭把手就好。」

素麗聽得眼睛一亮，三姨娘是她的生母，因生得花容月貌，一直很得小王氏的忌憚，自從有了素麗後，就想著法子打壓三姨娘，從不讓她過問府裡的大小事物，仍是拿她當奴婢看待，三姨娘雖是有氣，但小王氏有老太太撐著腰，她是敢怒不敢言，最多也就在服侍大老爺時吹吹枕邊風罷了。

如今老太太和小王氏看著像是勢衰，大夫人和素顏的鋒頭正盛，今兒大老爺可就是從大夫人屋裡出來的呢，若大夫人這一房肯拉攏三姨娘，對三姨娘這一支來說也不失為一條出路。

再如何，平妻也不如正妻名正言順呢，何況自家這個大姊，可不是個簡單的人，她肯用三姨娘，那可就是三姨娘的機會呢。

不過一會子，素麗便將所有的關節都想通透了，一臉驚喜地看著素顏。「姨娘有什麼忙的，不過有時服侍父親罷了，父親平素一上朝，她便閒得無聊呢，大姊若是忙不過來，又能用得著姨娘，那是姨娘的造化，哪有什麼抽不出空來的話呀？」

這時，茶沏上來了，素顏端了茶喝了一口又輕輕放下，笑道：「二妹說是去了茶鋪呢，三妹聽說過沒，二妹去的那家鋪子，上頭可是有雅座的，也不知道那兒的茶味道如何，我總不明白，在自家屋裡喝茶和在店中喝茶有什麼不一樣呢？」

素麗聽得莫名，疑惑地看著素顏，不知道她突然說起這些做什麼，漂亮的大眼轉動了幾下，突然眼睛一亮，剛要說話，素顏卻是起了身，說道：「明兒可記得請了三姨娘過來幫幫我呢，姨娘處我就不去了，二妹一個人出去了，我不放心，還是得去看看才好。」

素麗聽了點了頭道：「大姊對二姊可真是仁義，如此關心，卻不知二姊會不會領情呢。」

素顏皺了眉頭嘆口氣。「唉，她如何想，我管不了，我只盡了自己的本分就好。三妹，大姊的心裡，妳也是一樣重要的，有些事情，大姊心裡明白，也知道妳非本意所為，妳的好，大姊記在心裡頭。大姊眼看著便是要出門子，也不能在家裡護妳幾天了，妳要好自為之，不過，大姊就算嫁出去了，還是會如同以前一樣關心三妹妳的。」

一番話說得真誠，也虧得素麗的心思靈巧通透，不然，還真聽不懂其中的彎彎繞繞。素顏這番話可是有幾重意思在裡頭，第一，便是多謝素麗先前的示警，二嘛，便是原諒了素麗使得她被蛇咬一事，這第三是素麗聽著最為高興的，素顏嫁的可是中山侯府，以後她可就是中山侯世子夫人，身分可是比現在高了不止一點、兩點，只要素顏肯維護她和三姨娘，那素麗的婚事便有了一半的保障。

素麗是庶女，而且是奴婢生的庶女，身分上比起素顏和素情來都差了很多，若是中山侯世子夫人肯幫她作主，將來議親之時，便多了一個好幫手，就算嫁得不如素顏好，至少也不會給人做妾或填房就是。

素麗眼圈紅紅地喚了聲。「大姊……」

素顏已經下了臺階，卻是回頭揮了揮手道：「我走了，妳記得去看看三姨娘，請她好生服侍咱們的父親。」

素顏帶著紫晴仍是往後院的後門處走去，後門外還備得有一輛馬車，素顏再不遲疑，讓車伕快些趕了去城東茶葉鋪子。

素麗等素顏一走，便忙往三姨娘院裡去了。

大姊分明是來給她送信的，二姊昨天才被寧伯侯世子打了，傷還沒好，今天就忙著出門，還是在二娘陪嫁鋪子的雅座裡……那可是只有男子才會去的地方……如此大膽又神秘，還叫上了大姊，以二姊昨日在壽王府的所作所為，素麗當然猜得到她去的目的是什麼。

大姊來找自己，便是想要自己透過三姨娘，把這消息透露給大老爺。

第十九章

馬車在城東茶葉鋪前停下，素顏戴好圍帽後，才在紫晴的攙扶下，下了車。茶葉鋪子很大，裡面客人卻不多，這個時辰人們大多都在歇晌，出來買東西的很少，只有三、兩個人正在櫃檯邊看著。素顏圍著圍帽，店裡的夥計和掌櫃也沒認出她是誰，一個夥計殷勤地在邊上招呼著。

紫晴很乖巧地將素顏擋在身後，不讓店中客人衝撞到她，素顏悠閒地在鋪子裡轉著，一點也沒有要上樓的意思，大約在鋪子裡轉了近三刻鐘，店裡的客人都走了，夥計和掌櫃的都有些不耐之後，紫晴才問道：「二姑娘可是在樓上？」

那掌櫃聽得一怔，立即深看了眼素顏，臉上又抖開了笑意。「原來是大姑娘蒞臨，奴才眼拙，沒認得出來，請見諒，二姑娘早就吩咐過了，大姑娘一來，便請上二樓鳳琴居。」說著，瞪了那夥計一眼，夥計哈著腰上前來給素顏引路，素顏這才緩緩跟著夥計上了樓。

還沒找到二樓道口，素顏便聽到一聲沈悶的重響，像是有什麼東西摔倒的聲音，引路的夥計也明顯聽到，他一驚，快速往聲音發出的地方跑去，素顏聽了卻是故意放慢了些腳步。

緊接著，又聽到了一聲脆響，應該是茶杯摔碎的聲音，素顏這才走快了些，果然看到那夥計正站在鳳琴居門口驚慌失措的樣子。素顏嘴角牽出一絲笑意，快步上前去，便看到那裝潢雅致的茶室內，葉成紹正雙手抱胸，眼神不善地看著屋裡的另外兩個人，腳下幾片青瓷茶杯碎片，地上濕濕的還冒著熱氣，屋裡原是擺在中間的茶几已經翻倒在一邊。

素情氣得小臉通紅，眼神怨恨中又帶著一絲怯意，淚眼婆娑地看著葉成紹。

而上官明昊卻是皺著眉，神情有些尷尬，更有些惱怒，正對葉成紹說道：「葉兄，你誤會了，我——」

「誤會？孤男寡女單獨私會，被我抓個正著，你還說誤會？你當我是瞎子嗎？」葉成紹嘴角帶著絲嘲諷，輕蔑地看著上官明昊，一副吊兒郎當的樣子，按說他應該很憤怒，但那樣子倒像是來找茬的。

上官明昊聽得臉色一沈，神情很是難看，卻又不知如何反駁，惱火地看了素情一眼，正要開口，素顏將站在門口的夥計撥開，沈聲道：「還不速速下去？」

那夥計這會子也知道自己看到了不該看的，被素顏一說，嚇得慌忙轉了身，忙不迭地跑了。

屋裡的三人聽到素顏的聲音，有兩個如聞仙樂一般，欣喜地看了過來。素情哽了聲道：「大姊……」

上官明昊則是鬆了一口氣，也拱手一禮道：「大姑娘……」

素顏讓紫晴留在外面，自己走了進去，並順手將茶室的門關了。

葉成紹見了，眉頭微挑了挑，唇邊笑意更深，仍是那吊兒郎當的樣子，只是有趣地看著素顏。

「兩位世子有禮。」素顏端莊地給上官明昊和葉成紹各行了一禮，走向素情。

上官明昊忙拱手還了一禮，葉成紹卻仍是抱胸，下巴輕揚，似笑非笑地看著素顏。

「大姊，妳怎麼才來啊……」素情拉著素顏的手，頭伏向素顏的肩膀。

素顏拍了拍素情的肩頭，卻是問道：「我在樓下看了會兒新茶。二妹，妳這是……怎麼與兩位世子在一起，還……」說著，頓了一頓，又看了一眼葉成紹和上官明昊一眼，眼中一片訝異之色。

素情聽了便羞憤地看了葉成紹一眼，卻被葉成紹一眼瞪得不敢再看，心虛地搖了搖素顏的手，眼中帶著乞求之色。

上官明昊對葉成紹拱了拱手道：「如此葉兄應該相信了吧，小弟只是與大姑娘有事相商，卻不知二姑娘也來此，不過是湊巧碰上罷了。」

素顏聽了這話，不由抬眼看向上官明昊。分明是素情自己去約的他，他卻說不知素情在此……這是欲蓋彌彰嗎？素顏的心有些往下沈。這局是她布的，他也是被她算計在內，但她希望他能坦蕩一些，不能因為推託責任解釋誤會而撒謊，自己故意晚來了幾刻鐘，那他與素情便在這屋裡單獨待了一段時間，確實不合禮法，就算是湊巧碰到，見到了也應該避開才是……不然就算葉成紹來了，也不可能捉個正著。

上官明昊見素顏看過來，眼裡雖有些不自在，卻還算坦然，不像是在說謊，那麼……

「二妹……妳以我的名義約上官公子嗎？」素顏的語氣很嚴肅，語氣帶著絲恚怒。

「我……本就是大姊妳約的明昊哥……呃……上官公子，我不過來我娘的店裡察看察看，正好碰到了公子……所以……便進來坐了坐。」素情的頭垂得很低，眼神閃爍著，不敢與素顏對視。

果然如此，她口中雖說上官明昊對她有情，卻並無把握能約得上官明昊出來，便假借了自己的名義去帶信……原本還想放她一馬，沒想到她卻是時刻不忘陷害自己，自己與上官明昊有婚約在前，婚前私會乃大違禮法，傳出去自己閨名還要不要了？

「妳——混帳！」素顏隨手將素情往外一推，大怒道：「我何時要妳以我之名約上官公子見面了？」

上官明昊聽得眉頭皺得更緊，向來溫潤沈穩的他臉色也變得鐵青，再也不看素情一眼，只對葉成紹一揖到底道：「此番明昊有錯，受人構陷，明昊在此向成紹兄陪罪。」

葉成紹見了微瞇了眼，半晌才懶洋洋地上前扶了上官明昊，笑道：「原來，是有人太過傾慕上官兄，不怪你啊不怪你，誰讓上官兄長得玉樹臨風，人見人愛，讓一些不知廉恥之輩生了妄念呢。」

上官明昊聽了這話臉色頓時通紅。葉成紹這話夾槍帶棒，雖說明著在罵藍素情，實則也是怪他不講禮數，已有婚約之人卻與未婚妻之妹單獨私會，雖是誤會，但兩人獨處在一屋一段時間卻是事實，有失君子之風啊。

素情聽葉成紹罵自己不知廉恥，氣得嘴角直哆嗦，但上回被葉成紹打過一次後，她再也不敢當面罵他。那個渾人，根本不懂得憐香惜玉，打起人來一點也不手軟，只是恨素顏，雖說自己是假借了她的名義去請了上官明昊，但見上官明昊也是她同意的啊，當著葉成紹的面，就不能為自己打圓場嗎？非要戳穿，那不是讓葉成紹和上官明昊都恨上了自己？

「明昊哥哥，你莫要信她，真是她說過不喜歡你，想要退婚的！」看著上官明昊與素顏之間眉目傳情，素情氣得七竅生煙，在一旁大聲說道。

「她退了婚，妳便好嫁與上官兄是吧？妳當我是死的嗎？」一旁的葉成紹突然戲謔地說道。

上官明昊聽得一震。葉成紹可是京城的頭號渾人，得罪了他，便像得罪了閻王一樣，他報復心極重，只要被他盯上，便如附骨之蛆，擺脫不了。想到這裡，他不由出了身冷汗，忙拱手對葉成紹道：「葉兄明鑑，我對二姑娘從未有異心，一切不過是她自己妄想罷了，與我無關。」

「是嗎？」葉成紹斜了上官明昊一眼，聲音怪腔怪調，諷刺意味明顯，卻是半揚了頭，冷厲地看向素情。「我上回在壽王府說的話妳是半句也沒聽進去，哼，妳好像忘了我是什麼人了啊……」

「你、你也知道你自己是什麼人了，如你這般浪蕩無形、紈袴卑鄙之輩，誰願意嫁與你！」素情又氣又怕，卻是硬著脖子對葉成紹道，邊說身子邊往素顏身後縮，眼裡帶著一絲倔強，更多的卻是怯意。

葉成紹氣得雙手握拳，正要抬手，門被推開了，藍大老爺赧然站在門外。

素情一見便哭喊一聲道：「父親……」提了裙便向大老爺撲了過去，但人還沒站穩，便被大老爺一揚手，一聲清脆的巴掌聲響起，素情只覺天旋地轉，耳邊嗡嗡作響，身子被打得轉了個圈才算站穩。

「孽障！不知羞恥！丟盡我藍家臉面！」大老爺氣得聲音都在發抖，看向素情的眼裡快要噴出火來。

門外，紫晴看到茶樓其他雅座客人聽到聲音出來，也顧不得許多，忙將大老爺往屋裡一推，自外面將門關上。

大老爺也是氣急，這時反應過來後，回頭感激地看了一眼。

素顏趁這當口忙上前來給大老爺行禮，大老爺看素顏淚眼模糊，嘆了口氣道：「難為妳了。」

素顏只是搖頭，仍是泣不成聲，上官明昊也忙上前來給大老爺行禮，大老爺看上官明昊的眼裡有些不豫，但仍是點了點頭，說道：「世子免禮。」

葉成紹這時也懶懶地對大老爺拱了拱手，神情仍有些恚怒，嘴角帶著桀驚不馴的笑，微揚了下巴看著大老爺。

大老爺無奈，硬著頭皮道：「老夫教女無方，還請世子原諒。」

「伯父客氣，藍家出了此等劣女，伯父你也面上無光吧。」

這話說得大老爺更是無地自容，面紅耳赤地低了頭道：「世子所言甚是，老夫這就將這孽障帶回去嚴加管教。」說著，一把拽住素情的手，就要出去。

「且慢！」

「慢著。」

素顏與葉成紹二人幾乎異口同聲地說道。

大老爺停了下來，葉成紹懶懶地雙手抱胸道：「伯父怎地就如此走了？今兒這事可得有個說法才是。」

大老爺聽得一震。他就是怕葉成紹再找麻煩才急著要走的，果然葉成紹不肯就此干休，他無奈地看了上官明昊和素顏一眼。

上官明昊也知道大老爺想他幫著勸解兩句，可這會兒他也有虧在先，正怕葉成紹找麻煩呢，哪裡還敢多言？再說他也對素情心生了厭惡，幾次三番讓自己出醜便是這女子所累，即便她生得再好，如此品性也不討人喜歡，因此他垂了眸站著，臉上也帶了絲恚怒。

素顏無奈，當著父親的面怎麼也要說幾句場面話的，她只好對葉成紹福了一福道：「葉公子，今日確實是舍妹的錯，請念在她年幼不懂事的分上，原諒她吧。」

葉成紹瞇著眼睛看著素顏，嘴角帶著一絲慵懶的笑，眼神卻如偷窺獵物的獵豹一般，灼灼生華，卻又不急於捕捉，素顏被他盯得頭皮發麻，不由有些惱怒瞪了他一眼。

葉成紹嘴角勾起一抹笑意，聲音仍是戲謔。「藍大小姐，人家明著搶妳夫婿，妳方才還氣得渾身發抖，怎地這會子又為她求情來了？可真是姊妹情深啊，只可惜，人家未必領情啊。」

大老爺一聽這話，臉色更是難看，回手又是一耳光甩在了素情臉上，大罵道：「畜生！這等事妳也做得出來？」

素情先前的傷就還沒有完全好，這會子又被連甩兩耳光，臉上的厚粉再也遮不住青紫，整個紅腫出包，看著甚是醜陋。她這會子氣得目眥盡裂，卻不敢再反抗，只敢大哭道：「父親冤枉！」

「妳還敢說冤？哼，妳已是第二次說要與我退婚，我也曾說過，就算要退婚，也是我退了妳，不是妳退了我，似妳這等不守婦道、無廉無恥的女子，妳以為本世子還會娶回去做正室嗎？」葉成紹越發嫌惡地瞪著素情，又笑道：「妳以為妳是天仙，人人想求娶妳嗎？當初本世子不過也是跟人打賭，為了一萬兩銀子才與妳訂親，本世子娶妳，那是看得起妳，妳竟然幾次三番與外男勾連不清，娶妳回去，那不得辱沒我葉家門風？」

「那你退親便好了，我正是不想嫁給你。」素情只要不嫁給葉成紹便好，聽了這話，也不顧大老爺在，接了口道。

「喔，我退了親，妳便可以找妳的心上人了？可惜啊，人家是妳未來的姊夫呢，妳嫁過去做小？」葉成紹鄙夷地看了素情一眼，又道：「一萬兩銀子才到我帳上，我若退了親，妳賠我一萬兩？我看妳藍家也沒多少家底子，這樣吧，伯父，你這女兒雖是下賤得很，若被我退了親，怕是再難找到一戶好人家了，不若我勉為其難，收了她做個小妾吧，也免得她再去禍害你家大姑娘去。」

大老爺聽得葉成紹說想娶素情不過是為了個一萬兩銀子的賭注，不由氣得頭暈目眩，差一點就沒站穩。

素顏看了心中一軟，忙上前去扶住大老爺，喚了聲：「父親……您先坐下吧，葉公子一時還在氣頭上，您過幾日再答覆他好了。」

說著，素顏瞪了一眼葉成紹。這個爛人，說話也太刻薄了些，雖說這本是她想要看到的結果，也是她一手策劃的，但看到父親如此受屈痛苦，她還是心生了幾絲愧意來。

葉成紹被她瞪了幾眼，倒是越發覺得有趣，半挑了眉，順著素顏的話道：「也是，這事也不急在此一時，伯父且先回家休息，本世子明日再行登門拜訪。」

說著，一轉身，昂首闊步地走了出去，臨出門，回頭挑釁地看了素顏一眼。

素顏心中一凜。那眼神她有些熟悉，像在哪裡見過一般，只是一時又想不起來，看著就要消失在門口的那挺拔如松的背影，她有一絲恍惚。

葉成紹走後，上官明昊也上前扶住大老爺，勸道：「伯父且先歇息一會兒，喝杯茶，定定神吧。」說著，他揚聲道：「來人，沏壺碧螺春來。」

紫晴聽了忙下樓去，叫夥計沏了茶上來。大老爺喝過茶後覺得好多了，便起了身，上官明昊殷勤地扶了他向門外走去，素顏忙道：「多謝上官公子，父親由素顏扶著便好。」她可不想讓外人看見自己與上官明昊同時從一個茶樓裡出來。

上官明昊卻是笑道：「如此時候，大妹妹還跟我客氣，倒是見外了。」

上官明昊那話曖昧得很，素顏聽得臉一紅，大老爺這回也明白了素顏的意思，便鬆了上官明昊的手道：「多謝世子，老夫已無礙，自行回去便是了，不用相送。」說著，看了眼素顏道：「還不快快帶了妳妹妹回去。」

素顏頓覺鬆了一口氣，上前去拉素情。素情浮腫著臉，張口還欲和上官明昊說什麼，大老爺眼一瞪，她嚇得一瑟縮，低了頭，乖乖跟在素顏後面。

待姊妹倆出得門來，素情先坐上馬車走了，看著遠去的馬車，素顏這才施施然和紫晴一同上了車，車伕也沒問，甩了鞭子就啟程了。

坐在車上，素顏有些疲倦，紫晴忙拿了個軟枕放在車靠上。「姑娘，歇歇吧，一會子就回府了。今天這事，可真有些凶險呢，奴婢就怕那個葉公子發狂，聽說他打起人來，可是不分青紅皂白的，對女子也不手軟，就二姑娘上回那傷，看著就磣人。」

「少說些吧，做好妳自個兒的事情就好了。」素顏倦怠地靠在軟枕上，腦子裡有些空白。這一回，葉成紹定然不會善罷干休，他要起渾來，怕是真的會強娶了素情做妾呢……想到小王氏和老太太兩個聽到素情只能嫁給葉成紹做妾後的表情，素顏感到一陣快慰。機關算盡，算來算去，反算到了她們最心疼的人身上，所以說，千萬莫害人，害人終究會害己。

正胡思亂想著，馬車卻是加快了速度，紫晴掀起車簾看外頭，不由「咦」了一聲，大驚道：「姑娘，這不是回府的路……死奴才，你這是將姑娘拉到哪裡去?!」紫晴後一句話是罵外面車伕的。

誰知那車伕像沒聽到一般，倒是又甩了一鞭子，馬兒跑得更快了起來。

第二十章

素顏心中也慌了起來，忙坐直了，掀了車簾子向外頭看去。那車伕看著仍是穿著來時的衣服，只是身形像是有些變化，心中一凜。這絕不是先前的那個車伕，再看路旁景致，果然不是回藍府的路，不過還是在城裡，只是這條路看著陌生，不知道是去哪裡的。

紫晴還待要喊，素顏揮手制止了她。「莫喊了，他既是敢將我們帶走，便不會聽妳我的，除非我們有本事跳下車去，不然徒費了力氣。」

紫晴看了眼風馳般的馬車，只得咂咂舌，氣鼓鼓地坐回車裡。

又過了一刻鐘的樣子，馬車終於停了下來，素顏鎮定地掀開門簾跳了下去。

這時，自門裡出來兩個約莫十五、六歲的丫頭，見到素顏後忙笑著迎上來，其中一個看著有些面熟，只是一時想不起來在何處見過。正想著，那丫鬟上前來行了一禮道：「奴婢給藍大姑娘請安，我家姑娘使了奴婢在此恭候多時了，還請藍大姑娘快快入內吧。」

素顏聽她說話清脆爽朗，突然想了起來，訝然指著她道：「妳是……護國侯府的……」

「藍大姑娘好記性，奴婢春香，上回在壽王府見過姑娘一面。我家姑娘說好些日子不見姑娘，好生想念呢。」那丫頭笑著回道。

素顏仍覺得怪異，司徒敏怎麼知道自己在茶樓裡？她要見自己，下個帖子就是，怎麼會用此等近乎綁架的方式請了自己來……

不過，只要不是真的綁架就好，既是熟人，就不會危險到哪裡去。她將滿腹的疑惑放到心裡，面上仍是淡淡的，跟著那兩個丫頭走了進去。

這裡果然是某個大戶人家的後院，看那花園，比起藍家的大了不止一點、兩點，於京城這寸土寸金之地有如此大的後園，那主家必定非富即貴。素顏收斂心神，默默地跟著春香走著。

到了小閣樓前，春香停下腳步，躬身道：「我家主子就在此間樓上，姑娘請。」

素顏笑著走了進去，紫晴要跟上，春香卻攔住她道：「這位姊姊長得好生俊俏，妳衣服上的五福絡子，可是姊姊自己打的？手藝可真巧呢。」

她說得客氣熱絡，紫晴心中著急，怕素顏一人上去會有不測，只想跟了進去，卻又不好抹了春香的面子，只好乾笑著應付，一雙大眼緊張地看著正往裡走的素顏。

「姊姊不必擔心，我家姑娘與藍大姑娘可是一見傾心的朋友，妳還怕我家姑娘會吃了藍大姑娘不成？來來來，姊姊且隨我到偏房裡喝茶去。」說著，不由分說，拉了紫晴就走。

紫晴聽了這才將心放下一半，卻仍是擔憂，看了素顏一眼道：「姑娘，奴婢就在偏房，有事使喚一聲。」

素顏心中感動，紫晴雖是話多了些，那是年紀尚幼之故，忠心卻是不容懷疑的。

走上二樓，便聽得有琤瑽琴音悠然響起，那琴聲悠揚清越，聽得人心曠神怡，素顏對古箏並不精通，但好的音樂能陶冶心境，她不由駐足不前，站在樓道中靜靜聽著，生怕打擾了屋裡那撫琴之人。

那琴聲卻是一頓，停了下來，就聞屋裡人輕言道：「怎地到了卻不肯進來？」卻是個清冷的男子聲音。素顏眉頭一皺，以為自己走錯地方，掉頭就要走，那男子又道：「小可等待多時，姑娘怎麼一來就走，可是怕了小可？」

素顏無奈，硬著頭皮走了進去，屋裡之人竟是二皇子，他對面坐著的，卻正是那紈袴子弟葉成紹。他正吊兒郎當地歪靠在椅子裡，一雙幽黑的星眸正戲謔地看著她。

「姑娘覺得小可這手琴技可還過得去？」二皇子臉上帶著微笑，看來溫和可親，與上回在壽王府見到的那副冷冽樣子判若兩人。

素顏淡淡一笑，走上前去，給二皇子行了一禮，又給葉成紹行了一禮，回道：「回二皇子的話，臣女對琴技一竅不通，方才聽到琴聲，臣女只覺得心神舒暢，鬱結全清，有如喝下一劑良藥一般，心曠神怡。」

二皇子還是第一次聽人如此評價他的琴聲，不由怔了一怔，隨即哈哈大笑起來，指著葉成紹對面的椅子道：「藍姑娘果然妙人，此等評價倒是比那些阿諛奉承來得真切感人，但願姑娘不是謬讚才好。」

「想來殿下對自己的琴技也是很有自信，不然也不會臣女一進門便問起，是否謬讚，殿下心中自有分辨。」素顏端莊地坐下，臉上笑容淡淡，卻是不卑不亢。

二皇子聽得又是一怔，不禁笑著搖了搖頭。「好個厲害的姑娘，小可說不過妳，來，請用茶。」

說話間，有下人端茶送了上來，素顏端起輕抿了一口，脫口讚道：「好茶！」

二皇子聽了唇邊笑意更深，卻道：「此茶卻是成紹兄家的，與小可無關，妳讚的可是他喔。」

素顏淡淡看了葉成紹一眼。她對葉成紹並無好感，雖然自己一再利用他懲罰素情，但一個紈袴浪蕩子弟外加動手打女人，這樣的男人她可看不上眼，不過，她總覺得葉成紹給人一種深藏不露的感覺，只怕浪蕩只是外表，內裡另有溝壑呢。

葉成紹也只是斜了眼素顏，懶懶端了茶，喝了一大口，冷哼道：「分明是殿下賞賜於臣的，臣不過借花獻佛而已。在臣喝來，只要解渴就成，管他好茶壞茶。」說著，竟是起了身，向外頭走去。

素顏心中一急，她方才進來時便覺得不好，她一個未出閣的女子，與外男見面實在不妥，但屋裡有兩名男子，其中一位又是皇子，人家布了這個局來邀請，就此要走，反倒顯得矯情。不管二皇子想要如何，有葉成紹在，她還是放鬆一些，如今他一走，屋裡便只剩下自己與二皇子，那便更加說不清了。

葉成紹一走，她也顧不得許多，忙也起身跟著向外走去。反正琴也聽了，茶也喝了，再留下實在不妙得很。

「我不過是去出恭，難不成妳也要跟著？」誰知葉成紹突然回頭，戲謔地看她一眼，冷哼著說道。

素顏立即被他說了個大紅臉，心火蹭地一下便直往上冒。這個男人好生欠扁，說話太過粗俗無禮了些。

葉成紹轉身的剎那，素顏背對著二皇子，伸拳對著葉成紹的背影比劃了一下。轉過身來的葉成紹，忍不住唇邊漾開笑容，如陽光下綻放的桃花，俊美迷人，可惜，素顏未能看得到。

屋裡只剩下二皇子和素顏，素顏有些不好意思地坐回椅子上。二皇子仍是一派雲淡風輕，只是眼底含著有趣的笑容，伸手道：「姑娘請用點心。」

只是一句隨意的話便輕鬆消除了兩人間的尷尬，素顏稍感自在了些，輕捏一塊點心放入口內，頓感唇齒香甜，忍不住眉花眼笑，又捏了一塊。她自己都未注意，現在的她如一個未通世事的小女孩，一派天真爛漫，只是一塊香甜的點心便使得她心滿意足，先前一直端著的莊重優雅早忘到九霄雲外去了，一旁的二皇子看得凝了眼，星眸變得幽深了起來。

素顏連吃了兩塊，覺得口乾，端起茶杯喝了一口，不經意觸到二皇子那燦亮的眼眸，臉微微一紅，輕咳了一聲道：「不知殿下用如此方法請了小女子來，有何賜教？」

二皇子淡笑道：「姑娘誤會，今兒的主角可非小可，而是成紹兄。」

素顏聽得一陣錯愕。葉成紹？他找自己做什麼？

二皇子接著又道：「聽聞藍大姑娘即將嫁入中山侯府，小可先恭喜姑娘了，不過，成紹兄有一事相求。」

素顏眉頭輕蹙。自己這婚事怎麼誰都知道，誰都想要置喙幾句似的？

二皇子見素顏面色不善，卻不以為意，仍是接著說道：「想必靜北伯家的三姑娘妳是見過的。」

素顏聽了便想起在壽王府遇到的那個劉婉如，她與自己的婚事有何關係？

「明昊賢弟乃中山侯世子，以他的身分三妻四妾並不為過，那劉三姑娘也是名門貴女，與藍大姑娘做對姊妹倒也沒有辱沒了姑娘。」看著有些失神的素顏，二皇子突覺心中不忍，但還是硬著頭皮繼續往下說了。

猶如驚天炸雷，素顏被驚得半晌也沒說話，怔怔地坐著，似乎以為自己聽錯了。二皇子知道她一時還難以接受，便沒有繼續，只端了茶來，輕輕抿了一口。

做姊妹……三妻四妾……意思是，劉婉如也要嫁給上官明昊？但這與二皇子有何關係？怎麼二皇子又要將劉婉如嫁給上官明昊……難道是他……可為什麼又說他是受葉成紹所託……亂了，全亂了。素顏越想越混亂，她努力使自己冷靜下來，深吸了一口氣，對二皇子道：「殿下這是什麼意思，小女子並不明白。」

二皇子聽了眼裡閃過一絲厲色。「藍姑娘蕙質蘭心，如何不明白小可的意思？妳放心，過門之後，妳仍是正室，劉姑娘不過是妾室而已。小可也是受人之託，忠人之事，請姑娘見諒。」

不要再小可小可地自稱了，裝得再謙和，也改不了用特權壓人的本性。素顏心中惱怒，冷笑道：「殿下似乎找錯了人，小女子如今還未嫁入中山侯府，中山侯世子要納妾，應該問過世子本人和中山侯及侯夫人才是，小女子可不能做那逾矩之事。」

言下之意便是說二皇子多管閒事，上官明昊要娶妻還是納妾，自有中山侯夫婦和上官明昊自家作主，他二皇子來操個什麼閒心，就算是皇子又如何，難不成還能強娶強嫁不成？

二皇子聽出她話裡的意思，臉上的笑容有些發冷。「姑娘說得有理，不過，此事小可已經問過中山侯世子，他已然應下，今天特請藍姑娘來，不過是希望他日劉姑娘嫁入侯府後，姑娘能與之姊妹和睦相處罷了。」

素顏聽了只覺得好笑，不過是怕劉婉如嫁入中山侯府以後會被自己這個正妻欺負，提前敲打自己罷了。那劉婉如還真是個人物，人還未嫁，就找了這麼大的一座靠山來壓制自己，既有如此本事，何故又只給人做妾，乾脆強嫁了做正室不好嗎？

更氣的卻是上官明昊，自己還未過門，他便將小妾預備妥當，所謂溫潤君子，不過也是條大尾巴狼。她一時氣急，俏臉含怒、兩腮暈紅，更顯明妍美麗，二皇子看得又是一滯，心中升起一絲惋惜之情來。

素顏再也不願在此多待，對二皇子福了一禮。「小女子出來多時，恐父母牽掛，殿下若無吩咐，小女子就此別過。」

說完，也不等二皇子有所表示，便抬腳朝外走去。剛走出門沒多遠，鄰近的房門悄然打開，瞬息間，身子被人一扯，拉進了房內，房門又迅速關上。

素顏驚惶未定，剛要喊時，身邊人低聲道：「莫喊，不然，可別怪我無禮了。」

素顏這才抬眸看清眼前之人，赫然正是方才尿遁的某人，心中氣惱，用力將手臂一甩道：「放開，男女授受不親，請自重。」

葉成紹小心地看著她的臉色，看她氣得小臉通紅，忙退後一步，問道：「妳在氣什麼？」

「你做的好事還問我氣什麼，我跟你有仇嗎？」不知為何，素顏在這男人面前有些控制不住，氣一上頭，那些禮數什麼的就忘得一乾二淨，脫口對葉成紹罵道。

「妳是說劉家姑娘？妳若不喜歡，莫嫁上官就是。」葉成紹說得輕描淡寫，臉色卻有些嚴峻，薄唇緊抿，更顯出幾分冷峻來，與他平素吊兒郎當的樣子很是不同。

「你……」素顏聽得火氣更大，卻也知道真正說起來是怪他不得，上官明昊如果是個好男人的話，就不會答應納劉婉如，可她就是惱火，一腔怒火無處發洩，紅了眼便對葉成紹道：「關你何事？我嫁不嫁他都與你無關。」說著，拉開門就要出去。

葉成紹一把又扯住了她，聲音變得低沈，卻是急切。「妳……莫要嫁他，他絕非妳的良人。」

「不嫁他嫁你不成？你比他又好了多少？」素顏只覺頭腦發熱，不經多想，話便衝口而出。

「我……我如何不好了？妳若是肯等……」葉成紹也有些惱火。這個小女人看著溫厚端莊，其實像個小火炮筒，脾氣大著呢。

素顏聽了不由冷笑，嫌惡地撥開他的手道：「葉大公子，你的名聲難道還用小女子來說嗎？全京城裡，不知道葉大公子的怕是沒有幾個吧，你幾次三番動手打素情，你當我是瞎的嗎？我最討厭動手打女人的男人了。」

「那不是妳希望的嗎？我可是在幫妳呢。」葉成紹挑了挑眉，唇角卻是帶了絲戲謔，眼神灼然又熾熱，還帶著絲玩味。

呃，原來這廝早看出來了。素顏一陣心虛，好在她先前的臉就是紅的，這會子也不在乎更紅一些，卻是硬著頭皮道：「你胡說些什麼？哪個說過要你幫我了？」

「不是嗎？若不然，昨天是誰送信給我，說是藍二姑娘會在茶樓裡與人私會？」葉成紹歪了頭，嘴角噙著笑，又恢復幾分吊兒郎當的樣子。

素顏臉一白，心知自己這點小伎倆早被人看穿，卻是嘴硬，裝作沒聽懂，嘟囔道：「我怎麼知道？或許你太過喜歡她，所以時刻關注著呢。」

「她不過是隻孔雀，陰險狠毒，那樣的女子本世子怎麼會喜歡？」葉成紹不屑地輕嗤一聲道。

「不喜歡你還強娶她？有毛病啊！」素顏懶得跟這自大狂傲的男人掰扯下去，轉身就要出門。今日之事太過氣人，連司徒敏那小妮子也合著夥來算計自己，心裡好生鬱悶。穿到這個鬼地方，連個真心朋友都難交到嗎？

「我不過是……算了，跟妳說了也沒用，總之，上官明昊不是妳的良人，妳……還是莫要嫁他的好，婚姻乃終身大事，不要一失足成千古恨。」葉成紹見她要走，聲音又急切了起來。

「他不是，難道你是？走開，我要回去了，葉公子請自重。」素顏越聽心中越氣悶。她也知道上官明昊確實不是自己的良人，但是，她能為了他要納妾就退婚嗎？

方才二皇子就說了，以上官明昊的身分和地位，三妻四妾很正常，她如今門還未過，就阻止他納妾，人們不會責怪男人花心，只會說她是悍婦，犯了七出之中的嫉妒，藍家也絕不會因此而同意幫她退婚，尤其是經了方才在茶樓一事之後，素情已然丟盡了藍家面子，若自己再為此而退婚，藍家在京城的名聲便會就此一落千丈。家裡還有妹妹和未出世的弟、妹，他們將來還要議親，壞了家族的名聲，怕是連著族裡的姑娘們都會恨死了她們姊妹倆。

這事，回去怕是連提都不能提，大老爺正為素情的事情揪著心呢，而大夫人……她就要生了，再不能讓她為自己影響了心情，若是動了胎氣……

「妳……總之，他不適合妳，妳等兩年再嫁如何……」葉成紹看著失魂落魄走出房門的素顏，心頭一緊，欲言又止。

素顏感覺心裡悶得難受，渾渾噩噩的，不知如何下樓，紫晴等在樓道前，一見素顏下來，上前扶了，關切地問道：「姑娘、姑娘，還好吧？」

緊緊抓住紫晴的手，素顏神情有些渙散。「回府去吧。」

第二十一章

素顏出了門，車伕卻是換回了先前的那個，素顏深看了那車伕一眼，也沒作聲，上了車便回府去了。

下了馬車，素顏只感身心疲憊，只想好生睡上一覺，便直奔自己的院子。剛進房門，老太太身邊的大丫頭金釧便急匆匆地來了。「大姑娘，大老爺在老太太屋裡，請您過去說話呢。」

素顏就明白這事沒這麼容易了的，也不知道回府後，大老爺怎麼處置了素情。

到了老太太屋裡，大老爺見了她的第一句話卻是道歉，聲音裡透著濃濃的倦意和愧疚。「妳二娘和二妹著實做過很多對不住妳的地方，爹爹在此替她們向妳陪不是了，素情到底還是妳的妹妹，妳且原諒她吧。」

「父親言重了，只要二娘和二妹不要做得太過分，女兒也不會去為難她們的。」素顏聽了只覺得心中苦澀，大老爺也是有難處的，很多事，藍家要靠王家，作為一個男人，不能憑自己的本事光耀門楣，還要靠岳父家來撐腰，著實很沒面子。

但是，如今的社會本就是各種姻親關係盤根錯節，相互利用和幫忙，藍家如此也並沒有錯。皇室中，各皇子之間不也是依仗了各方親戚關係充當勢力嗎？

大老爺又語重心長地說道：「下個月中山侯府就要送小定禮了，我看世子一表人才，是個不錯的男子，這門親事原就是妳娘親訂下的，爹爹也希望妳將來能夠幸福，以後成了別人家的人時，千萬記得做人做事都要大度一些，能忍則忍，要知道，退一步海闊天空，婆家可比不得在娘家啊。」

素顏老實地點頭應了。這是大老爺第一次單獨跟她說這麼多話，不管他的話自己是否認同，她心中也感覺溫暖，這可是一個父親對即將出嫁之女的真心勸誡。

她心裡猶豫著，要不要將上官明昊即將納劉婉如為妾的事情告訴大老爺。

「爹爹看那葉公子對妳倒還留著幾分顏面，不知道妳能不能……」大老爺看她神情乖巧，猶豫著說道。

「不能。女兒不過與他見過一、兩次面，每一次都因素情的緣故與他鬧得不愉快，那種渾人，又怎麼會聽從女兒的勸導呢？而且，他又是那種名聲的人，我一個未出嫁之女與他說這些，也著實不太妥當。」素顏不等大老爺說完截口道。

「爹爹知道不妥當，可難不成，真讓妳妹妹嫁給他做妾嗎？藍家還沒有嫁與人做妾的女兒。」大老爺說起這事就心煩。

「他明日不是會來府裡嗎？到時候，爹爹不同意就好了，又何必為此事心焦？而且，他的庚帖和小定禮都送來了，婚書上可是聘正妻，哪裡容他想變則變的，爹爹怎麼糊塗了。」

大老爺聽得一怔，半晌才喃喃道：「不同意……行嗎？」

「怎麼不行？他那人出爾反爾，當初可是他自己來求娶素情，我們藍家原是不想答應的，他非逼著要娶；如今為了點捕風捉影之事就變卦，哪裡就能由他為所欲為？明兒他來了，爹爹只管說，藍家的姑娘只嫁作正室，如若不然，咱們就退婚好了。」

素顏無奈地說道。原本是她借了那人的手來懲罰素情，如今目的達到了，倒是她在為素情排憂解難，說起來，還真是啼笑皆非。

素顏說的，大老爺又何嘗不知道，只是若真是如此簡單就好了，若那葉成紹死咬著說素情不遵婦道、私會外男，他以這條來退親，藍家照樣要顏面掃地，用素顏的法子，會逼著他翻臉啊。

大老爺心知再說下去也沒什麼用，便低了頭，皺著眉頭往前走。素顏眉眼一動，加快幾步，追上大老爺道：「爹爹若真為難，明日那人來了，女兒便見上他一見吧！為了藍家，女兒就豁出去了，不管管不管用，女兒都盡力而為。」

大老爺不知道她怎麼又突然改變了主意，心中雖喜，卻覺得有些不踏實，疑惑地看著她。

素顏感覺有些不自在，但想著以後的生活，她深吸了口氣道：「爹爹，明日之事，女兒可能有五成的把握。不過，若那人就此退婚呢？」素顏要問清藍家的底線是什麼，大概什麼樣的條件，藍家會接受。

「他能退是最好的，妳二妹也不肯嫁給他，不過，妳得讓他答應，不將妳二妹幹的那樁蠢事說出去才好。」大老爺最擔心的就是這個，女兒家的名聲可是比命都重要啊，一想到這個，心裡便對小王氏和素情恨得牙癢癢。重陽節晚上的事情，分明就是小王氏一手製造出來的，那個蠢女人為了陷害素顏，差點將整個藍家的名聲全毀了，今天還縱容素情去見上官明昊，這些個蠢事全是她幹出來的，若不是看在大皇子的面上，還真要休了這個敗家女人才好。

「喔，女兒知道了。」素顏思索著說道。

「大丫頭，爹爹知道要妳如此著實為難妳了，不過，妳只要做好這件事情，爹爹一定不會虧待妳的。」大老爺看素顏皺了眉頭想法子，心中愧疚，對這個女兒更添了幾分憐惜。最近素顏在府裡受了多大的罪，他也看到了，難為她還肯為素情、為藍家著想，是個講大義、通情理的孩子啊。

「那女兒先謝過爹爹了。」素顏想聽的便是這句話。「爹爹，中山侯府就要下小定禮了，女兒的嫁妝一直是二娘和奶奶操辦的，說句不孝的話，她們對女兒存的什麼心，爹爹您如今也應該清楚，女兒將來嫁出去了，若是底子太薄，在婆家也會被人瞧不起。女兒也不想多要，只求將女兒名分上該有的給女兒就好，不然女兒也不是那軟柿子，任由人拿捏。」

這話說得可有些不客氣，大老爺無奈地摸了下她的頭，道：「如今不是妳管著家嗎？一會子妳自行拿了妳的嫁妝單子去對一對，若是少了什麼，再來跟爹爹說。另外，爹爹再給妳添兩個莊子和一個鋪子，是爹爹私下給妳的，妳不要聲張就是。」

素顏聽得大喜，忙恭敬地給大老爺行了一禮。「多謝爹爹，那女兒就卻之不恭了，將來女兒好了，一定會孝敬爹爹的。」

看著素顏臉上舒心的微笑，大老爺的心情也舒暢了一些，背著手，自行先走了。

素顏自行回到屋裡，紫晴倒了熱水、洗了帕子給她擦臉，素顏擦過臉後，倒在床上便睡了。

當晚，大老爺便使了人來，將應了她的田莊地契和鋪子房契送了過來。素顏原本的嫁妝裡便有兩個莊子和兩個鋪子，再加上大老爺私下給的，便有四個莊子和三個鋪子，雖然不知道各處的收益如何，但有了這些，素顏相信自己將來嫁到中山侯府，若與上官明昊和離了，自己的生活來源是不會有問題了。

如此一想，她只覺得天遼地闊，心中鬱結全消，想著就要離開藍府了，她心裡像長了翅膀一樣，好想自由自在地飛翔。

一夜無夢，第二天一大早，素顏先去了回事房，處理了府裡的瑣事。昨天新上任的那幾個管事娘子做事乾脆俐落，其中有幾個又是大夫人以前用過的，對素顏也忠心，所以，府裡的事情辦得還算妥貼，就是有那不服的，也只敢小聲嘀咕幾句，也不出來吵嚷了。素顏暫時懶得管她們，出嫁的日子還沒定，趁著這段時間得將人數全都調配完，調教好了再交到大夫人手上，這樣至少自己不在府裡了，大夫人和即將出世的弟弟或妹妹也不會輕易受人欺負。

理完事不久，就聽小丫頭來報，大老爺在花廳等她。素顏走進花廳時，只見大老爺正皺了眉頭坐在正位上，葉成紹大刺刺地伸長了腿坐在一旁，正拿了一塊點心往嘴裡丟，見素顏進來，似是沒想到她會來，一時怔住，那口點心含在口裡，半晌也沒吞進去，俊臉憋得泛紅。

素顏看了，噗哧一下笑出聲來，又覺得不合時宜，忙又板了臉，施施然走了進去。

葉成紹不自覺地正了正身子，竟是正襟危坐，兩手好生地放在雙膝上，那神情看著就像是個做錯事的學生。

素顏忍著笑給大老爺行了一禮，又給葉成紹見禮，她還未福下去，葉成紹就起了身，吶吶道：「大姑娘客氣，小可這廂有禮。」竟是老實地還了一禮。

大老爺看這情形，安心了很多。他也不明白素來桀驁不馴的葉成紹怎麼會有些怕素顏，只是這樣也好，指不定素顏就能說服他收回成命呢。

素顏在大老爺下首坐下。老太太在佛堂，小王氏和素情也不敢露面，屋裡只有大老爺和素顏，大老爺等茶點上齊之後，命一干下人退下，只留三人在屋裡說話。

「世子，今天你來可是要訂下成親的日期？」大老爺故意裝糊塗。

葉成紹笑道：「小姪為何事而來，藍大人心知肚明，又何必多此一問？請將小姪先前下過的婚書還與小姪，過幾日，小姪派了轎子來，將貴府二姑娘抬過去就算完事。」

話說得既無禮又囂張，大老爺立即沈了臉，素顏聽著卻覺得好笑。這廝是越發過分了，就算只納素情為妾，那也應該是納貴妾，只是不穿大紅，一應禮數還是要講究的，他如此說，分明只將素情當那貧戶人家的女兒，自後門抬進府。

「婚書是賢姪著媒人送過來的，你我兩家也是三媒六聘、禮數周全，怎地說要拿走就拿走呢？賢姪，你這事做得可不太妥當啊。」大老爺強忍著怒氣說道。

「以前是不知道貴府二姑娘是那不守婦道之人，原以為，以藍家的家聲名望，教出來的女兒自是一等一的品性，如今親眼所見，才知是個水性楊花、心性狠毒的女子，這樣的人怎麼配做我葉家的主婦？讓她做個小妾，不過是看在那一紙婚書的情面上，如若不然，小姪以不守婦道這一條退親，以後還有誰敢來與藍家結親呢？」

這話大老爺再也接不下去，氣得手不停在抖著，偏生又不好發脾氣，只好睃素顏一眼。

素顏正待要開口，又聽葉成紹說道：「藍大人，你如今可是官居戶部郎中？」

這話題轉得太快，大老爺一時還未反應過來，不禁回道：「是又如何？」難不成，寧伯侯府因這場婚事還要將自己免了官職不成？這也欺人太甚了些。

「喔，聽說今年七月淮河汛期沖垮了河堤，兩岸良田被毀了十之有六，不少百姓流離失所，朝廷撥下三百萬兩銀子救災，可兩淮仍是民不聊生、怨聲載道，以致有不少刁民勾結土匪集結起來，想要犯上作亂。皇上對此很是憂心，不知大人對此有何看法？」葉成紹懶懶地端起茶喝了一口，一雙黑幽幽的眸子裡，閃著狡黠，話也說得慢悠悠的，似是漫不經心。

素顏聽得心中一動。以昨天的情形看，這廝怕是支持二皇子的，難不成他是想拉攏大老爺？但大老爺不過只是個五品而已，他一個侯府世子，有必要為此大動心思？

「此事下官也聽說過，據我所知，戶部銀錢是如數撥放下去了的，至於為何還是會有民怨，下官也不得而知，這得問那主管賑災的官員了。」大老爺卻是臉色略顯蒼白，額頭沁出細細的汗來。

葉成紹聽了，將手中杯子輕輕放在桌上，淡笑道：「也是，大人不過是個小小五品，很多事情怕也不太清楚。只是皇上對此大動肝火，怕是會著力清查此事了，小姪也是看著你我兩家即將成為姻親，才提前知會一聲的。」

大老爺拿了帕子擦拭著額頭的汗珠，眼神更顯慌亂，卻是再也不提素情的事，似乎心不在焉的樣子。素顏看著心急，大老爺怕是也牽扯到這一樁大案裡了……她不由又看向葉成紹，葉成紹正目光灼灼地看著她，見她望來，竟是臉一紅，眼神躲閃開去，看得素顏莫名其妙。

「葉公子，你若真不喜歡我家二妹的話，那便將這門親事退了吧！京城的好女子多了去了，你退過親事之後，完全可以再擇一門好親，娶個賢良淑德的女子回家，又何苦要逼人太甚，強要小妹與你做妾？」素顏想著昨天應下大老爺的話，也懶得管葉成紹與大老爺在打什麼機鋒，淡笑著說道。

葉成紹聽得劍眉一挑，回道：「那如何能成？我可是與人打賭，贏了一萬兩銀子的，退了這門親事，我不是要賠人一萬兩嗎？不成、不成。」

「那你究竟要如何？難不成，非得讓我藍家女兒嫁與你為妾嗎？你這也太強人所難了。」素顏聽他又拿一萬兩銀子說事，聽著便覺得惱火。

「啊，要不，大姑娘妳嫁與我吧！我保證，一定會風風光光地娶妳過門，而且一定是正妻。」葉成紹的話接得很順，聽著像是玩笑，話說完後，一雙星眸卻是緊張地看著素顏，一瞬不瞬。

「荒唐！莫說我已與中山侯世子訂親，就是沒有，我也不會嫁給你這渾人。」素顏被葉成紹的話氣得兩腮緋紅，蹭地一下站了起來，甩袖就要走，哪還記得答應大老爺的事情。

看著那嬌俏的身影消失在門外，葉成紹有些挫敗地頹坐在椅子上，眼中閃過一絲失望和落寞。大老爺看了，嘆了口氣道：「賢姪啊，你看這事……」

「你將婚書還與小姪，小姪退了這親事就是。放心，一定不會辱了藍家的臉面，只是……小姪有一個要求，藍二姑娘必須在兩年內不得議親，不然小姪會用些什麼手段，想必大人也清楚。」葉成紹站起身來，丟下這一句話便轉身走了。

素顏氣呼呼地走在回自己院裡的路上，把跟著的紫綢落下老遠。行至假山旁時，身子突然被人一扯，拉到了假山後，抬眼看到竟是葉成紹。

「你——」素顏剛要罵，又想起這是在自家府裡，若聲音太大會引得府裡人發現，忙壓低了聲音道：「你這混蛋，究竟想要做什麼？」

葉成紹將素顏身子往懷裡一攬，沈聲道：「妳再罵混蛋，我便混蛋給妳看了。」

素顏氣得心火直冒，卻偏生不好喊叫，只得暗暗用力掙扎，一雙清澈的大眼怒視著葉成紹，差一點就要噴出火來。葉成紹將她往假山後壁一推，修長的身子抵了上來，讓她動彈不得，鼻間便聞到他身上淡淡的青草香氣，素顏的心莫名地怦然跳動起來。

「妳……非要嫁給上官明昊嗎？」兩人挨得太近，一陣少女體香縈繞鼻間，葉成紹有些控制不住自己的呼吸，聲音裡透著緊張，與眼前的強勢和霸道很不相符。

素顏聽到他那比自己更為激烈的心跳聲，倒是不敢胡亂再動，怕引發男人的獸性，小臉垮了下來，一副可憐兮兮的樣子。「你放開我，我保證不亂動也不叫。」

葉成紹聽了猶自看著她，俊美的星眸裡閃著一簇灼熱的火苗，卻還帶了絲羞赧。如此矛盾的情感夾雜在他的眼睛裡，卻閃出異樣的魅惑。他緩緩放開了素顏，身子向後退了一步。

「妳說的，不叫也不跑。」

素顏點點頭，等他退開後，才深吸了一口氣，努力使自己平復下來。「婚書已經下了，親事是板上釘釘的事情，沒法子改了。」

「只要妳說聲不嫁，我便有法子替妳辦到，也絕不會影響妳的名聲。」葉成紹專注看著她，聲音裡帶著滿滿的自信。

「我非要嫁不可呢？」素顏斜了眼看著眼前這個自大又狂妄的男人，不屑地說道：「難不成，你要強娶了我？我又憑什麼不嫁他要嫁給你？」

上官明昊雖說花心，但至少還是個溫潤儒雅的男人，素顏自負嫁過去後，能有法子擺脫得了他，但眼前這個男人太過複雜，她一時看不透他，他時而如一隻狡詐的狐狸，時而又如初涉世事的毛頭小子，時而又如一頭獵豹，和他在一起，太危險了。

第二十二章

葉成紹再一次聽到素顏明明白白地拒絕，一陣挫敗和沮喪湧上心頭。他自己都不知道在發什麼瘋，一聽到她就要嫁給上官明昊，便心慌意亂，像是丟失了一件好不容易發現的至寶一樣。

可是，人家根本就不喜歡他，強求有用嗎？

「我……是真心……真心的。」葉成紹抿了抿嘴，喉嚨有些乾澀，說得結結巴巴。

「我也是真心的——不喜歡你，請你不要再打擾我的生活。」素顏聽得好笑，理了理被揉縐的衣服，似笑非笑地看著葉成紹。難得看到這個男人也有挫敗的時候。

「妳——」葉成紹感覺頭頂被人澆了一盆冰水一樣，從頭涼到腳，心情突然變得壓抑起來，但他也是個驕傲的人，平生第一次好言求一個女子，卻一再被拒絕，他的勇氣似乎一下子全被掏空了。

素顏見他發呆，抬腿就往假山外走，又聽葉成紹說道：「妳……會後悔的。」

「等後悔時再說，至少我現在還沒有後悔。」她邊走邊說。

一個月後，中山侯家的小定禮到了。大夫人讓人請素顏過去與中山侯夫人說話，紫綢進來幫她拿了件湖藍色宮錦面的齊膝夾襖，上用銀錯金繡著梅花，胸襟處繡著雙線邊，下面著一條輕軟煙藍色宮錦長裙，穿在身上正好將素顏修長的身段裹將出來，俏麗又窈窕，也重新梳了個牡丹髻，中間插了根綠玉珊瑚，整個人顯得清爽嬌媚。

青凌早就在屋外等了，一見素顏來了，忙上前行禮。「我的大姑娘，您倒是快些個，侯夫人來了好一陣子呢。」看素顏笑臉盈盈的，又附在她耳邊促狹地說道：「世子也來了呢，奴婢是第一次見到，可長得好生俊俏，大姑娘好福氣。」

素顏聽得一笑，也歪了頭對青凌道：「青凌姊姊若是喜歡，不若也跟了我去？」

青凌立即被素顏弄了個大紅臉，跺了腳嗔道：「好個嘴利的大姑娘，奴婢可是打算多服侍夫人幾年，誰要跟了您去啊。」

素顏聽得哈哈大笑。青凌對大夫人很是忠心，為人精明踏實，懂分寸，她今年也有十六了，也到了說親的年紀，她如今這般說話，定然也是想嫁了，卻不一定是懷著另外的小心思。

屋裡也是一陣笑語傳了出來，素顏進去時，便看到侯夫人正與大夫人說笑著，見素顏進來，侯夫人笑著看了過來。

素顏忙上前去給侯夫人行禮，侯夫人笑著拉住她的手，上上下下打量了一番，對大夫人道：「看到她，才覺得我們老了，可真是水蔥樣的人兒啊，我可是越看越喜歡呢。」

大夫人道：「妳可別老誇她，更別慣著她，以後得教她多醒些事，可別像個二愣子似的，什麼都不懂。」

侯夫人聽了便放開素顏的手，笑道：「看妳說的，大姑娘可是我親自看中的，她是個什麼樣的孩子我還不清楚？寬厚賢淑，最是知禮孝順了。」

素顏一進門便被侯夫人一頓誇，心裡聽著有些異樣，卻仍是笑著立在了大夫人身後。

侯夫人見了便又跟大夫人道：「日子我已經選好了，過了年，正月十二就是個黃道吉日，還有些時日，兩家都有時間準備充裕些。」

大夫人點點頭，侯夫人又道：「今兒我來，還有件事情得跟妹妹妳說說，靜北伯家三姑娘怕是也要同天抬進來。這事我原是不同意的，奈何是二皇子找我們家侯爺開的口，侯爺應下了，我反對也沒用。」

大夫人一聽，臉色就沈了下來，看著侯夫人道：「妳我姊妹一場，我也知道妳有難處，可素顏還沒過門就有了小妾，還是同天進門，也太不合禮數了吧！」

侯夫人聽著，臉上的笑有點訕訕的，卻仍道：「這也是二皇子開的口，侯爺定下的，老太君也點了頭，妹妹就體諒我的難處吧。靜北伯雖說如今沒前些年那氣勢了，但到底也是公卿之家，他們肯給個女兒做妾，我們侯爺實在也推辭不得，她再如何也是貴妾，禮數上也不能太差，總要留幾分顏面給靜北伯吧！」

大夫人聽了也就不再說什麼。這男人納妾原是小事，又經了兩家家長同意的，算不得逾矩，可一想到素顏還沒過門就要忍受一個貴妾，心裡一陣酸楚。當年的小王氏何嘗不也是個貴妾，後來呢……硬是與自己平起平坐不說，最後還爬到自己頭上去了。

素顏靜靜站在一邊聽著，饒是她心裡老早就有主意，還是覺得一陣鬱堵，臉上的笑也就有些發僵，卻是半句話也沒說，看在侯夫人眼裡便是老實乖巧。

侯夫人鬆了一口氣，有些愧疚地看著素顏道：「妳放心，妾便是妾，她出身再如何貴重，也還是不能越過妳去，妳才是侯府的世子夫人，是侯府的正經主子，她得認妳做主母，服侍妳和昊兒。」

素顏越聽越覺得沒意思，再是正妻又如何，一顆心哪裡能容得下兩個人，或者是三個人，上官明昊根本就是個不懂愛的男人，沒有感情的夫妻，生活在一起會有幸福嗎？

嫁過去後再和離的心思一時更甚了，原以為侯夫人是疼愛她的，但如今看來，侯夫人再喜歡她、再疼她，也還是封建家長和婆婆，她要維護中山侯府的體面，講究的是家族傳承，多妻必然多子，而且再如何，她的心也是向著上官明昊的，上官明昊的利益才是她最在乎的。

大夫人看場面有些僵，便笑了笑道：「既是如此，那我也不好說什麼了。只望著素顏過去後，妳能多看護些，她在我跟前……也受了不少委屈……」說著，聲音便有些哽咽了。

「妳還不信我嗎？」侯夫人柔聲說道：「我是拿素顏當女兒看，第一次見她就喜歡上了，妳放心，她過門後，我絕不讓她受人欺負。」

大夫人得了侯夫人的保證，才略寬了些心，侯夫人又坐了一會子，商量了些婚儀的事情後，就起身告辭，大夫人身子不便，就讓素顏送侯夫人。

素顏陪著侯夫人向二門處走去，路上侯夫人拉著她的手，絮叨了好些話，素顏面含微笑聽著，偶爾也應景地說兩句，侯夫人只覺得她乖巧懂事，自聽說上官明昊要納劉婉如為妾以後，她沒有表現半點不豫，心下對素顏越發滿意。走到垂花門，素顏便停下腳步，恭敬地送走侯夫人，一抬眼，便看到一個玉樹臨風般的身影正含笑站在垂花門邊。

見到素顏，上官明昊的眼神一亮，侯夫人見了便笑笑道：「我先去門外等你。」說著，對上官明昊使了個眼色。

上官明昊臉色微窘，恭敬地對侯夫人行了禮，與素顏一起目送侯夫人走遠。

素顏等侯夫人一走便轉身要回，上官明昊急急地在後面喚道：「大妹妹留步。」

素顏停下腳步，卻是背對著，並沒轉身。

「大妹妹且聽我解釋，婉如她……是我表妹，自小她娘親便死得早，我原當她是妹妹待的，與她從沒男女之情，如今是父命難為，大妹妹，我的心裡並沒有她，妳要信我。」

素顏聽得好笑，轉了身，眼神銳利地看著上官明昊。「你可曾反對過？」

「呃，妹妹是什麼意思？」上官明昊被素顏問得有點懵，估計這輩子還沒有哪個女孩子跟他說話如此直接。

「我的意思很明白，侯爺讓你納妾時，你可曾反對過？或者，你可曾據理力爭過？」素顏緊緊地盯著上官明昊的眼睛，不錯過他的任何一個表情。這個男人，她並不熟悉，但第一眼的眼緣很好，她不否認，溫潤如玉的男子是她所喜歡的，但並不代表她會喜歡偽君子。

迎著素顏的目光，上官明昊有些心虛，吶吶地回道：「那是……父母之命……我……也曾反對，卻沒有用的。」

反對過？既是反對，為何一見面就為劉婉如說情，說她如何可憐，先就生了憐意，再等那女子進門，自是再生愛意，哼，反對？怕是來者不拒吧！

素顏冷笑一聲，眼神如冰刀一般地刺向上官明昊。「我若不肯呢？我若不肯你納妾，你會如何？」

「大妹妹，妳怎麼會是那善妒量小的人，娘親說妳溫厚端方，她——」上官明昊瞪大了眼睛，驚訝地看著眼前的女子。他在侯門深院裡長大，內院女人之間的爭鬥沒少見過，但那些女子，從沒有一個如素顏一般如此直截了當地反對自己丈夫納妾的，她們一般都會笑吟吟裝作大方，等丈夫將人納進門後，那些陰謀詭計、見不得人的手段便層出不窮地出來了，最後小妾不是被弄流產，就是被害死……素顏……她是率直真實的。

「我再大方也沒大方到要與人分享自己的丈夫，如果你娶了我，我心裡卻有著另外的人，你會怎麼想？你也是人，我也是人，為什麼我要忍受這種痛苦？」素顏不等他說完截口道。

「妳……妳那是不守婦道，妳怎麼能夠……」上官明昊被素顏的話震驚得無以復加，心裡一陣鬱堵，一股怒火也直沖上心頭。

「哼，我只是說如果，你便如此受不了，那你還是真真切切地要納妾呢！人說己所不欲勿施於人，你受不了的痛苦，卻要讓我來承受，公平嗎？」素顏冷笑一聲，輕蔑地看著上官明昊。這個男人的腦子裡全是封建的男尊女卑思想，實實在在以自我為中心的大男人主義。她的腦子裡忽地閃過葉成紹在她面前如小羊的神情，她罵他時，他就像是個做錯事的孩子，看著張狂，實則……

怎麼會想到那個渾人？素顏晃了晃自己的頭，將葉成紹的身影很快便驅逐出腦海，又專注地看向上官明昊。

上官明昊怔怔地看著素顏，看她氣得雙頰緋紅，如芙蓉般嬌豔俏麗動人，一時錯不開眼，心裡突然就不氣了，還有絲甜甜的感覺。第一次見她，從外表看，她確實溫柔端莊，可實際卻給他一種遙不可及之感，明明看得到她，卻高不可攀，又帶著魔力，讓他忍不住想要親近，努力與她靠近一些。有時，在她面前，他會有種無所遁形之感，似乎只需一眼她便能看透他，任何的虛偽假象都逃不過她的眼睛，所以當看到她為了他納妾而生氣、而痛苦時，他竟然有一絲的竊喜和甜蜜……這是他自己都始料未及的感覺。

「大妹妹，我回去便求父親退了劉家妹子。」上官明昊定定地看著素顏，溫潤的眼眸裡，漾起一片柔情。

素顏聽得一陣錯愕。她沒想到，上官明昊會對她說這句話，她原沒打算上官明昊真的會為她反抗父母的，她說這些不過是想出出氣，教訓下這個自以為是的男人。

「呃……你真的會反抗侯爺？」素顏還是有些不相信。她總感覺上官明昊就是那多情的公子，有美貌女子肯投懷送抱，一般不會拒絕，或者說也不懂得如何拒絕，所以她認為，上官明昊是自己願意納劉婉如的。

「我不想讓大妹妹不開心，更不希望大妹妹嫁給我會覺得痛苦，妳將是我的妻，讓妳幸福是我的責任。」上官明昊的聲音醇厚輕柔，眼神溫潤亮澤，素顏有種被震動的感覺，鼻子酸酸的。也許，他並不如她所想像的那樣花心呢，他也只是個大男孩，被男尊女卑、一夫多妻的思想浸淫著長大，思想裡就不會抗拒納妾，可他……竟然真是會聽自己的？

「那便多謝公子。」素顏真心地向上官明昊行了一禮，上官明昊溫潤的眼眸裡閃過一絲歡喜，對素顏拱了拱手，留戀地看了眼素顏，轉身走了。

接下來的日子過得比較平靜，還得三個月，素顏才會出嫁，老太太仍被關在佛堂，小王氏也被大老爺禁足了一個月，不許她在府裡興風作浪，府裡一下子變得安靜了許多，就是素情也像是老實了，並沒有再弄什麼么蛾子出來。

素顏將手中的事情分了一部分給三姨娘管著，自己也清閒了好多。三姨娘是個精細的人，又很懂得分寸，在素顏這裡得了好處後，服侍大老爺時更盡心盡力了，也沒少在大老爺跟前誇讚素顏，大老爺和老太爺對素顏也更加喜歡了幾分。

葉成紹也沒有再來打擾素顏的生活，更沒有再理會素情，像是從此消失在素顏的生活裡一般。上官明昊因著與素顏說定了親事，也不再來藍府，倒是隔三差五地會送些好玩的小東西，或是新鮮點心來給素顏。不得不說，上官明昊是個很會討女孩子歡心的人，他送來的東西基本都是精心挑選的，符合女孩子心意的，素顏原本作好的打算，漸漸在他的溫柔攻勢下有融化的傾向。

再過幾天，便是大夫人的預產日，素顏忙讓陳嬤嬤請了信得過的穩婆回來，就住在府裡頭，又拿著老太爺的帖子，請了位退休致仕的老太醫在府裡臨時坐堂，每日裡給大夫人和老太爺請平安脈。

而大夫人也很爭氣地在一個星期後，平安生下了藍家嫡長孫，素顏有了嫡親的弟弟，在藍家的地位就更加穩固了。

老太太自從有了孫兒之後，對小王氏就淡了些，成天開心地圍著孫兒轉，與大夫人之間的關係雖然不至於就好了，但也比以前要和睦了些。到底母憑子貴，又有老太爺、大老爺撐著腰，大夫人的日子也好過多了。

一切都往好路上走，可這一天，素顏佈置好一應家事後，正感覺有些倦怠，前門回事處的一個小廝慌慌張張地跑了過來，紫綢一見這小廝如此不合規矩，正待要訓斥，那小廝卻是大喊道：「大姑娘，不好了！大老爺被大理寺抓去了！」

素顏聽得一個踉蹌，差點沒站穩，穩穩神，才看清那小廝正是大老爺身邊長隨藍才的小姪子藍旺，心裡便信了幾分，強忍住心中的驚慌，問道：「可知道是為了何事被大理寺抓了？」

「小的不知，小的叔叔是偷溜回來報信，他如今正在老太爺屋裡回話呢！老太爺讓小的來通告大姑娘一聲，大少爺的一應賀喜之事全都免了，先著人去救了大老爺再說！」藍旺帶著哭腔應道。

還好，老太爺並沒有被抓，那說明藍家還有救，素顏心中稍鬆了口氣。

第二十三章

素顏忙往老太爺屋裡趕去。大老爺這幾日都好好的，怎麼會突然被大理寺抓了去？是犯了事嗎？怎麼一點風聲也沒聽到……不對，那日葉成紹可是說過，戶部賑災之銀似乎被人貪墨，後來引得兩淮百姓暴動，皇上為此大怒，並要徹查。那日葉成紹可是提醒過大老爺，當時，大老爺的臉色也很不好看，難道大老爺真的參與了貪墨一案？

如此怕是大難臨頭了，一般牽扯進大案的，皇上不管罪責輕重，都會予以重罰……天哪，那藍家不是……

越想越害怕，素顏提了裙小跑了起來。老太爺如今還是學士，他在朝中清流裡還有一定的影響力，他應該是最清楚朝中動態的，難道老太爺也沒提前聽到半點風聲？

老太爺已經從書房到了老太太屋裡，老太太正在低聲啜泣，看來也是剛聽說大老爺的事情。老太爺緊皺著眉頭，正在跟老太太說話，就聽老太太道：「妾身這就找大哥去，幾個大姪子都是在朝為官，他們一定會幫襯咱們藍家的。」

「不用去了，早上下朝之時，我便與大姪子見過面，我自然提過請他幫忙，他可是戶部侍郎，成兒在他手下辦差，成兒有事，他豈能脫得了干係？如今大理寺已經將成兒捉了去，他可是躲還來不及呢，正著急撇清關係，又如何會出面相救成兒？」老太爺冷哼一聲道。

「那如何是好？若大姪子不肯相幫，王側妃肯定也不會出面幫助成兒的，難不成就讓成兒在大理寺受苦？他可是從來也沒吃過一點苦的啊……」老太太一時六神無主，驚慌失措地看著老太爺，哭得更厲害了。

素顏也急忙走了進去，老太爺見素顏來了，眉頭稍展了些，卻道：「妳個小孩子家家的，不懂這些事，快回自個兒屋裡吧。」

素顏聽得心中一暖，鼻子酸酸的。老太爺是真心疼她才會如此說呢……她走上前去，給老太爺行了一禮道：「爺爺，一人計短，二人計長，孫女雖是女兒家，但也是藍家的一分子，指不定也能提出些有用的意見呢。」

老太爺聽了，安慰地點了點頭，卻是長嘆一口氣。「說來，我在朝中為官多年，也沒少交朋友，平素做事小心，得罪的人更是少數，卻不知為何那些往日相好的大人們，要嘛一問三不知，要嘛根本就不與我見面，怕被連累了。這人心啊……去了大理寺，大理寺正卿卻只說妳父親犯了大案，如今尚早，不能細說，便將我打發回來了。」

素顏聽得心中更驚。越是如此，越表明案件重大，大老爺這次怕是凶多吉少了。

「皇上沒有申斥您？按說父親犯事，您至少也得被免官罷職吧，怎麼獨獨對您寬免了呢？」素顏問道。

「妳父親的案子還沒定論，皇上也不是那糊塗昏庸之人，我素來清廉，美名在外，皇上就是要治我，也得等給妳父親定下罪責後才施行吧。」老太爺也覺得有些怪異。皇上就算不治自己的罪，也應該不會對自己不聞不問吧，如果要處置藍家，至少得申斥一通才是。

素顏又道：「孫女聽說那中山侯很是得皇上的心，他可是出自太子潛邸，他的話對皇上應該能起到作用的，就算侯爺不肯為了藍家去找皇上，至少他也能知曉一些內幕消息才是。」

老太爺聽了，目中露出為難之色，嘆了口氣說道：「我如今只怕侯爺會退了妳這門親事，哪裡還敢找上門去煩勞侯爺？畢竟能保住這門親事，對藍家才有真正的益處。大理寺那些人想要辦妳父親時，看在他是侯爺姻親的分上，應該會手下留情一些的。」

如此說來，還真的是沒辦法了，只能坐在家裡乾等嗎？素顏心中憂急如焚，忍不住說道：「爺爺，那日我聽寧伯侯世子曾對父親說過一些事情，您知道兩淮賑災銀子被貪墨的案子嗎？好像父親與此案有關聯。」

老太爺聽了一點也不震驚，像是心中早就知情了一般，什麼也沒說，只是憂急地閉上了眼睛，好半晌，才睜開道：「說起來，寧伯侯比起中山侯來，在朝中勢力更大。寧伯侯曾經是皇上的伴讀，與皇上關係甚厚，但……如今咱們家卻是與侯爺弄僵了，前些日子，侯爺見了我還擺臉色，根本不理我。家中不幸，出了個不孝女啊！」

老太太聽得面色訕訕的，但事已至此，還能有什麼辦法？難不成，還能再覥著臉面求寧伯侯與藍家結親不成？再說了，是寧伯侯世子自己退的婚，也不能怪藍家。

素顏卻聽得心思一動，想起葉成紹那張英俊卻憊賴的臉來。也許，求他能有用的，皇后還是他的姑姑呢……可是，要如何才能見到他，而且，那廝也不是個好相與的，又被自己狠罵過幾回，平白無故去求他，他會肯幫忙？

素顏一時為難起來，屋裡也陷入了一陣沈默，氣氛壓抑得令人呼吸凝滯。

這時，藍全在外頭道：「大理寺下了公函給老太爺，請老太爺過目。」

老太爺接過那公函一看，臉色立變，手都在發抖。素顏也不敢問，只是緊張地看著老太爺，老太太實在是受不住，顫著聲問道：「究竟如何了？」

老太爺顫巍巍地站了起來，對老太太道：「準備做些飯菜去見見成兒吧。」

老太太聽得大慟，放聲大哭了起來。素顏聽著也覺得嚇人。老太爺這話像是讓她們去大理寺見大老爺最後一面似的，可是，大理寺只能定案，大老爺真犯了事，也得經刑部復審再定罪才是啊。怎麼……

「是密函，並非公函，是有好心人送來的。有的人，怕是想讓成兒死，好讓他將全部罪責都擔了，成兒……怕是以為那些人還會救他，還在牢裡苦撐，不肯說出實情呢。」老太爺說完，無力地頹坐在椅子上。

「爺爺，去趟中山侯府吧，求求侯爺。」素顏眼中淚水打轉。大老爺是老太爺的獨子，府裡必須有他撐著，老太爺畢竟年邁，活不了多少年了，但大少爺才出生，若藍家沒有個男人主事，定然會招族人欺負，大夫人孤兒寡母如何生活？

「好吧，拚著這張老臉不要，我再去求求侯爺。」老太爺起身往外走，腳步踉蹌著。

老太爺走後，素顏回到屋裡，就見素麗已然坐在她屋裡等她。素顏看著奇怪，可也沒心情問她，素麗卻是平靜地上前給她行禮，眼中並不見半點慌亂，想來，她怕還不知道大老爺的事情吧？

「大姊臉色怎麼如此難看，可是擔心父親？」素麗上來給她行了一禮後道。

素顏聽得一陣愕然，沒想到素麗小小年紀如此沈得住氣，知道大老爺出了事，竟是半點也不慌張，不由苦笑一聲。「三妹倒是鎮定，姊姊還不如妳呢。」

素麗苦笑一聲道：「三妹年紀小，這些事情擔憂也沒用，就算慌亂也無濟於事，徒讓下人們跟著慌張，豈不是給大姊和爺爺添亂？」

素顏聽了，不由又高看了素麗一眼。沒想到她小小年紀能想得如此周到，拍了拍她的肩，道：「三妹說得有理。妳來，可是有事？」

素麗看了眼屋裡的紫晴和紫綢幾個，對自己的丫頭紅梅道：「妳且去外面守著。」

素顏聽了也屏退了紫晴幾個，素麗這才說道：「如今能救父親的，怕只有大姊了。」

素顏聽得眉頭一皺，道：「此話怎講，姊姊有何本事能救父親？」

素麗圓圓的大眼一轉，小臉上露出高深莫測的神情，湊近素顏道：「三妹可是聽說，那寧伯侯世子其實中意的可是大姊妳，而且，他還親口向大姊提過婚事。以寧伯侯在朝中的勢力，救了父親出來，不過是小事一樁罷了，如今只看大姊願不願意了。」

素顏聽得目瞪口呆。這個三妹也……太精靈古怪了吧，她是如何得知自己與葉成紹之間這點事的？難不成，那天在假山後被人看見了？

「他那種人，妳也看見了，是個十足十的浪蕩子，嫁給他不是一輩子都會毀了嗎？」素顏既不承認也不否認，只是搖了搖頭道。總有別的法子解決的，如今就看老太爺能不能求得動中山侯了。

「大姊，咱們女子生來就是受苦的，嫁誰都沒多少區別，還不照樣要侍奉公婆、服侍丈夫，中山侯世子名聲不錯，但誰又能保證他就是大姊的良人？再說了，傳言又有幾分是真的呢？」素麗一副老氣橫秋的樣子說道。

素顏難以相信這是年僅十三歲的素麗所說的話，與其說自己是穿越女，不如說素麗才是，她對世事竟有如此清明的洞察力，竟是比自己還看得通透幾分。

「我倒沒想到，妹妹才是葉公子的知己呢，不若妹妹妳嫁給他吧，同樣也是與寧伯侯府結了親，同樣能救出父親。」素顏啼笑皆非地開了個玩笑。

結果，素麗的臉一紅，微垂了頭，羞澀嘆了口氣道：「可惜，他看中的並非是我啊。再說了，三妹只是個庶出之女，寧伯侯府也未必看得上。」語氣裡，竟是有些惋惜和無奈。

素顏道：「如今我已與中山侯府訂下了親事，若為了寧伯侯世子而退親，不又得罪中山侯府嗎？中山侯夫人可是很疼愛我，我如此行事，也太對不起侯夫人了。我想那寧伯侯世子為人放蕩不羈，應該不會在乎出身名分之類的東西，要不，我想法子與三妹一同去約了他出來，大姊幫妳撮合撮合？如果他願意，倒是一門好親事呢。」

素麗聽得臉更紅了，連聲音都變得弱不可聞，模樣嬌羞可愛。素顏笑著拍了拍她的肩膀道：「就這麼定了，一會子我便著人去請寧伯侯世子。」

說著，便揚了聲，叫了紫晴和紫綢進來，讓紫綢拿老太爺的帖子去請葉成紹。她感覺，帖子一送去，葉成紹就會如約而至。

素麗一直垂著頭作嬌羞狀，見素顏真的讓人去請葉成紹了，卻是暗暗鬆了一口氣，起身告辭。「如今還早，葉公子就算來，怕也在午後了，三妹這就先回去了，還望大姊多多思量下三妹說的話。」

素顏起身，送了她出去，臨出門時，卻是俯身對素麗道：「如果藍家這一次能逃過一劫，我會再派些差事給三姨娘的，不過也請三姨娘多多提點素顏才是。」

素麗聽了目光微閃，笑著點了頭。「大姊這話說的，姨娘哪有資格提點大姊，不過是多份心思待著大姊罷了。」

素麗走後近一個時辰，老太爺回了，使人過來請了素顏過去。素顏滿懷希望地去見老太爺，卻是得知中山侯仍不肯幫忙，倒是並沒有提出要退親。

素顏的心涼了半截。

不退親，是不是念著侯夫人與大夫人之間的那點情分？怕人說他們侯府落井下石？

一時各種想法充斥腦海，心中鬱悶得很，見老太爺不過一晝時間，便兩鬢花白，像是一下老了好多，心中一陣酸楚。另一個院裡，還躺著無力自保的大夫人和大少爺，那一對母子若是沒有了藍家的庇佑，又如何生存下去？

如果，葉成紹真的非娶自己才肯救藍家，那她就犧牲一回吧！她腦子裡突然冒出這樣一個想法，隨即又苦笑，自己何時變得如此，肯犧牲自己而救整個家族？

一時間，她好想再見上官明昊一面。這個男人曾親口對她說過，她將是他的妻，讓她幸福是他的責任，她很想問他，如今她就需要他的幫助了，他會如何做？

素顏正往回走，就見素麗的丫頭急急地找了來，遠遠見到素顏，面色一緩，忙上前行了禮道：「大姑娘，外頭有個靜北伯家的姑娘來找妳，三姑娘正在陪著她呢。」

劉婉如？這個時候，她來做什麼？

素顏皺了皺眉頭，跟著紅梅去了素麗的屋裡。

就見劉婉如正端坐在素麗的對面，見素顏來了，便笑吟吟地站起身來道：「藍姊姊，好久不見，姊姊越發容顏俏麗了。」

素顏聽得煩躁。藍家如今如履薄冰，她倒好，這個時候來，趁火打劫嗎？心中雖如此想，面上卻是淡淡的，禮貌地請劉婉如坐了，問道：「劉家妹妹突然造訪，可是有何賜教？」

「不敢當，妹妹此來是有一事相商的。」劉婉如笑得和暖，看著令人舒服，不過，素顏只接觸過她一次，便知道她面善心陰，她笑得越親和，素顏便越提防。

「喔，何事，妹妹儘管說來。」素顏裝作不知道她要嫁給上官明昊為妾的樣子。

「明昊哥哥昨兒找了妹妹，他提出不能納妹妹為側室，明昊哥哥與妹妹自小感情甚篤，也算得上是兩情相悅，妹妹此來，便是求姊姊成全的。」劉婉如臉上笑容漸收，神情有些淒楚，讓人心生憐惜。

素顏很佩服她變臉的速度，更佩服她的演技，如若放在前世，真可以成為實力派演員。

「妹妹，妳乃是靜北伯府的姑娘，出身高貴，為何只是嫁與上官公子為妾呢？以妳的身分，應該娶為正室才是啊，姊姊可真為妳叫屈呢。」素顏淡笑著說道，心事半點也沒顯於臉上。

劉婉如聽得一震。素顏的話正戳中了她的痛處，她何嘗不想給人做正室，她如今被家族唾棄，父親正為她要嫁與上官明昊為妾而大動肝火，如果不是那個人幫她……

「妹妹自知德容不如姊姊，能給明昊哥哥做妾，妹妹也滿足了，只求姊姊能夠成全。」劉婉如站起身來，向素顏行了一禮，語氣懇切，言辭鑿鑿。素顏忙扶起她道：「我說的是真心話，妳既與上官公子情投意合、兩情相悅，讓他明媒正娶原就理所應當。妳也不要顧忌我，他的心若在妳身上，我便是嫁過去了，也是無趣得緊，還不如從你們中間抽身出來，成全你們的一片癡情。」

劉婉如聽了只是不相信，又要再拜，素顏揮了揮手，端了茶。她沒心情與劉婉如掰扯，葉成紹應該要來了吧？

看素顏態度堅決，劉婉如終於開口說道：「妹妹來時，可是聽說藍伯父像是出了點事，說起來，我家大哥可是在大理寺當差的，侯爺又是我的表舅，平素最是疼我，侯爺如今沒有出手相幫藍家，可正是因為對伯父的案子不清楚的緣故。我那表舅最是穩妥，又為人方正，沒有弄清楚情況的情形下，他是不會幫人的，若姊姊能應了妹妹的請求，妹妹定當出點力，幫襯一二。」

果然是拿這事來要脅的，可惜她一再聽不懂自己的意思，再說，她也不會相信。素顏冷笑一聲，問劉婉如道：「不知上官公子是如何對妹妹說的，怎地妹妹就認定了是我不肯妳進門呢？」

劉婉如見素顏並沒有依著自己的話往下講，而是改了話題，臉一紅道：「昨日明昊哥哥親自對我說，不能納我為妾了，讓我再選個好人家嫁了。我當時很傷心，連番逼問之下，明昊哥哥只說他對姊姊一往情深，不想傷了姊姊的心，只要是姊姊不同意的，他一定不會做，所以妹妹才來求姊姊了。」

素顏聽得火大。好個上官明昊，這一番話聽著情意綿綿，實則虛偽之至，將責任全都推到了自己身上，自己果然成了妒婦，他倒還落了個深情專一的好名聲，他若真的不想納劉婉如為妾，大可以直接告訴劉婉如，他對她沒情，女孩子只要斷了念想，就會死心的，他卻只是說不想傷了自己的心才拒絕劉婉如，劉婉如當然覺得她進不了中山侯府的阻力只在自己身上了。

「原來如此，妹妹且回去對上官公子說，我願意讓出正妻之位成全你們。」素顏聽了淡淡點了點頭，正色地對劉婉如道。

劉婉如只當素顏說氣話，還要再求，一旁的素麗忍不住道：「劉姊姊，我大姊的話已經說得很明白了，她可是作出了很大的犧牲，妳不感激她，怎麼還一味糾纏，這……可有些不地道了喔。」

素麗歪著頭，臉上帶著天真的笑容，聲音清脆響亮，如一個不諳世事的孩子，劉婉如聽得愣然，卻也真的不好再說下去，臨了又道：「姊姊不考慮下我的提議嗎？妹妹說不定真能幫助藍伯父呢。」

中山侯若肯幫，又何須去求？他的兒子早就應該去求了才是，可如今老太爺一再的碰壁，只能說上官明昊也沒對藍府的事情上心，或者說，這原就是他的本意，為了讓劉婉如進門，才故意拿大老爺的事做要脅的……那個男子，越來越讓素顏失望了。

「此事不勞妹妹操心了。」素顏冷冷地回絕道。

第二十四章

劉婉如一走，素麗果然心急火燎地拉起素顏的手道：「大姊快來，寧伯侯世子怕是到了呢，可別讓他久等了。」

「他來便來了，妳急什麼啊，放心吧，我一準跟他提妳的事。」素顏打趣素麗道。她就是喜歡看素麗臉紅的樣子，小女孩太過精明沈穩了，將原本的純真爛漫全丟了，真真浪費了這張天真的小臉蛋。

「大姊，快別再說那話了，妳就給三妹留幾分顏面吧，三妹在此給大姊行大禮了。」素麗瞋了素顏一眼，聲音裡竟帶著一絲滄桑。

素顏心中一凜，沒有再說。素麗因著是庶女，所以骨子裡還是有些自卑的，但她又是個極聰慧之人，她也有她的驕傲，更有幾分自知之明，不似素情那笨蛋，不過，似小王氏那等淺薄之人，又怎麼會教得出聰明的女兒來呢？

素麗帶著素顏往外走，素顏看著奇怪，明明是自己送的帖子，葉成紹就算來了，也該給自己遞帖子才是……喔，是拿老太爺的帖子送去的，那也應該自己先知道葉成紹的消息啊，怎麼素麗倒先知道了？

兩姊妹人還沒到前院，倒是先碰到了藍全。「世子到了好一會子了，老太爺請大姑娘過去呢。」卻是沒說素麗。

素麗就有些猶豫起來，素顏拉起她的手道：「無事的，妳跟我去，老太爺也有好些日子沒有見過妳了，妳總要在他跟前露露面吧。」

素麗聽得感動，她因著是庶出，所以一些重要的家庭聚會就沒參加，就如過年祭祖、打掃家廟等等，她還沒進族譜的，得到出嫁時才能上，所以，一年之內能見老太太不少回，卻難見老太爺幾面，素顏這是在提攜她呢。

這一次，老太爺竟然是在前院書房裡接待葉成紹。素顏心裡就在打突。雖說如今藍府就如一個落水之人一樣，正需要一根救命的浮木，葉成紹無疑便能擔當，但是，老太爺若是知道自己是以婚事作為交換條件，自己也算得上是擅自作主了……

正想著，就見素麗扯了扯她的袖子，悄聲道：「大姊，到了。」

抬眼一看，果然到了。藍全躬身在外，對屋裡喚了聲。「大姑娘、三姑娘到。」

就聽屋裡老太爺傳喚之聲，素顏走進去，便看到葉成紹仍是一臉的懶散，但坐姿還好，沒有七歪八扭，還算是坐得正經，只是見到素顏進來的一瞬，眼裡閃過一絲拘謹，身子也下意識地正了正，俊目微瞟，隨即便閃開，似是怕素顏與他對視。

素顏看了覺得好笑。這廝每次見自己時，總是怪怪的，像個犯了錯、見家長的孩子。

走進去行過禮後，素顏在老太爺下首站著，素麗則又站在她的下首，老實地垂著頭，眼皮都不抬一下，一副乖巧懂事的樣子。

老太爺見到素麗也到了時，微怔了怔。老太爺也有些莫名，不知道素顏特地拿了他的帖子請葉成紹來做什麼，難道是又要提素情的婚事？看葉成紹態度還算正常，心中更做如此想，但他作為藍家家主，卻有些不好開口。他如今也知道葉成紹先前是因何要退婚的，只覺得藍家做錯在先，再開口提這樁婚事，實是沒臉得很，便看了素顏一眼。

素顏也覺得尷尬。她是想私下問葉成紹的，這種事情，兩個年輕人之間談，不成就算了，不管葉成紹同不同意，都不算丟藍家的面子，也不能傷了寧伯侯的名聲。如今老太爺在，事情就變得正式多了，她……對葉成紹實是有幾分看不透，也就是說，她也沒把握葉成紹會同意她的提議，誰知道這廝那天會不會只是心血來潮說的話呢？

場面一時冷了，老太爺見素顏總不開口，不由皺了眉，想了想問道：「大丫頭，妳……」

「爺爺，我有事要求世子，原是件小事，還請爺爺應允。」素顏硬著頭皮站了起來，給老太爺福了一福，說道。

老太爺聽得一怔，隨即點了點頭。「嗯，世子，你且先坐一坐，老夫有些事情去處理下。」

葉成紹聽了，臉上露出一絲失望，卻仍是笑道：「老大人且去忙，不用顧著小姪。」

老太爺走後，素顏便看向葉成紹，還是有點難於啟齒，畢竟自己曾經那樣堅決地拒絕過他，如今再重提……

「大姊，三姨娘才說讓三妹帶些東西給大娘，妹妹先去送了再來。」素麗卻在此時說道，也不等素顏反對，就對葉成紹行了一禮後，轉身走了。

素顏看著素麗遠去的背影，有些愕然，又回過頭來看葉成紹，卻見這廝一雙漆黑如墨的眸子正專注地看著自己，灼灼生輝，她的臉沒來由感覺一陣發熱，瞋了葉成紹一眼，輕咳一聲說道：「今兒請世子來，實是有事相求。」

葉成紹見素顏眼波流轉，雙頰緋紅，端的是嬌俏明麗，一時看怔了眼，心怦怦直跳，素顏說的話，他半句也未聽清，竟是像個呆子一樣發傻。

素顏看得氣惱，衝口便道：「喂，我跟你說話呢！老看著我做什麼……」

葉成紹聽得一怔，回過神來，臉皮一緊，耳根處都熱了起來，卻是羞惱地咧嘴一笑，臉上又恢復了幾分吊兒郎當。「姑娘方才說……有事相求？」語氣也變得懶散，一副心不在焉的樣子。

他這個樣子，倒讓素顏覺得正常，於是也恢復了幾分淡定，正色道：「想必世子也知道了藍家如今的困境吧，素顏斗膽，想請世子救救家父。」說著，素顏站起身來，向葉成紹行了個大禮。

葉成紹慌忙要站起，抬了手想去扶她，卻不知道想到了什麼，又重新坐了回去，仍是漫不經心地說道：「妳說藍大人的事啊……那有些麻煩呢，那日我可是提點過他的，可他卻看不清形勢，不將我的話當一回事。再說了，妳我兩家早就退親，我……憑什麼幫藍家？」那神情，再像個浪蕩子不過了，話也說得很不客氣，只是兩隻攏在廣袖裡的手卻是緊握著，手心正冒著冷汗，透出他內心的緊張。

素顏哪裡看得到他袖中乾坤，只覺得這人一派紈袴子弟模樣，真真是討厭得緊，但藍家此時除了求他，似乎再也找不到更有用的人了，只好乾笑著說道：「先前世子與舍妹發生一些誤會，所以才退了親。與寧伯侯結親，原也是藍家高攀，退了這門親事著實可惜了，今天小女子便是想問世子，願不願意與藍家再結秦晉之緣？」

葉成紹聽到此話，身子微震了震，幽黑的俊眼一亮，但面上仍是懶懶的，聲音卻有些沙啞。「雖說藍家與我結親著實高攀，但本世子可不是那等只看身分背景的俗物，本世子仰慕藍家百年大族、詩禮傳家，看重的是藍家的清正家風，自然不會嫌棄藍家地位……」

素顏聽他越說越跩，一副不可一世的樣子，她說高攀不過是客套，這廝卻是大言不慚，真以為人家都削尖了腦袋想要嫁給他，也不看他那副德行是個什麼樣，看他再說下去，怕是有更離譜的出來，便截口道：「世子既是不計前嫌，願意與藍家再結親，那咱們便說好，還是得三媒六聘，該有的禮數一樣也不能少，藍家雖逢大難，但家風還在，藍家的姑娘可不能隨隨便便地出門。」

葉成紹沒想到事情如此順利，他微斜了眼，強忍著心中激動，裝作淡然地應道：「這是自然，我寧伯侯府也是百年世族，何曾在禮數上輕慢過？就依姑娘所言，明日我便請了媒人上門，這次可不能再請中山侯夫人了……便讓二皇子親來作媒可好？」

能請二皇子自然更好，有二皇子保駕，說不定，父親的事情立馬就能解決了。素顏聽得心中狂喜，難得的對葉成紹露了個真心笑容。

「那是更好，世子果然面子大得很。」

葉成紹看到眼前女子言笑晏晏，人比花還嬌了三分，心臟彷彿又像是被人捶了一下，跳得激烈了起來，兩手在廣袖裡張了又握，握了又張，不知放在何處是好，臉上不自覺露出欣喜若狂的笑容，俊眸燦然若星，灼灼地看著素顏。

「那我……便先回去，明日請媒人上府。」等看到素顏臉上的笑容收去，葉成紹才恍然驚醒，吶吶地起身道。

「世子不忙走，還有些細節處需聲明一二。」素顏笑著又請葉成紹坐下。

葉成紹正不想走，聽她一留，興奮地又坐了下來，臉色稍顯羞澀地說道：「姑娘請說，小可洗耳恭聽。」

他先時一口一個本世子，張狂得很，如今看婚事能成，倒變得恭順有禮了起來，素顏看著想笑，輕咳了一聲後才道：「婚事雖是定下，不過，我家三妹年紀尚小，怕是不能立即與世子成婚，得過個一、兩年，等她及笄以後才可行禮，世子看可行否？」

「什麼……什麼妳三妹……不是妳嗎……」葉成紹張大嘴，似是有點沒聽清楚。

「就是我家三妹妹啊，我三妹相貌出眾，性情活潑可愛，做得一手好女紅，品性純良又對世子傾心，配世子你也不算虧……」素顏聽得一陣後悔。她先只是說兩家結親，竟是忘了說對象，看葉成紹一副目瞪口呆的樣子，她也有些不好意思，忙拚命地誇著素麗。

「藍素顏！妳當我是傻子呢?!」葉成紹總算聽清，氣得怒火直往頭上湧。「妳耍我？從來還沒有人敢在我面前如此放肆過！」

他緊逼著素顏，一直立在一旁的紫綢嚇得一聲尖叫，就要上來幫助素顏，葉成紹回頭瞪了她一眼，冷冷道：「出去！」

紫綢嚇得頓住腳，卻不放心素顏，但看葉成紹像是一頭發怒的猛狼，也被他的氣勢給鎮住，頓住腳，不敢上前。

素顏怕葉成紹會將怒火發洩在紫綢身上，忙對她使了個眼色，讓她出去，紫綢看素顏像是胸有成竹，便緩緩地走了出去。

素顏鎮定地看著葉成紹，委屈地撇撇嘴，小聲嘟囔。「你不同意就算了，發這麼大火幹麼，有話不能好好說嗎？」

看她原本驕傲得如一隻鳳凰，說著氣死人的話，這會子卻如一頭小鹿乖巧可憐，話又轉得飛快，一副認錯待罪的樣子，葉成紹只覺一腔怒火像洩在了空氣裡，無著無落，難受得很，只覺胸口處鬱堵難耐，偏又捨不得再凶她，手上的勁力也不自覺地小了好多，聲音都軟了下來，他自己也分不清這是什麼情緒了。

素顏先前被他抓住，兩肩如壓著千斤石頭一般沈重，這會子他鬆了勁，立時感到輕鬆了許多，剛要開口說話，便聽葉成紹道：「明天我便派人送婚書來，媒人仍是二皇子，不過，婚書上的名字，是妳藍大姑娘藍素顏。妳給我聽好，若想妳父親平安回家，最好不要耍什麼花招。我不想再聽到什麼三妹、二妹的話，我葉成紹想要得到的，就沒有失敗過。」

素顏聽得一陣惱怒，這廝分明就是要脅她，不由衝口說道：「我若不答應呢？」

葉成紹唇邊漾開一抹邪魅的笑容，語氣又恢復了幾分慵懶，卻是非常肯定地說道：「妳會答應的。」

是的，她是會答應的，先前提素麗不過是抱著一絲希望而已，她感覺素麗可能對葉成紹有意思，想成全她；再者，她實在不是很想嫁給葉成紹，上官明昊與葉成紹都不是她心中的理想對象，但如今葉成紹只肯娶她，為了藍家，為了大夫人和大少爺，她也只能答應。

可是，她就是覺得心中有氣，這廝憑什麼如此張狂霸道，她就是想氣氣他才覺得開心。「會答應又如何？就算本姑娘真嫁給了你，本姑娘也不喜歡你，你不過娶個行屍走肉回家罷了。」

葉成紹聽得身子一僵，胸中一陣氣血翻湧，一時恨不得將眼前這個驕傲如孔雀的女子揉碎了，腦子一熱，一把將素顏拽進懷裡，低頭俯身就吻了下去——

溫暖柔軟的唇突然貼了上來，素顏猝不及防被葉成紹吻住，一陣酥麻的觸感自脊背升至後腦，她腦子轟地一響，竟然一陣空白，忘了反抗。

葉成紹也是腦子一激，只覺心蕩神馳，他笨拙地想要攻進素顏的唇中，卻不得法門，只知緊貼著她的唇來回摩挲。

素顏被他這拙劣的吻技弄得唇間生疼，總算回過神來，張口便咬了下去，一絲腥甜的液體浸入口中時，她才鬆了口。

葉成紹被她咬得一陣刺痛，忙鬆開了她，捂著唇，眼睛卻是躲閃著不敢看她，吶吶地呆怔著，像個做錯事生怕長輩會生氣的孩子。「妳……妳……好凶。」聲音中帶著一絲不自在。

素顏氣得臉都紅了。這廝原本就是混帳，她早該知道的，可是，沒想到他會混帳到輕薄她，明明就是他過分，還說她凶？

她又氣又委屈，眼淚便不自覺地掉了下來。「你混蛋！」

一見素顏哭了，葉成紹便著慌了起來，吶吶的更不知如何是好了，抬了手，想幫她拭淚，卻又怕她再發脾氣，一時手腳都不知道放在何處，只好好言央求。「妳……妳莫哭、莫哭，我去買東西給妳吃可好，妳喜歡聽風樓的蓮蓉糕嗎？很香的，要不我到宮裡去找娘娘，問她要百合松子糖給妳好嗎？妳……」

他神情急切，一臉的慌亂害怕，竟像是在哄三歲的孩子，素顏看著又好氣又好笑，滿腔的委屈竟是不知不覺消散了些。強忍著笑意，她瞪了葉成紹一眼道：「你這登徒子，我再也不要理你了。」說著，竟是抬腳往外跑去。

這是什麼情況，怎麼跑了？葉成紹發了一會兒怔，隨即反應過來，追著素顏道：「我明日便送婚書來，妳放心，岳父過幾天就會平安回家的，妳……妳……」

素顏突然想到自己與中山侯府的婚事還沒退呢，想這廝竟然就喚大老爺為岳父，好不要臉，便頭也不回道：「誰是你岳父？我的婆家可是中山侯府呢！」

葉成紹頭上如澆了盆冰水。

對著前面跑得像兔子一樣飛快的嬌俏身影，他大喝道：「妳與我已有肌膚之親，再也不能嫁與別人了！我現在便到中山侯府說明去！」

素顏氣得停了下來，回過頭，跺著腳罵道：「你敢?!」

「那妳……妳答應不嫁給上官明昊，我便不去說。」看素顏真生了氣，葉成紹老實地垂了頭，在素顏面前不遠處站著，也不敢靠太近，小聲地說道。

「只要你能救我父親，我……自會退親，你……不可壞我名聲。」素顏瞪著葉成紹，無奈地說道。

葉成紹看著素顏神情黯然，心又慟了一下，眼神也黯了下來。「我不去就是，不過，妳早晚要成為我的妻，那不該想的人，還是趁早忘了的好。」說著，昂起頭，轉身走了。

素顏莫名地看著那遠去的修長背影。這廝又生什麼氣？管他的，就是個神經病，不能用正常人的思維來衡量他。

大老爺終於有救了，素顏心中一陣輕鬆，只是仍然要嫁給一個自己並不喜歡的人，還是有些鬱鬱的。

「大姊。」素麗自後面氣喘吁吁地追了上來，小臉泛著紅暈，樣子漂亮得像個洋娃娃。

素顏想起她與葉成紹的親事沒說成，心中有些難過，忙拍了拍素麗的肩膀道：「妳還小，還會有更好的姻緣等著妳呢，這個人不過是個混蛋而已，妳不嫁也罷。」

「大姊真覺得他是混蛋？世子聽到怕是又要惱了。」素麗卻是笑得賊兮兮的，眼睛直往素顏嘴唇處瞟。

「他惱我還惱呢，不過是個浪蕩的紈袴公子罷了，我管他惱不惱呢！」素顏被素麗看得不自在，心中暗忖，方才在書房裡被葉成紹輕薄時，應該沒人看到吧？不過，那廝剛當著一眾丫頭的面，邊追她邊喊著什麼有肌膚之親云云……就算沒看到，人家還不會想像啊……唉，越想越氣，越想越羞，葉成紹這個大混蛋，下次一定要讓他好看！

第二十五章

「我怎麼覺得大姊其實沒那麼討厭他呢？」素麗垂了頭，小聲嘟囔著，嘴角帶著促狹的笑。

素顏沒聽清楚，問道：「妳嘀嘀咕咕的說什麼呢？」

素麗忙抬了頭道：「沒啊，我什麼也沒說。啊，大姊，老太爺還在等消息呢，妳不去給老太爺說一聲嗎？這可是大事呢。」

素顏笑了笑，對她道：「姨娘的女紅不錯，要是她有空，記得讓她幫我再做幾件嫁妝，那個我……上回病過一回後，女紅就拿不出手了。」

「好呢，姨娘雖說現在幫大姊分擔了些事情，但大多時間都是閒著的，大姊能看得中姨娘的東西，她只會開心呢。」素麗聽了這話，笑容更加燦爛了。她知道，這是素顏真拿她當妹妹看，才會開這個口，不然以她平素淡漠疏離的個性，是很難接受別人的東西，何況還是開口要。

與素麗分手後，素顏心中忐忑地向老太爺的書房走去，腦子裡突然就冒出某個討厭男人的那張俊臉，她臉一紅。那廝真是個混蛋，竟然在……在老太爺的書房裡親了她……再進這書房，她的心裡便有些異樣的感覺……

甩甩頭，她將那有的沒的全拋開，穩了穩心神才向書房裡走去。

藍全站在書房外，見素顏來了，他立即低了頭，素顏越發覺得不自在起來。

老太爺果然在等她。素顏把葉成紹的話與老太爺說了一遍，老太爺自然是又傷心又感動，雖然心痛素顏，但為了大老爺和藍家，也不得不犧牲這個孫女了，最多以後在她的嫁妝上多補貼一點吧。

素顏從老太爺屋裡出來，剛回到內院，藍全又追了上來，眼神怪異地看著她道：「大姑娘，中山侯世子來了，正在老太爺屋裡呢。」

呃，他這會子來做什麼？難道是退婚？也好，他自己提出來，也省去藍家的麻煩，素顏心中反倒輕鬆了些。如果是這樣，大夫人那兒也好有個交代。

只到穿堂處，就見上官明昊一身藏青色長袍，長身玉立地站在門口，溫潤的俊臉上帶著絲絲焦灼之色，一看她進來，忙走上前兩步道：「大妹妹，妳怎麼才來？」

素顏微微閃過一邊，與他保持了些距離，臉上掛著客氣的笑容，福了一福道：「讓世子久等了，我方才有些事情亟需處理，所以來晚了些，請世子不要見怪。」

「大妹妹，我特地來給妳賠禮的，婉如她……」上官明昊忙抬手要去托素顏，素顏自己先直了身，聽他要說劉婉如的事，笑了笑打斷他道：「世子言重了，婉如妹妹也沒什麼過分的話，又沒做錯什麼，世子不用替她賠禮。」

哼，明明就有情嘛，還一口一個婉如妹妹地叫著，真怕自己誤會，又怎麼會一開口就說要替她賠禮呢。素顏於是越發看上官明昊不順眼了，虧他面上仍是一派溫潤親和的模樣，實則內裡……

「不是，大妹妹，妳誤會了，我不是替她來賠禮，我是來解釋的，她說錯話了，我原不是那意思……」上官明昊臉上額間沁出一層密密的汗，臉都有些紅了。

「世子，咱們屋裡說吧，你莫急，我沒有怪你的意思。」素顏實在不想跟他站在穿堂處糾纏，老太爺還在屋裡呢，他們兩個小輩背著老人在門口說話，也不是個事。

上官明昊聽著就有些不自然，一貫的雲淡風輕蕩然無存，神情有些挫敗，但素顏的話又挑不出錯，只好跟著進了屋。

老太爺正端了茶在細品，眉頭卻是皺著的，見素顏進來，他眼中精光一閃，問道：「怎地才來，可是妳母親又不舒服了？」

素顏聽得錯愕，隨即便看到老太爺正對她使著眼色，她頓時明白，老太爺可能還沒有跟上官明昊開口，但也不想她在這裡，那意思是在說讓她快些走，他好對上官明昊明說。

「是的，爺爺，娘的身子仍是虛弱得很，孫女正準備去請老太醫瞧瞧，想讓老太醫開個方子給娘親調理調理呢。」素顏順著老太爺的話說道。

「那妳且先去吧，妳娘親的身體要緊，世子這裡有爺爺陪著即可。」老太爺揮了揮手道。

上官明昊一聽這話便起了身，對老太爺行了一禮道：「老太爺，姪孫正是奉家母之命前來探望伯母的，請允許姪孫與大妹妹一同去探視吧，不然，家母會心不安的。」

老太爺道：「你既是替你母親前來的，我也不好攔你，只是產房之中，不便男子進去，且讓大丫頭帶你去外面問候一下吧。」

上官明昊聞之大喜，對老太爺又施了一禮後，跟著素顏出來了。兩人走在路上，各自帶著的丫鬟和長隨緊跟在後，上官明昊看了看素顏的臉色，終於停下來，對素顏說道：「大妹妹這兩日定是心焦了吧，婉如那邊我已經明確推拒了，妹妹妳大可以放心了。」

素顏看著上官明昊道：「婉如妹子她對我說，你與她自小青梅竹馬、情深意厚，我看她也確實對世子一片癡心，且她家世也貴重，世子不如給她個好些的名分，娶她過門的好。」

上官明昊聽得臉色一黯，眼裡閃過一絲惱怒，專注地看著素顏。「大妹妹，我與她只是兄妹之情，並無他意，是她誤解了。我既與妳訂親，又如何能再娶她過門？這於禮也不合，先前應下她，抬她回府做妾，一是父親之意，我不好違背，再者也是憐她身世，但如果因她使得妹妹妳不快，我也顧不得這許多了，只能將她退了。」

「世子你這又是何必，既是侯爺應下的，你再退了，豈不是不孝？我已同婉如妹子說清楚了，我讓出這正室之位，侯府可與藍家退親便是，畢竟她以伯爵女兒之身只嫁與你做妾，已然丟了身分，若再連做妾也被侯府給退了，你讓她一個女兒家將來如何再抬得起頭，又有誰肯再娶她？世子既是憐她，不若好人做到底，成全了她的一片癡情吧。為了你，她可是付出良多了。」素顏說得真誠懇切，一副同情劉婉如，為劉婉如的情義所感的樣子。

上官明昊聽得心中鬱悶。素顏提出的解決法子竟是要與他退婚，這讓他好生惱火，他就這樣不招她待見了嗎？

「妳我婚事可是父母之命、媒妁之言，怎能說退就退？再說了，妳要成全她的名聲，就不怕毀了妳自己的？況且，如今伯父正處在牢獄之中，侯府若在此時退婚，不是落井下石嗎？我豈能做出此等無情無義之事？大妹妹快不要再提此話，徒讓人傷心，也傷了妳我兩家的情面。」

他也知道自己父親正被關在牢裡呢，哼，自家爺爺幾次三番求助，他爹是置若罔聞，不肯伸出援手，這樣的親家不要也罷，而他呢，可曾也為此求過他的父親？

「說到此事，我也正想對世子言明，先前兩家訂親，也是看在兩家家世還匹配的緣故，如今藍家隨時可能遭遇不測，我爺爺的意思也是怕連累了侯府，已經派人去侯府送了拜帖，要求退婚了。此事只是我藍家一家之過，可不能因此影響了侯府，而我，若在此時出嫁，置父母幼弟於不顧，也實在不孝不悌，還請世子見諒，以世子才情相貌，自可以再配得良緣，素顏此生與世子只能緣盡於此了。」

說到大老爺之事，上官明昊心中也有愧。他也曾求過侯爺出面，但侯爺卻是將他大罵了一通，說藍大老爺之事牽涉很廣，皇上明令不得為他說情開脫，違者以同罪論處，他聽了也只好作罷，但侯爺也並未說過就此要與藍府退親，想來，侯爺也是很想幫助藍家的，只是無可奈何，幫不上忙罷了。

但聽素顏的語氣裡隱隱有些怨責，他也知道這情有可原，換作是他，訂了親的親家對自家事情不肯救援，也會生氣，只是這也怪不得他啊！

上官明昊臉上帶著苦笑，無奈地嘆了口氣道：「父親在家也為沒能幫上伯父而懊惱，但皇命難違，他也沒法子。這門親事，我家是絕對不退的，還請大妹妹收回剛才的話，就算老太爺親自與我父親說，父親也會拒絕的。」

素顏沒想到上官明昊會如此說，微愣了下，隨即也苦笑道：「老太爺也知道此事不能怪侯爺，如今朝中局勢不穩，父親正值多事之秋出了事，誰家也不願意蹚這趟渾水，侯爺的難處，我們也清楚了，世子大可不必為此事自責，不過如今藍家也自知難以配得上侯府，更不想高攀，故此請求退婚了。」

「我不會同意的，大妹妹，妳說再多也無濟於事。侯府不會退親，我也絕不同意退親，妳且息了這心思吧。明日我便請父親將婚期提前，妳早些過門，也好過在藍家受累。」上官明昊抬腳就走，語氣決然，不容人反對。

素顏聽得惱火，她沒想到上官明昊也有倔強的一面，忍不住就在他身後道：「你不退我也要退，我不喜歡你！」

上官明昊身子一僵，好半晌才轉過身來，深如幽潭的眸底閃過一絲寒芒，深邃陰寒，緊緊逼視著素顏，整個人渾身都泛著森冷之氣，與他素日的溫潤儒雅判若兩人，從牙尖裡擠出一句話道：「那妳喜歡誰？原來，妳口口聲聲想要退親，是因為心裡有人？」

素顏還從沒見過上官明昊發火的樣子，不禁有些錯愕，但她很快鎮定下來，迎著上官明昊的眸子，道：「只是不喜歡你而已。我對花心的男子沒感覺，更討厭三妻四妾。我人還未嫁，你的妾就找上門來了，將來嫁了，還不知道要面對多少小妾、通房？我不願意與別的女人爭奪本該屬於我的丈夫，更沒精力去與你的小三、小四鬥智鬥勇，上官明昊，你不是個專一的人，而我這個人又有潔癖，別人碰過的東西，我是不會再用的，所以我這樣的人，不適合你。」

上官明昊從沒聽過有女子說話如此大膽直白，更沒想到素顏會將自己的嫉妒量小說得如此明白，面前的她，美眸中含著譏誚，神情冷漠，嘴角帶著絲玩味的笑意，像隻得逞的小狐狸，以前那些溫厚端莊的模樣怕是裝出來的吧，如今的她才是原本的她，但這樣的她卻讓他更動容，他的心突然緊縮了一下，有點生痛，這痛讓他有些莫名，但卻讓他更清楚自己的想法。

「好個自大狂妄的女子，妳就不怕我將妳這番話傳將出去嗎？到時，以端莊賢達著稱的藍大姑娘，卻原來是個悍婦，怕是除了我，無人會再娶妳。」上官明昊的話說得自信滿滿。他還是第一次聽到有女子明明白白地說不喜歡他，從來便只有女子仰望傾慕他，只有女子對他芳心暗許，為他寧願為奴為妾，只願得他溫情一瞥，藍素顏，她竟然說不喜歡他，教他顏面何在，教他如何嚥得下這口氣？

「你儘管傳就是，看有誰會信你。」素顏覺得他這話說得好不幼稚，一個人的形象既已在大眾的腦海定型，豈是三言兩語就能打破的？再說，她根本就不想嫁給這個時代的任何男人，尤其眼前這男人自大自私，以自我為中心，以為女子都愛圍著他轉，女人都將他當成心中偶像良配，不過是一頭沙文豬罷了。

「妳——」上官明昊心急，俊眸怒視著素顏。他也知道方才那不過是氣話，可是他就是看不得她得意的、譏誚的模樣，而且，那種從沒受過的挫敗感也讓他鬱悶，男人的征服慾在他心底升騰。還是第一次遇到如此桀驁的女子，以前只當她也與其他女子一樣溫良賢淑，那樣的女子他見得太多，單調乏味得很，今天才發現她與眾不同，可以想見，與她在一起的日子會很有意思。

「就算妳不喜歡我又如何，婚事早定，妳不願意也得願意。至於妳說的小妾、通房，最多……我以後不納就是。」上官明昊聲音森冷，但後半句卻是軟了下來，有點和解的意思。好不容易發現的一個寶貝，他……怎麼會輕易放棄？

「你不納妾？那你的婉如妹妹怎麼辦？你捨得她痛苦難過？她要是知道你會終生不納妾，會不會投河自盡？你難道捨得嗎？」素顏聲音裡譏誚之意更甚，臉上卻是帶著俏皮的笑。這個男人就算不納妾，也會拈花惹草，在壽王府，她可是親眼見到他與素情卿卿我我玩曖昧的。

「她……怎麼會為我自盡？」上官明昊聽後眼中閃過一絲擔憂，但隨即又似是自我安慰地說道。

「難說喔，她今天來找我時，那神情可是悲切悽苦得很啊，一再求我許你納她為妾，你又說她身世堪憐，在家不受人待見，若你再退了她，她除了一死還有何辦法？」素顏壞心眼地瞇著眼睛胡說八道著。

上官明昊聽了果然眼中擔憂更甚，沈吟半晌後道：「這不關妳的事，妳只管好生在家待嫁就是。」說著一轉身便走了，正是朝著二門外，腳步還有些急切，先前說過要去看望大夫人的話，早忘到腦後去了。

素顏百無聊賴地往回走，準備去大夫人屋裡了，結果人還沒到，就聽得紫綢突然嗯了一聲，回頭一看，紫綢竟軟軟地倒在了假山旁。她嚇了一跳，正要喊人，就聽有人小聲說道：「莫喊，是我。」

素顏定睛一看，竟是葉成紹這混蛋，不由怒火中燒，罵道：「你發神經啊！」

話音未落，人就被他一扯，又扯到了假山後。素顏氣得三佛出世、五佛升天，抬腳便踩上身邊之人那穿著黑色皂靴的腳上。

葉成紹笑嘻嘻地一閃，根本就沒被踩著，見她俏臉氣得通紅，遲疑了下，又自動伸了腳過來，老實得很。「妳……妳就踩一下吧，出出氣。那個……其實我是……唉呦，妳真踩啊？痛死我了。」

再抬頭，看她正得意地斜眼睨著他，又咧嘴笑了。「妳……不生氣了吧？我是有事找妳呢。」

「那你也不應該把紫綢弄暈了啊，有話不會好好說啊，鬼鬼祟祟的，你又不是賊。」素顏沒好氣地說道，因為上官明昊那條大尾巴狼就要吃虧了，她心中正開心，所以暫時不與葉成紹計較。

「只是點了下睡穴，一會兒解了就是。」葉成紹不以為然地說道，轉過臉，看太陽下的素顏臉頰上像是被鍍了金光，明妍俏麗，不由看怔了眼，神情傻傻的，又有點緊張，兩手不自覺又握在了一起。

素顏皺了皺眉道：「何事？快說。」

葉成紹隨意往草地上一坐，仰頭看她，見素顏面色沈靜如水，眼裡帶了一絲惱意，他爬了起來，漆黑如墨的俊目裡閃著一絲討好和緊張，伸了手，猶豫了下，還是扯住她的衣袖，道：「坐下嘛，坐下說。」

說著，他自己先坐了下去，小聲道：「這湖水可真清澈啊，風也清涼。」

素顏抬眼看向湖面，冬日的陽光懶洋洋地照在身上，風很小，只是微帶了些涼意，吹著湖面，蕩開一層小小的漣漪，她就想起前世時，自己最喜歡的就是席地坐在湖邊草地上，看夕陽慢慢沈入水面，看紅霞映照……

這個湖，太小了，比不得前世看到的，但也能找到一絲感覺。她鬼使神差地真的在葉成紹身邊坐下，撿了塊石子向湖面擊去，那小石頭在湖面上跳了三跳才沈了。

葉成紹看得俊眼微眯，也撿了一塊石子，隨手揚起，他丟的石子竟是在湖面上跳了六下才沈，素顏忍不住就叫了聲：「好厲害啊。」

葉成紹聽得眼睛亮亮的，又丟了一塊，素顏這回卻是嘟了嘴道：「哼，我要是有武功，也能打得這麼好。」

葉成紹聽得眼中盡是笑意，看著素顏道：「我第一次看有女孩子也會玩這個，妳玩得很好了。」

素顏呿了他一聲，問道：「不是說有正事嗎？快說吧。」

「上官明昊是不是不肯退親？」葉成紹問道。

「你如何知道？」素顏聽得眉頭一皺。這傢伙不會根本就沒回去，潛在藍府吧？

葉成紹聽得臉色微窘，隨即卻是自信滿滿地說道：「妳是我的女人，妳身邊的事情，我怎麼能不知？」

素顏聽得惱怒，大聲喝道：「你胡說些什麼？本姑娘還沒嫁給你呢！你……若是敢派人盯梢，我……我就……」說了半天，也不知道要如何懲罰他，說不嫁嗎？她如今還真說不起這狠話。打他？這廝皮粗肉糙，經得打不說，還疼了自己的手，真真氣死人了。

「妳……莫生氣，並不是盯梢，只是派人暗護著妳罷了。藍家可不是個乾淨的地方，妳要小心些才是，以後也少在草深的地方走動，毒蛇毒蟲也多，若不小心再——」說到此處，他又頓住，偷偷睃了素顏一眼，沒有繼續往下說了。

素顏聽得一怔，腦子裡就想起自己被蛇咬時看到的那個黑衣人來，難道那人是葉成紹？

他那時到藍家來做什麼？還那樣一副打扮……

「妳莫再操心，我既是要娶妳，自會讓上官家退親的，這種事情，妳們女孩子還是不要管著的好，怕壞了名聲。」葉成紹看素顏臉色陰晴不定，小意地轉開話題。他的身分特殊，有很多事情是不能讓素顏知道的，方才不小心說漏了嘴，素顏聰慧敏感，保不齊就猜到了。

素顏聽了沒作聲。退婚是她的事情，她不想讓葉成紹或者寧伯侯府插手，弄得好像兩個世子在搶她似的，她可不想成為京城的名人。

正想著要如何拒絕葉成紹時，就聽他突然說了這麼一句——

「皇后娘娘想要見妳。」

第二十六章

「皇后娘娘？她怎麼知道我？」素顏驚訝地望著葉成紹，那廝卻是很無所謂地兩手抱在後腦上，向後一仰，躺在草地上。「我去宮裡說了，妳是我真心想要娶的媳婦，她就說要見見妳。」

說著，側過頭，看素顏仍是一臉震驚，忙安慰道：「妳莫怕，她很慈祥的，只是宮裡規矩大，妳進了宮後注意些就行了。」

素顏還是沒有弄清楚他的意思，他是皇后娘娘的姪子，這她早就知道，但先前他要娶素情，婚書下了，小定禮都送了，也沒聽他說要讓素情進宮見皇后娘娘。自己這連中山侯府的婚事都沒退掉呢，若是皇后問起來，那可就是一樁大罪過了。一女許二夫，不僅是有違禮教，也是違反律法的，這廝腦子進水了吧，連這個也不清楚嗎？

「就只是見個面，她是我……姑姑，妳就當是長輩見面好了，莫怕，有我呢。」葉成紹見素顏臉上陰晴不定，清澈的大眼裡透著恚怨，忙翻身坐起，伸手將她那纖長白淨的柔荑握在手心裡，安慰道。

他的手乾燥而溫暖，手心和指腹上有層薄薄的繭，想來是長年握劍拉弓所致。素顏見過他閃動詭異的身形，知道他武功定然不弱，人都說他是浪蕩子，但真正紈袴浪蕩之人又怎麼會捨得吃苦練武功？

手上傳來微緊的力度，打斷了她的思緒，她微抬了眼，觸到那雙幽黑深邃的俊眸，純淨得如一汪清泉，正小心翼翼地看著她，眼裡帶著一絲探究和……討好，對，就是討好，這個平時張狂憊賴的傢伙，竟然用這樣的眼神看人，素顏感覺一陣錯愕，忙縮了縮手，彷彿第一次認識葉成紹一般。

他……究竟是怎樣的一個人？

在她對他的認知裡，第一次有了懷疑。

她的手沒有縮回去，葉成紹握緊了她，眸子湛亮如星，專注而認真地看著她，聲音卻有點發顫。「我以前……那個……想要娶妳家二妹……不過是好玩，原是想娶回後再休了的，那個……妳是我第一次真心想娶的女子，所以……娘娘她才想見見妳。」

素顏還是第一次弄清他要娶素情的真正原因，這廝也太過分了吧，娶了人家姑娘回去再休，將別人的幸福生死看作什麼了？不知道女子名譽比性命還珍貴嗎？這與草菅人命又有何區別？

她雖不喜素情，也覺得葉成紹對她這樣做是她的報應，但這與素情無關，而是眼前這個混蛋的品性問題，娶個正經人家的姑娘回家，再輕易休棄，只為了好玩？喔，以前還聽他說賭了一萬兩銀子，他也太過任性妄為了吧！

葉成紹見素顏的臉色再一次轉陰，看他的眼神由溫和變得冰寒，心中一慌，不知道自己說錯了什麼話，以為是自己握了她的手，冒犯了她，忙鬆了手。

又覺得那柔軟的小手握在手心裡實在舒服得緊，觸感真好，肌膚滑膩，柔若無骨。

依依不捨地看了眼緩緩垂下去的柔荑，正想著要不要再握一下，就見那隻手猛地抬了起來，朝著他的肩膀一推，眼前的人也站立起來，轉身就要走。他一下子急了，衝口就道：「妳……去哪裡？我……不牽妳手就是了，再坐一會兒嘛。」

見素顏轉過頭來瞋視著他，後面那半句聲音小得幾不可聞，卻是身子一閃，擋在了素顏前面。

「走開。」素顏此刻不想看到他。

天底下哪有這樣的混蛋，將女子的終身幸福看成兒戲，他對素情能是這樣，對自己也一樣難說，保不齊也是娶了回去，厭了後就休棄了，這樣的男人太不負責任，比上官明昊那隻沙文豬還可惡。

看著素顏那怒不可遏的樣子，葉成紹有些丈二金剛摸不著頭腦的感覺。只是牽了下手，就發這樣大的脾氣啊，那以後……不牽了吧，可是，她的手……好軟啊。

「走開，你這個大混蛋！」素顏見他攔住自己，又一副心不在焉、呆頭呆腦的樣子，心中更氣，手一推又大喝了一聲道。

「不走，妳……妳為何又罵我，我說了，不牽妳的手就是嘛。」葉成紹委屈地看著素顏，眼裡閃著倔強。他感覺她這一走，下回再見了她，一定還是不會給他好臉色看。他可是還記得，素顏說過就算他娶了她，也只是娶回去一具行屍走肉，他要的怎能只是一具軀殼？

好不容易在倚香閣的玉嬌那裡討了些討女孩子歡心的法子來，怎麼才……只用了一招「大膽牽小手」她就生氣了？他又感覺一陣挫敗，玉嬌那小妮子肯定是故意害他呢，牽手哪裡就能討素顏歡心了？是了，素顏是名門閨秀，最是講禮儀規矩，是他造次了，下回還是問些正經人的好……可是，花花公子會不知道怎麼討女孩子喜歡，說出去誰信啊？

「你該罵，你就是個混蛋！你娶妻娶回去就是玩的嗎？玩厭了就休，那咱們先說好了，如今為了我父親，我不得不嫁給你，嫁過去後，你不許碰我，不許打罵我的人，不許當我的面與其他女人親熱，也不許休我，只能和離，更不許在和離後報復我的家人！」

素顏噼哩啪啦地說了一大串，小臉都氣紅了。她還是第一次有了恐慌的感覺，這個男人就是個渾不恁，什麼聲名、地位在他眼裡都只是玩物，他連自己的名聲都能弄臭，別人的名聲在他眼裡還不是個屁？

他又是有權有勢的，憑他剛才說，皇后娘娘因著他的一時喜歡就要見自己，就能說明皇后娘娘也是很寵著他的，將來真嫁去之後，他想要為所欲為，任意虐待自己，自己又有什麼辦法呢？打不過他，罵……這種人臉皮最厚了，罵了也是白罵，只希望他肯和她和離就好，讓她自自在在一個人，當個棄婦，拿著嫁妝好生過日子就成。

「我為什麼要休妳？為什麼要和離？我好不容易才娶回去的……妳是說妳家二妹嗎？那是她活該，她怎麼能和妳比，我……我對妳是真心的啊。」葉成紹急得臉都白了，聲音都走了調，就怕她真的還沒嫁就打著要和離的主意，這讓他心中又一陣發緊。什麼嘛，哪有女子嫁人前就說和離的？難不成她心裡真有上官明昊那小子？

素顏聽了仍是氣，瞪著葉成紹道：「就算素情有什麼不是，你也不應該娶了她又休她吧？你可知道，一個女兒家被休了會是怎樣的下場？」

「誰讓她像隻孔雀似地不可一世，那顏家公子不過多看她兩眼，她便讓人去挖人眼珠子，她以為她是誰呢？」葉成紹鄙夷地說道，一副憤憤不平的樣子。

「顏公子是誰？」素顏疑惑地問道。如果素情真的做過此等事情，倒還不怪葉成紹過分了，她倒真是活該。

「倚香閣的琴師，他的琴技一流，就是宮裡的樂師也難以媲美，只是他為人清高，寧願在那煙花之地為普通百姓彈琴……」說到顏公子，葉成紹眼裡閃出欽佩之情，手不知不覺又伸了出來，忍不住就握住了素顏的。

「你常去煙花之地？」素顏將手一甩，冷著聲說道。

「常去……呃，不是的，我只是喜歡聽顏公子彈琴。」葉成紹理所當然地點頭，但下一秒看到素顏眼裡的寒芒立即就改了口，慌忙解釋道。

「素情她真的要挖那顏公子的眼睛嗎？你既說那顏公子如此清高，又如何會做那盯著女子看這種失禮之事？」素顏對那未曾謀面的顏公子有些好奇，不知道素情是在何種情況下遇到過顏公子的。

「她不過與他逝去的妹妹長得有幾分相似罷了，偶然一見，自是會多看幾眼的。可妳家妹妹也太狠毒了些，竟是著人打了顏公子一頓，若非我去得及時，她真的會讓人挖了那顏公子的眼睛呢。」

葉成紹似是不太想說起素情，他對素情實是厭惡至極，也不知道明明是一個府裡頭的姑娘，姊妹倆怎麼區別就那麼大，若非那天湊巧看素顏被蛇咬，又親眼見到她的鎮靜大膽、臨危不亂，他還真沒拿正眼看過藍家姑娘。

遇到素顏也許是天定的吧，自那日後，又在壽王府見到她，也是暗睹了她的謀算，看她施著計策想要懲罰素情，他鬼使神差地就依了她的心思，真的就作了那麼一齣戲，打了素情一頓……看她偷偷笑得像隻小狐狸，他就覺得自己那一次自損名聲的做法是對了。

「天色不早了，我得回屋裡去，你快些解了紫綢的穴道，她在地上躺久了會著涼的。」素顏滿腔的怒火突然就散了，看著眼前這個任性的大男孩，她有點懵，不知道自己該用何種態度來面對他，而且他的眼神太過明亮，像是點了一簇小火苗一樣，要將她一起燒了進去，她有點不敢看，只想快些離開這裡。

葉成紹見素顏不氣了，心中歡喜，又想去拉她的手，可害怕她又生氣，只好自己兩隻手絞在一起，對素顏綻開一個明亮的笑顏。「我就去解穴。」

他的笑容乾淨，素顏有種被煞到的感覺，她抿了抿嘴，聲音裡有著她自己都沒注意到的乾啞和羞澀。「你也快回去吧，讓人看見就不好了。」竟是垂了眼不看他。

「看見就看見了嘛，反正我們也會是夫妻的。」葉成紹笑呵呵的，修長的身子一閃，就到了紫綢身邊，輕輕拍了下紫綢的肩膀，紫綢嚶嚀一聲醒了，張開眼，看到一張大大的俊臉笑咪咪地出現在自己眼前，不由嚇了一跳。

「給妳，吃了這個，身上的寒氣就會消了。」葉成紹變戲法一樣，拿出一粒藥遞給紫綢。

紫綢呆呆地接了，她還沒弄清楚情況，一轉眼，看到素顏在，心裡才覺得踏實了些。

「姑娘……」

素顏就想到自己被蛇咬時，他也給過一瓶藥，很管用的。「吃了吧，應該是好東西。」

葉成紹聽素顏如此說，臉上的笑容更燦爛了，突然就閃到了素顏身邊，握住了素顏的手，眼睛亮亮地看著她，道：「我明天再來接妳，也不用太過打扮，就現在這個樣子就很好看了，她一定會喜歡妳的。」

素顏的手被他抓得緊緊的，使勁縮了兩回也沒抽得出來，又不好再罵他，一時又羞又惱，臉都紅了。

紫綢在一旁看得目瞪口呆，她家姑娘……像是在害羞啊。

「你再不放——」素顏小聲警告。

「記住了，我明天來接妳。」葉成紹不等素顏的話說完，立即從善如流地鬆了她的手，眼睛笑得像偷吃了魚的貓，喜孜孜的。

話音未落，人已經閃身走了。

紫綢看著人影消失的地方，走到素顏身邊，對著正在發呆的自家姑娘晃了晃手。「姑娘，回屋去了，外面風大呢。」

素顏懶懶的、有點提不起精神來，悠悠地走在紫綢身後。紫綢感覺她有點不對勁，但她向來不是個多嘴的人，只是默默地走著，覺得鼻子癢癢的，忍不住就打了個噴嚏，又不禁腹誹起來。那寧伯侯世子也是，竟然不怕她知道他與姑娘之間的事情，還害得自己挨了那麼久的凍，好像真著涼了呢……不過，這藥真的管用？紫綢捏著手中的藥丸把玩著。

「放心吃吧，肯定是好藥。」素顏懶懶地在紫綢身後說道。

「姑娘怎麼知道是好藥呢？難道世子曾經給過姑娘藥嗎？」紫綢似笑非笑地歪了頭看著素顏，一副逗趣的樣子。

素顏臉一紅，不自在地扯了紫綢一把道：「走快些個吧，別一會子寒氣入了骨，就是有好藥也得等一陣子才能好呢。」

紫綢看著素顏直笑，素顏更加窘了，瞪了紫綢一眼道：「妳就作怪就是，仔細本姑娘將妳隨便配個小廝去。」

紫綢聽得大笑。「好啊，奴婢就是再配小廝，也要賴到姑娘嫁了再說啊，怎麼著也要做個陪嫁，配到姑娘夫家去才行呢。」

第二天，素顏起得老早，望著一堆的釵環有點發懵。

葉成紹那廝說今兒要來接她進宮面見皇后娘娘，宮裡的規矩她雖知道一些，但那不過是前世在電視上、在書裡看的，那些個東西真要用到實際，也不知道是不是對的。葉成紹那個混蛋只說不要怕，也不說請個教習嬤嬤來教教她規矩，就這麼著去，若是行差踏錯，怕不只是被人看笑話的事了。

正胡思亂想著，紫綢拿了件藕色的宮錦面繡富貴雙竹的絲棉半長襖出來，那襖子下襬開了衩，前襟處綴了兩排細細的粉寶石，領口胸口都繡著雙絲金邊，就是領子圍邊也鑲著閃亮的寶石，看著華貴精美，素顏又怔了怔，抬眼看紫綢。

「既是進宮，怎麼著也不能太寒酸了。姑娘自該穿體面一些，不說給世子長臉，也是藍家的面子。」紫綢輕抖著衣服，伸了手幫素顏解身上那件衣服的盤扣。

「我記得，我箱籠裡並沒有這件衣服啊，妳這是從哪兒借來的不成？」

「姑娘昨兒晚上安置得早，這是昨兒夜裡寧伯侯世子差人送來的。喏，這裡還有一套頭面，也是上好的東西。」紫綢嘻嘻笑著，手上動作麻利，一會子就幫素顏將衣服脫了，抖開那新衣正要幫素顏換上，素顏忙抬了手道：「妳把東西收好，明兒給寧伯侯府送回去吧。親事都沒定下來呢，就收這麼貴重的東西，讓人說咱是貪財圖利可就不好了。」

紫綢聽了嘟了嘟嘴，小聲道：「送回去……這可是世子爺的一片心意呢，他還想著讓姑娘穿戴著進宮見娘娘的……」

「就換件我自個兒的，新色點的衣服吧。穿得再華貴，又能比得過宮裡頭的？宮裡的那些貴人什麼樣的好東西沒見過，我一個五品郎中的女兒就能穿上比三品宮妃還貴氣的衣服，只會更加坐實別人對父親罪責的猜測，別說父親沒貪，也讓人給說貪了，我還是低調些的好。」素顏搖了搖頭，將衣服也親手疊好，讓紫綢一併包好。

「姑娘，是先去老太太那兒嗎？若是先去老太太那邊，就先吃點東西，若是先去大夫人處，有劉嬤嬤在，總能留些東西給姑娘用。」

「先去大夫人那兒吧，昨兒事忙，沒再回頭去看她，我心裡不踏實呢。」素顏起了身往外走。

「姑娘，還請您快些個，夫人她……她正傷心著呢。」青凌看見素顏來，心頭一喜道。

大夫人屋裡，侯夫人正幫大夫人拿帕子抹淚。「妳快別哭了，這還坐著月子呢，哭多了眼睛壞了可不好。」

大夫人聲音哽咽。「我……我是捨不得妳啊，我心裡，最想的就是把素顏交給妳，有妳在，我也能少操一分心，如今……妳來了也好，這事還沒到那地步，能挽回是最好的。」

侯夫人拍了拍她的手，道：「誰說不是呢，妳我多年的姊妹了，素顏那孩子我也喜歡，最難得的是明昊也中意她。妳是不知道，昨兒明昊回去第一次在家裡發悶氣，跟他父親鬧了一場，那孩子自小就聽話，從來沒有忤逆過父母，昨兒竟是為了素顏……他昨兒晚上就沒用飯，自個兒關了門在屋裡，誰勸也不肯開門，妳說這事鬧的，連婚期都定好了，怎麼就能反悔了呢？侯爺為這事也是大動肝火，只是妳家老爺如今也沒在家，老太爺又大著一輩，他也不好親來，就使了我來。」

「那姊姊回去一定要替我給侯爺賠個禮，實在是藍家對不住侯府，藍家出了事，侯爺沒有主動退親，就已經很仗義了，我家還……老太爺這事做得也實在是欠考慮。」大夫人努力坐起身來，虛弱地喘了口氣，哽著聲對侯夫人道。

兩人正說著，就聽青凌在外頭稟報。「大姑娘來了。」

侯夫人這才沒說話了，卻仍是拉著大夫人的手，沒有鬆開。

素顏輕挪蓮步走了進去，看大夫人正眼睛紅紅的，而侯夫人拉著大夫人的手，狀若親密，心中一緊，愧意更深了，走上前去恭謹地給侯夫人行了一禮。

「姪女給侯夫人請安。」

「起吧。」侯夫人眼神凌厲，聲音也是淡淡的，比之前兩次時的和暖差了太多。

素顏心裡打著鼓，直起身來立在一旁，硬著頭皮等侯夫人的責問，侯夫人卻是沒有再看她，只是鬆了大夫人的手，靜靜端坐著。這時，外頭青凌又稟道：「夫人，中山侯府的孫嬤嬤求見。」

素顏聽得一怔。侯夫人不是在嗎？這孫嬤嬤怎地又要求見，她們不是一同來的嗎？她不自覺地便看向侯夫人。

大夫人也是一臉的詫異，侯夫人淡淡地說道：「是我讓她來的。我心裡著急，一起床都沒給老太君請安就來你們府上了，吩咐了她在屋裡收拾東西，這會子該是東西都收拾好了才來。」

大夫人忙揚了聲道：「那快快請進來。」

那孫婆子仍是上回那身穿戴，一臉討喜的笑，一進來，便給大夫人和素顏分別請了安，躬身立在侯夫人面前道：「稟夫人，藍府送回去的納彩禮、小定禮、定親禮都收拾好，奴婢請了大總管派了人全都抬回來了，這會子就放在前院。藍家老太爺沒在家，老太太倒是著了人在清點著，依了您的話，在先前總共八十抬禮前，又加了四十抬，總共是一百二十抬彩禮。」

素顏聽得大驚，一是沒想到老太爺行動那麼快，竟是昨兒便將侯府送來的彩禮全都退了回去，二是更沒想到侯夫人做得如此之絕，竟然將東西又全都抬了回來，還加了四十抬禮。

大夫人也是聽得震驚，看侯夫人的眼神更是愧疚。「姊姊，老太爺他……著實做得太過了些，事情還有待商量，怎麼就……妳就別生他的氣，人老了，擔心兒子也是有的，他可能心裡存了些氣吧，只關心著自家兒子，沒顧及侯爺的難處。如今，我家老爺總算能平安了，老太爺誤會了侯爺，我心裡是明白的，等這身子好一點，定當與老爺兩個一同上門拜謝侯爺和老太君。」

素顏聽得更是莫名了。

大老爺不是葉成紹想法子去救的，怎麼大夫人說是要去拜謝中山侯？中山侯不是根本不理睬這事嗎？

——未完，待續，請看文創風083《望門閨秀》2

嫡女出頭天，姊妹站起來——

宅門界新天后／**不游泳的小魚**

百年大族、詩禮傳家，但宅門裡可不是風平浪靜；
她一個小小姑娘，上門祖母、姨娘，下門不長眼的僕人，
還要小心不懷好意、摸不清底細的姊妹，唉，大小姐真的好忙啊……

望門閨秀

文創風 082 1

出了禍事穿越過來不是她所願，但穿成了比庶女還不如的嫡長女，
就算是百年大家族，她藍素顏依然過得比家裡的大丫鬟還糟糕……
娘親雖是正室，卻被個姨娘扶正的平妻壓到底，
父親和奶奶因為自己八字剋父剋母而不待見，比外人更冷淡，
她和母親明明才是藍家大小姐和藍家大夫人，被瞧不起的卻是她們，
她絕不能如此窩囊，更要為娘親搏出一條路！
萬幸母親還有個手帕交——中山侯夫人，為拯救自己特地登門訂親，
好的親事便是女子的保障，她這大女人雖不認同，也只能接受，
況且未婚夫中山侯世子生得如天人下凡，溫潤如玉，她也瞧得順眼，
與其讓二娘和奶奶胡亂指個男子婚配，嫁給他……可能還不錯吧？
誰知婚書收了，父親卻突然被打入大牢，還殺出個程咬金——
這寧伯侯世子葉成紹壞名遠播，人人都知他是個紈袴公子，
她一見他就不喜，再見他更想離這渾人遠遠的，
他卻說自己是真心求娶她，非她不要，硬是讓她退了中山侯的婚事，
她這個不出名的藍家閨女，怎麼突然成了搶手貨……

文創風 083 2

為何非藍素顏不可呢？
葉成紹其實也不明白，但他知道，錯過她，他再也不想娶別人了——
當初上藍家提親，他要娶的是她二妹，而且只是為了個賭約，
他從不在乎名聲，逼藍家把女兒嫁給自己也不過是惡名昭彰再添一筆，
但怎麼知道這藍家大姑娘真令他開了眼界，聰敏機智卻冷淡如霜，
遇見了訂親的未婚夫毫無女子羞態，對自己更是義正詞嚴，從無好臉色，
偏偏自己就是吃她這套，更懂她的心思；
她想要一生一世一雙人，自己心裡也只能容得下她，
她不怕別人說她量小嫉妒，他更欣賞她如此大膽直率；
反正他府裡那些貴妾、小妾都是別人硬塞過來的，他不過做做浪蕩樣子，
要整治，正需要她這樣勇敢果決的性子，她想怎麼做，後果他來承擔；
既然想盡辦法把她搶來做妻子，他有的是時間慢慢融化她的心，
總有一日她能明白，再壞的浪子也有真心可言……

文創風 084 3

莫名嫁到寧伯侯府，藍素顏才知這裡是更深的一潭水——
侯爺看似很寵葉成紹這個世子，卻不管家裡大小事，
侯夫人表面功夫做得不地道，對他夫妻倆使的手段更是花招百出，
府裡的各個小姐也是摸不清底細，更別提後院裡的小妾們，
有皇后送的、有貴妃送的，還有個護國侯府的大小姐！
她才新婚不久，又要忙著整治院裡的妾，小心應付府裡的明槍暗箭，
還得好好了解身邊這個神神秘秘的丈夫……
為何護國侯願意把女兒送他做妾？
為何皇后身為姑母，卻待他如親生兒子？
為何皇帝貴為一國之尊，卻處處讓著他，任他冒犯？
丈夫身上實在有太多謎團，從前的她不在乎也不想知道，
但如今兩人既是夫妻，她怎能裝聾作啞，假裝彼此相敬如賓就好？
況且他總是一副吊兒郎當模樣，心裡卻真的只放著自己一個，
怕自己受委屈，怕自己離開，那般小心翼翼待自己，
即便她是鐵石心腸，有一天也是會化了的啊……

一半是天使

重生裡無情似有情・機巧鬥智中藏纏綿悱惻／

想要獲得救贖，只能依靠自己。不想愚昧地懷著悔恨再活一次，
她要穿著美麗的外衣，智慧機巧地為自己推轉命運之輪……

絕色煙柳

文創風 079 上

既然天可憐見，讓她重生一回……
她再不是那個任人欺凌的懦弱女子，
纖纖若柳、絕色之姿成了她的掩飾，
堅強的心志才是她扭轉命運的後盾……

那年，十五歲的柳芙，
從軟弱可欺的相府嫡女成為皇朝的「公主」，被迫塞上和親。
絕望的她在踏進草原的那一刻，
選擇自盡以終結即將到來的噩夢。
她奇蹟似地重生，回到八歲那年，
她開始明白，死亡改變不了自己的命運；
「前世」那些教她恨著的一切人事物，照舊來到她的面前；
為了獲得真正的「新生」，
她必須善用我見猶憐的絕色之姿，必須費盡心機、步步為營……
然而，姬無殤……成了她重生路上最大最洶湧的暗潮，
他那蘊藏著無盡寒意的眼眸，那看似無心卻能刺痛人的淡漠笑意……
總能將她帶回「前世」那些噩夢中，驚喘不已……
她愈想避開，他偏愈來糾纏；
他究竟意欲為何，連才八歲的她也緊迫盯人……

文創風 080 中

姬無殤，這個天底下她最該防的男人，
時時刻刻放在心底怕著又躲著男人，
居然開口要跟她交易，
她竟傻得與虎謀皮……

柳芙這不到十歲的小人兒，心思玲瓏剔透，姿色猶如出水芙蓉，
想他姬無殤從不把任何一個女子看在眼內，
但這小小女子竟勾惹起他的好奇心，對她出乎尋常的在意。
然而就算對她上了心又如何，她不過是他計劃裡的一顆棋子，
她要是乖乖聽話，他可以容許她那些小小心眼兒、私心籌劃；
倘若她膽敢拒絕了他的交易，哼，她再沒一天好日子可過了……
這可恨又可惡的姬無殤，懂不懂得男女之別？
說話就說話，老愛貼得這麼近，那霸道氣息就快讓她窒息了。
雖然這副身子還只是個不到十歲的女童，
但她的心智已經是十五、六歲的少女了，
前生的她何曾和男子如此靠近過？更何況姬無殤還是她最怕的男人！
在他威逼的態勢之下，她哪有拒絕跟他交易的餘地……
她的生、她的死、她所在意的一切，無一不在他掌握之中啊！

文創風 081 下

願得一心人，白首不相離……
這是她唯一所願，
卻無法奢望她唯一所愛的男人能承諾實現……

皇上跟她要一句真心話，只要她願意，便讓她做裕王姬無殤的妃子……
她想起姬無殤那個霸道的吻，勾起的並非只是他心底的慾火，
更讓她正視了那顆掩埋已久、悄然生根發芽的懵懂情種。
一天天的，情意蔓延，愛了卻不敢真的去愛；
那種只有彼此相屬的感情，平淡相依、真實相守的日子，
是她想要的，卻不是姬無殤給得起的……
既然如此，不如就深埋起這段情，
為了他和親出嫁，這是她唯一能為他做的、真心真意……
姬無殤終於懂得情之一字有多折磨人！
在國家大事之前，他與柳芙只是兒女私情。
他能怎麼選擇，根本無從選擇！
眼看著自己唯一愛上的女子，穿上大紅嫁衣，和親出嫁……
他第一次嘗到剜心的痛，
他誓言，要在最短的時間內底定大局，迎她回朝……

國家圖書館出版品預行編目資料

望門閨秀 / 不游泳的小魚著. --
初版. -- 臺北市 : 狗屋, 民102.04-
冊 ; 公分. --（文創風）
ISBN 978-986-328-038-5（第1冊：平裝）. --

857.7　　102004461

著作者	不游泳的小魚
編輯	戴傳欣
校對	黃薇霓　林若馨
發行所	狗屋出版社有限公司
地址	台北市104中山區龍江路71巷15號1樓
電話	02-2776-5889～0
發行字號	局版台業字845號
法律顧問	蕭雄淋律師
總經銷	知遠文化事業有限公司
電話	02-2664-8800
初版	102年4月
國際書碼	ISBN-13　978-986-328-038-5
原著書名	《望门闺秀》，由瀟湘書院（www.xxsy.net）授權出版

定價230元

狗屋劃撥帳號：19001626

網址：love.doghouse.com.tw　E-mail：love@doghouse.com.tw